Le Sanctuaire *de la* Soumission

MARINA ANDERSON

Traduit de l'anglais (Grande-Bretagne)
par Benoîte Dauvergne

City

Publié En Grande-Bretagne par Sphere
sous le titre *Haven of Obedience*

ISBN : 978-2-8246-0243-1
Code Hachette : 51 0430 2

Rayon : Roman

Collection dirigée par Christian English et Frédéric Thibaud
Catalogues et manuscrits : www.city-editions.com

Dépôt légal : janvier 2013
Imprimé en France par France Quercy - Mercuès - N° 22170/

Un

Un dimanche soir d'avril, vingt personnes étaient réunies à l'accueil du Sanctuaire. Rob Gill, le propriétaire des lieux, s'adressait à l'assemblée, qui l'écoutait attentivement.

— J'espère que vous avez apprécié ces trois jours passés ici, dit-il, un léger sourire aux lèvres. Je suis au moins sûr que chacun de vous a appris quelque chose de nouveau sur lui-même.

Jan Pearson, directrice de casting indépendante âgée de vingt-huit ans, se sentit rougir. Elle jeta un coup d'œil aux autres membres du groupe, dont les regards étaient tous tournés vers Rob. Ils avaient l'air si conventionnels à présent : les femmes en tailleur-pantalon ou en tenue de sport griffée, les hommes vêtus de costumes élégants pour la plupart. Le contraste entre leur apparence actuelle et les situations dans lesquelles Jan les avait vus au cours du week-end était saisissant. Par exemple, la dernière fois qu'elle avait aperçu l'homme debout près d'elle – maintenant bien protégé par son costume trois pièces, sa chemise blanche et sa cravate bleu foncé –, il était docilement agenouillé aux pieds d'une blonde voluptueuse. Les mains attachées dans le dos, il attendait, tremblant d'excitation et de désir, qu'elle finisse par lui accorder un orgasme cruellement différé.

— Il est important que vous compreniez une chose, continua Rob. Vous faites maintenant partie d'une société très secrète et fermée. En signant le formulaire à votre arrivée, vous avez fait le serment de respecter notre loi du silence. Vous allez peut-être trouver cela difficile, une fois que vous recommencerez à fréquenter vos amis habituels. Mais si l'un de vous vient à rompre son serment, il sera alors banni. En d'autres termes, cette personne n'aura plus le droit de revenir nous voir.

La bouche de Jan s'assécha. Un seul week-end dans ce lieu de retraite très spécial, et elle ne pouvait déjà plus se passer des plaisirs qu'on lui avait appris à aimer ici. Si, avant de venir au Sanctuaire, on lui avait dit combien elle trouverait érotique d'être forcée à obéir et à se soumettre, elle aurait bien ri. Dans le passé, elle avait toujours dominé ses partenaires, et elle aimait que ça se passe de cette façon. Cependant, son séjour au Sanctuaire l'avait complètement transformée.

Rob poursuivait son discours.

— Je suis sûr que vous serez nombreux à vouloir rester en contact avec d'autres participants, et c'est justement ce que nous vous encourageons à faire. Vous partagez la même vision des choses, à présent. Les seules personnes que vous n'êtes pas libres de continuer à voir sont vos tuteurs. Vous ne devez pas oublier que ceci est notre travail. Nous ne ressentons rien de personnel pour nos clients.

Sous son cardigan semi ajusté, à côtes et encolure V, les mamelons de Jan se raidirent soudain, et la jeune femme sentit la caresse de l'étoffe sur la pointe rigide de ses seins. C'était la faute de Rob : ses paroles lui avaient rappelé leur dernière soirée ensemble.

Lorsque Rob était entré dans sa chambre, elle était affalée sur son lit, épuisée et satisfaite, après une longue séance avec l'un des tuteurs et deux participants. Il était accompagné d'un tuteur stagiaire, un jeune homme que Jan n'avait encore jamais rencontré. Rob lui avait annoncé qu'ils étaient là pour lui donner du plaisir pendant une heure. Au début, elle avait cru qu'il s'agissait d'une erreur et expliqué qu'on l'avait déjà très bien satisfaite. C'est alors que le visage de Rob avait changé d'expression, réaction à laquelle elle s'était habituée au cours du week-end. Ses yeux bleus perçants s'étaient plissés.

— J'espère que tu n'es pas encore en train d'essayer de me dire ce qu'il faut faire, Jan ? avait demandé Rob.

En se souvenant des punitions qu'elle avait dû subir avant d'avoir enfin compris les règles du Sanctuaire, Jan s'était empressée de secouer la tête.

— Bien, avait-il poursuivi. Car, comme tu le sais, ici tu es censée obéir à nos souhaits. Et Marc et moi souhaitons justement te donner du plaisir : tes propres désirs sont sans importance.

À son grand étonnement, les paroles de Rob l'avaient excitée. Jan était malgré tout convaincue que son corps fatigué serait incapable de réagir, quoi que fassent les deux hommes. *Comme j'avais tort*, pensait-elle maintenant en se rappelant soudain les intenses orgasmes qu'ils lui avaient arrachés.

Jan se souvint comment Rob s'était assis à califourchon sur elle. Pendant que les mains de l'homme lui massaient les seins avec une huile parfumée, Marc, agenouillé au pied du lit, avait écarté ses jambes et fait jouer sa langue avec une incroyable habileté sur sa zone la plus tendre. Puis, d'innombrables fois, le corps de Jan s'était contorsionné, arqué, spasme après spasme d'un plaisir incontrôlable. L'expérience s'était révélée fantastique, et lorsque Rob avait fini par la libérer et passé la main sur sa chair striée de sueur, elle avait cru lire, un bref instant, quelque chose de personnel dans son regard. À présent, elle semblait s'être trompée. De toute façon, même si elle avait vu juste, Jan ne pourrait jamais le découvrir.

— J'espère que nous vous reverrons bientôt ici, ajouta Rob, alors que s'achevait son discours. Je suggère à ceux qui ont appris à trouver du plaisir dans la douleur d'échanger leurs numéros de téléphone. Vos nouvelles préférences sexuelles risquent de provoquer un certain choc chez la plupart des personnes avec qui vous avez été intimes par le passé.

Une cascade de rires gênés se répandit à travers la pièce.

Les fesses de Jan se contractèrent sous sa longue jupe droite lorsqu'elle se rappela la sensation cuisante, cinglante du fouet en latex, manié d'une main si experte par Simon, l'adjoint de Rob. La première fois qu'on s'en était servi sur elle, Jan avait crié d'indignation et de douleur. Mais, attachée en croix sur une grande table en bois, les poignets et les chevilles fermement tenus par d'autres participants, elle s'était retrouvée totalement impuissante.

Peu à peu, alors que se poursuivait sa « punition », Jan s'était aperçue avec étonnement que la sensation d'inconfort disparaissait déjà. La chaleur provoquée par les coups de fouet s'était répandue à travers sa chair, faisant pointer ses seins et gonfler son ventre. Oui, elle devait à tout prix échanger son numéro avec d'autres avant de monter dans sa voiture et de repartir pour Londres vers un emploi du temps professionnel chargé.

— Et maintenant, il est l'heure pour vous de partir, sourit Rob. Souvenez-vous de tout ce que vous avez appris ici. Vous n'aimeriez pas avoir dépensé votre argent pour rien, n'est-ce pas ?

Des rires fusèrent encore, mais débarrassés de toute gêne cette fois. Jan essaya d'attirer l'attention de Rob un instant afin de se prouver à elle-même qu'elle ne s'était pas trompée sur ses sentiments.

Mais il tourna les talons sans rien ajouter et quitta la pièce. Jan eut un sursaut en s'apercevant que son slip était humide à l'entrejambe. Le simple souvenir de ce qu'elle avait vécu au cours du week-end l'avait de nouveau excitée.

Un type dans les âges de Jan s'approcha d'elle. Elle se rappelait l'avoir rencontré la veille. Il s'était révélé un amant incroyablement doué, même si, à ce moment-là, elle avait toujours du mal à se soumettre à la domination de son partenaire. Maintenant que Jan y parvenait, les rapports sexuels avec lui seraient sans doute encore plus agréables. Alors, quand l'homme lui demanda si elle aimerait lui laisser son numéro, elle accepta avec enthousiasme.

— Je pensais donner une petite fête très bientôt, lui dit-elle.

— Bonne idée. J'espère que je serai sur la liste des invités.

Jan sourit et ramena ses courtes mèches brunes et brillantes derrière ses oreilles.

— Je me disais que huit serait le nombre idéal. Qu'est-ce que tu en penses ?

Son interlocuteur hocha la tête.

— Oui, huit, ça devrait aller. C'était un week-end intéressant, non ?

Il la dévisageait avec intensité.

Un frisson parcourut Jan.

— Très intéressant, répondit-elle doucement.

Tandis que les doigts de l'individu effleuraient le contour de son visage, Jan se souvint avec quelle force ces mêmes doigts lui avaient plaqué les mains au-dessus de la tête. Puis la bouche de son partenaire s'était fermée sur son téton gauche avant d'en sucer sauvagement la peau délicate.

L'homme était resté sourd à ses protestations, car c'était ce qu'on leur avait appris à faire tout le week-end. Soudain, Jan eut encore envie de lui sur-le-champ et lut dans ses yeux qu'il le savait.

— N'attends pas trop longtemps avant de m'appeler, lui ordonna-t-il.

Avant son séjour au Sanctuaire, Jan aurait eu beaucoup de mal à supporter son ton, mais, à présent, elle le trouvait excitant.

— Bien entendu, lui assura-t-elle.

Puis, à contrecœur, Jan souleva ses valises et prit la route du retour vers Londres.

Deux

Il était presque vingt et une heures lorsque Natalie Bowen arriva à son appartement, exigu mais cher, de la banlieue de Londres. La jeune Anglaise, blonde, grande, mince et toujours tendance, s'aperçut qu'il ne lui resterait bientôt plus que son magazine dans la vie. Certes, c'était une vraie réussite.

Au départ, dix-huit mois plus tôt, Natalie avait choisi de cibler les femmes âgées de vingt-cinq à trente-cinq ans, célibataires et occupant des postes à haute responsabilité. Selon elle, la plupart des magazines tentaient d'apprendre aux femmes comment jongler entre maison, enfants et travail. Mais, justement, le côté maison et enfants ne l'intéressait pas. Son magazine traitait de mode, de santé et de relationnel, à la fois au travail et en dehors, et le succès qu'il remportait avait même dépassé les attentes de Natalie.

Ce qui était loin d'être désagréable. Mais, quelque part, malgré les conseils fournis par sa propre revue aux femmes comme elle, Natalie se sentait perdue. Son caractère souvent impatient et sa capacité à aller droit au cœur du problème s'avéraient de précieux atouts au travail, mais pas lorsqu'il s'agissait de faire durer une relation. Attirer de nombreux hommes ne la dérangeait pas, mais Natalie commençait à juger ces aventures de courte durée peu satisfaisantes. Si elle les trouvait assez agréables sexuellement, elles lui laissaient un grand sentiment de vide.

— Faites ce que dit la rédactrice en chef, ne faites surtout pas ce qu'elle fait, marmonna Natalie entre ses dents en ouvrant sa porte d'entrée.

Elle jeta un coup d'œil au répondeur et s'aperçut avec déception que personne ne l'avait appelée pendant son absence. Natalie s'était attendue à ce que certains, comme Philip, essaient de la joindre, mais elle commençait à penser qu'il venait gentiment de la plaquer. En fait, c'était de Jan qu'elle attendait vraiment un appel : elle était sa meilleure amie, et, quelques semaines plus tôt, toutes deux se voyaient encore au moins trois fois par semaine.

Comme Natalie, Jan avait un emploi du temps professionnel chargé et peinait à rencontrer un homme qu'elle jugeait assez bien pour elle. Alors, toutes les deux trouvaient toujours largement de quoi bavarder. Elles partageaient en plus un certain sens de l'humour et un goût prononcé pour la cuisine italienne et le bon vin. Natalie n'arrivait pas à comprendre pourquoi Jan avait cessé de l'appeler. Ce n'était pas comme s'il y avait eu une dispute, ou même un désaccord entre elles. La dernière fois qu'elles s'étaient vues, Jan lui avait dit qu'elle serait absente le week-end suivant, mais avait promis d'appeler Natalie dès son retour. Pourtant, elle ne l'avait jamais fait.

Trop fatiguée pour cuisiner quoi que ce soit, Natalie sortit une bouteille de vin du réfrigérateur et s'en servit un grand verre. Elle coupa ensuite de la feta en petits dés qu'elle mit dans une assiette creuse, ajouta quelques tomates et olives noires, puis s'assit devant la télévision. Après le repas, Natalie avança une main vers le téléphone, mais la retira aussitôt. Sans savoir pourquoi, elle hésitait à appeler Jan elle-même. Il devait bien y avoir une raison au silence de son amie, et elle n'était pas sûre de vouloir la connaître, encore moins si Jan voulait mettre un terme à leur amitié.

Une fois seulement qu'elle eut avalé deux autres verres de vin, Natalie finit par trouver le courage de composer son numéro. Le téléphone sonna longtemps. Elle allait raccrocher, lorsque Jan répondit enfin.

— Allô ?

Sa voix familière semblait un peu essoufflée, comme si elle avait couru pour atteindre le téléphone.

— Jan ? C'est moi, Nat.

— Nat.

Il y eut un silence gêné, que Natalie s'empressa de rompre.

— Oui, tu te souviens ? La fille qui te prête son épaule pour pleurer quand un homme t'a encore déçue.

— Oh ! mince, écoute, je suis vraiment désolée de ne pas t'avoir appelée, bafouilla Jan. Pour être honnête, j'ai été débordée à cause du casting d'une nouvelle pièce de théâtre historique. Je n'ai pas eu une minute à moi ces dernières semaines. J'allais t'appeler ce soir, mais on dirait que j'ai attrapé un coup de froid.

Natalie fronça les sourcils. Il lui semblait entendre un bruit de fond, des rires et des bavardages. Mais ces voix venaient peut-être de la télévision, que Jan avait allumée pour se remonter le moral.

— Comment s'est passé ton week-end ? demanda gaiement Natalie.

— Lequel ?

— Tu sais, celui que tu devais passer à la campagne, juste après notre dernière sortie ensemble. Tu m'as dit que tu allais faire une sorte de retraite ou quelque chose comme ça. Comment c'était ? Ça t'a fait du bien ?

— C'était pas mal, répondit Jan d'une voix hésitante.

— Comment ça, « pas mal » ? J'ai eu l'impression que ça allait être un peu spécial.

— C'est vrai ? Je ne vois pas pourquoi. C'était juste un week-end à la campagne.

Natalie savait que Jan mentait.

— Très bien, si tu le dis, répliqua-t-elle avec froideur, ennuyée que Jan lui cache la vérité. Bon, est-ce que je peux passer te voir demain ? Je t'apporterai une bonne soupe et du raisin.

— Non, pas demain.

Cette fois, Jan semblait prise de panique.

— Pourquoi ? Tu n'as rien de contagieux, non ?

— Ma mère vient me voir.

— De Paris ? Alors, tu dois être vraiment malade.

Natalie sentait la tension monter dans sa propre voix et pensa que ça ne devait pas échapper à son amie.

— Écoute, je ne peux pas te parler maintenant, reprit Jan un ton plus bas. On ferait mieux de se retrouver un soir après le travail, la semaine prochaine.

— Pourquoi pas mardi ?

— Non, désolée, je ne peux pas ce soir-là : des amis passent me voir.

— Je les connais ?

— Non, ce sont des gens qui travaillent dans le même domaine que moi. Bon, écoute, je n'ai rien de prévu jeudi. Je te retrouve à notre restaurant italien habituel à dix-neuf heures, d'accord ?

— Tu es sûre que tu auras le temps ? demanda froidement Natalie.

À ce moment-là, elle entendit une voix masculine appeler Jan. Son ton était clairement impatient.

— On dirait que le médecin est arrivé, conclut Natalie d'un ton brusque. À jeudi, alors.

Là-dessus, elle raccrocha violemment. Au moins, le contact était renoué avec Jan, qui ne semblait rien avoir à lui reprocher. Le plus blessant, c'était de s'apercevoir que Jan menait soudain une vie sociale bien plus trépidante que la sienne. Il faudrait qu'elle l'interroge à ce sujet quand elles se verraient.

Jan posa le téléphone sans fil sur le plan de travail de la cuisine. L'appel de Natalie n'aurait pas pu plus mal tomber. Elle se sentait très coupable de la façon que s'était déroulée la conversation, mais il aurait été impossible de lui dire la vérité, car Richard se tenait juste à côté d'elle et n'en perdait pas un mot.

— Qui c'était ? demanda-t-il, un doigt descendant le long de sa colonne vertébrale.

Vêtue d'un simple string en cuir noir et de chaussures à talons hauts, Jan se sentait incroyablement vulnérable – et c'était justement ce qu'on attendait d'elle. Elle appréciait d'ailleurs ce sentiment en dehors de son lieu de travail. Car on lui avait appris à aimer la soumission au Sanctuaire, et on le lui avait bien appris.

— Personne que tu connais, répondit Jan avec légèreté. Juste une amie.

— Et elle est jolie, cette amie ?

Les mains de Richard étaient maintenant posées de chaque côté de sa taille, et ses doigts, déployés sur son ventre.

— Oui, mais elle ne t'intéresserait pas. C'est une femme d'affaires dynamique, qui aime avoir le dessus sur ses partenaires.

— Peut-être qu'elle devrait aller passer un week-end au Sanctuaire, murmura Richard, la voix rauque de désir. Maintenant, on va monter à l'étage, et, pendant que je te ferai l'amour, tu vas me la décrire.

— Certainement pas ! rétorqua Jan.

Elle sentit la main gauche de Richard monter vers sa nuque et la serrer fermement.

— J'espère que tu ne vas pas retomber dans tes vieilles habitudes, Jan, chuchota-t-il. N'oublie pas que ce sont les hommes qui commandent, ce week-end. Tant que tu feras ce qu'on te dit, on te donnera autant de plaisir que tu pourras en supporter, tu te souviens ?

Le corps entier de Jan se tendit sous l'effet du désir.

— Bien sûr que oui, murmura-t-elle.

Elle monta les marches devant lui et dépassa d'autres invités. Certains tendirent la main pour la caresser, tandis que Richard et elle se dirigeaient vers la chambre.

Une fois là-bas, Jan sut que, bientôt, elle ferait tout ce qu'il lui avait demandé, prête à tout pour sentir le fluide chaud et délicieux du plaisir se répandre à travers son corps. Jan savait qu'elle trahirait Natalie, et, même si elle en avait honte, la sombre perversité de son acte ne faisait qu'accroître son excitation.

Natalie arriva chez Mario avant Jan. En regardant son amie approcher, elle lui trouva l'air tendu. Lorsque Natalie lui fit un signe de la main, Jan répondit d'un sourire visiblement forcé.

— Désolée, je suis en retard, dit-elle à bout de souffle avant de se glisser sur le siège en face de Natalie. Cette foutue séance de casting a duré plus longtemps que prévu, comme d'habitude.

— Je ne suis là que depuis cinq minutes, répondit Natalie. J'ai commandé un vin rouge de la cuvée du patron, mais j'ai pensé que je ferais mieux de t'attendre avant de commander les plats.

— Très bien, dit Jan d'un air distrait. Je vais prendre les spaghettis al pomodoro.

Elle se mit ensuite à feuilleter son agenda de poche.

Natalie décida de commander les pâtes fraîches farcies aux épinards et à la ricotta, servies avec une sauce tomate au basilic, son plat préféré chez Mario. Comme Jan ne semblait avoir aucune envie de manger, elle dut elle-même attirer l'attention du serveur et commander pour toutes les deux.

— Tu n'es pas fatiguée de manger toujours la même chose ? demanda Jan en rangeant son agenda.

Natalie secoua la tête.

— Non, je sais ce qui me plaît, c'est tout.

— Je pensais le savoir aussi.

Le ton de Jan était étrange.

— Qu'est-ce que tu veux dire ?

— Rien. Comment va ton magazine, au fait ?

— Il prend beaucoup trop de place dans ma vie, comme toujours. Philip m'a plaquée, au cas où tu n'aurais pas osé le demander.

Jan la regarda avec compassion.

— Pas de chance. Est-ce qu'il t'a dit pourquoi ?

— Oh ! les excuses habituelles : il ne veut pas d'une relation sérieuse, il pense que je mérite mieux. Ce ne sont pas les vraies raisons, évidemment. Les choses ont mal tourné la dernière fois qu'on a fait l'amour. J'ai dit que je préférais être sur lui parce que mon orgasme est toujours plus intense dans cette position et...

Natalie se tut lorsqu'arriva le serveur, et chacune étouffa un petit rire.

— On a dû lui manquer, s'esclaffa-t-elle en commençant à manger. Je suis sûre que personne n'a de conversations aussi intéressantes que les nôtres.

— Termine ce que tu disais, ordonna Jan.

— Oh oui ! Eh bien, Philip n'a pas apprécié que je prétende savoir mieux comment m'y prendre. Il a fait comme si ça ne le dérangeait pas, comme s'il aimait les femmes décidées, à l'écoute de leur corps. Mais, en fait, ça l'a complètement dégoûté.

— Tu veux dire que, parce que tu as pris plus de plaisir, il n'en a eu aucun ?

Natalie hocha la tête.

— Exactement. Bon sang ! Le nombre de fois où ça m'est arrivé... Enfin, tu as vécu ça aussi, non ? Ça me console un peu. Je ne suis pas la seule dans ce cas-là.

— Non, murmura Jan.

— C'est tout ce que tu trouves à dire ? Tu n'as pas une histoire intéressante à me raconter ? Comment se déroule ta vie sexuelle en ce moment ?

— Ça va, répondit Jan avec un haussement d'épaules.

— Qu'est-ce que tu veux dire ? Tu vois quelqu'un en particulier ?

— Non. Enfin, oui, de temps à autre.

— Il y a une raison pour que tu ne puisses pas me parler de lui ? demanda Natalie. Il est marié ou quelque chose dans ce genre ?

— Non, ce n'est simplement pas très intéressant.

Natalie n'en croyait pas ses oreilles.

— Ta vie sexuelle est *toujours* intéressante. Qu'est-ce qui se passe ? Tu me caches quelque chose, j'en suis sûre. C'est pour ça que tu ne m'as pas appelée depuis ton week-end à la campagne ? Tu as rencontré un homme séduisant là-bas, quelqu'un que tu veux garder secret ?

— Oh ! Nat, dit tristement Jan. Si seulement je pouvais t'en parler, mais c'est impossible.

Elle baissa la voix.

— Tu vois, je n'en ai pas le droit.

— Pas le droit ? s'écria Natalie.

— Chut !

— Pourquoi continues-tu à chuchoter et pourquoi devrais-je parler à voix basse ? Je ne comprends pas ce qui t'est arrivé. Tu as complètement changé depuis qu'on s'est vues la dernière fois. Est-ce que je t'ai blessée ou quelque chose comme ça ?

— Non, tu n'as rien fait, dit fermement Jan. S'il te plaît, est-ce qu'on pourrait simplement changer de sujet ?

Natalie soupira.

— Si c'est ce que tu veux… Mais la soirée ne va pas être aussi drôle que d'habitude. Tu ferais mieux de me parler de cet endroit où tu es allée passer le week-end. Tu as l'air en pleine forme ; ça a dû te faire du bien. Peut-être que je devrais y aller aussi. Où est-ce que ça se trouve ?

— C'est, euh... quelque part à la campagne.

— Tu m'aides beaucoup. Je devrais pouvoir trouver facilement avec ça.

— Je ne peux pas te dire où ça se trouve, dit Jan, clairement exaspérée.

Jamais Natalie ne s'était sentie mal à l'aise avec Jan auparavant. Elles étaient comme des sœurs, capables de parler de tout et de rien. Manifestement, pour des raisons que seule Jan connaissait, ce n'était plus le cas. Natalie eut soudain envie que le repas se termine pour pouvoir se réfugier chez elle. Elle se sentait terriblement blessée.

— Je crois que tu ferais mieux de choisir le sujet de conversation, rétorqua-t-elle. Rien de ce dont je parle ne semble convenir.

— Nat, je suis vraiment désolée, répondit Jan, se penchant au-dessus de la table vers son amie. J'aimerais te raconter, vraiment, mais je ne suis pas censée le faire.

— Alors, ne le fais pas. Je crois que je ne vais pas commander de dessert. On prend un café et on file, d'accord ?

— Oh ! et puis zut ! Écoute, Nat.

Jan baissa la voix.

— D'accord, je vais te raconter mon week-end, mais tu ne dois jamais en parler à personne d'autre. Si tu le fais, tu vas tout gâcher pour moi. Alors, avant que je commence, tu me promets de garder ça pour toi ?

Cette fois, Natalie était intriguée pour de bon.

— Bien sûr. Tu me connais, je suis douée pour garder les secrets.

— Oui, eh bien, tu as intérêt, parce que je risque tout en te racontant ça. L'endroit où je suis allée s'appelle le Sanctuaire. Ça se trouve dans le Sussex. Une fille au travail m'en avait parlé. Tu vois, ils ne font pas de pub. Les gens doivent en entendre parler de bouche à oreille, et leur nom doit être proposé par un membre avant de pouvoir y faire un séjour.

— Mais pourquoi ? demanda Natalie avec stupéfaction. Est-ce qu'on doit être préparé physiquement ou quelque chose comme ça ?

— Pas du tout, sinon, je n'aurais jamais été acceptée. Non, c'est vraiment un week-end de séminaire.

— Un séminaire professionnel ? Je ne veux pas d'un week-end à la campagne pour travailler. Je veux juste faire une pause.

— C'est un séminaire sur le sexe.

Natalie n'arrivait pas à le croire.

— Mais qu'est-ce que c'est que cette histoire ?

— Je viens de te le dire. Les gens vont là-bas pour apprendre à assumer leur potentiel sexuel, mais c'est un genre très particulier de potentiel. Tu vois, c'est pour les femmes comme toi et moi, ou pour les hommes qui passent leur temps à diriger les autres au travail. On t'apprend à céder le pouvoir à ton partenaire afin d'obtenir plus de plaisir. J'ai entendu l'un des tuteurs parler de cet endroit comme d'un « sanctuaire de la soumission », ce qui résume bien le concept.

— J'ai l'impression de rêver, dit Natalie, stupéfaite. Tu n'es quand même pas en train de me dire que...

— Parle moins fort, nom d'un chien !

Jan regarda nerveusement autour d'elle.

— Désolée. Tu n'es quand même pas devenue une femme soumise ?

— Si, avoua Jan. C'était incroyablement difficile au début. Pour être honnête, je ne pensais pas pouvoir dépasser la première journée, mais j'étais déterminée à essayer. Il faut bien admettre que ma vie sexuelle n'a jamais été formidable, même si j'en faisais ce que je voulais. Alors, qu'est-ce que j'avais à perdre ? Enfin, bref, une fois que j'ai commencé à céder et à faire ce qu'on m'ordonnait, tout est devenu tellement fantastique que je n'ai eu qu'une envie : en apprendre de plus en plus.

— Qu'est-ce qu'ils te font faire là-bas ?

Jan secoua la tête.

— Ça, c'est quelque chose que je ne peux *vraiment* pas te révéler.

— Je peux comprendre qu'ils veuillent garder l'endroit secret. Ce qui m'échappe, c'est pourquoi je n'ai pas eu de nouvelles de toi depuis que tu es rentrée.

— Parce que je vois toujours un tas de gens qui étaient au Sanctuaire en même temps que moi. Nous faisons la fête chez chacun de nous, et on se retrouve pour des dîners qui prennent toujours une tournure un peu plus excitante. Le problème, c'est que nous ne sommes pas autorisés à inviter des gens qui ne sont jamais allés au Sanctuaire, ce qui explique pourquoi je n'ai jamais pu t'y faire participer. Le plus affreux, Nat, c'est que je me suis retrouvée tellement absorbée par tout ça que je supporte à peine de ne pas voir ces gens une soirée, même pour te voir, toi, ma meilleure amie.

Natalie devinait que le simple fait d'y penser excitait déjà Jan. Elle avait les joues rouges, les yeux brillants, et sa main, agrippée au pied de son verre, n'était pas spécialement calme. Soudain, Natalie eut envie de ressentir la même chose, de vivre des relations sexuelles réellement satisfaisantes.

— Tu penses que je pourrais y aller ? demanda-t-elle.

Jan fronça les sourcils.

— Franchement, je ne pense pas que tu aimerais ça. J'ai plutôt simplifié les choses. L'endroit est dirigé d'une main de fer et, si tu ne fais pas ce qu'on te dit, eh bien...

Sa voix s'éteignit.

— Eh bien, quoi ?

— Tu es punie, chuchota Jan.

— Punie ?

— Oui. Et même ces punitions sont conçues pour t'exciter, mais d'une façon complètement différente de ce que tu as déjà pu expérimenter. Je ne pense vraiment pas que ce soit pour toi, Nat.

— Je n'aurais pas cru que c'était pour toi non plus. Mais on dirait que ça t'a plu. Ils m'accepteront sûrement si c'est toi qui soumets mon nom, n'est-ce pas ?

— Je suppose que si, mais je ne veux pas le faire.

Natalie eut l'impression de recevoir une gifle.

— Je te trouve incroyablement égoïste, finit-elle par dire. Tu en es revenue totalement différente. Tu admets que ta vie sexuelle est maintenant fantastique et que tu vois du monde presque tous les soirs de la semaine. Sais-tu ce que je fais, moi, après le travail tous les soirs ? Je rentre à la maison, je bois trop de vin et je vais me coucher avec mon chat pour seule compagnie.

— Mais si j'acceptais de proposer ton nom et que tu n'aimais pas l'endroit une fois là-bas, ça me causerait beaucoup de tort, expliqua Jan. Je ne veux pas que ça arrive. Je ne veux pas gâcher ce que j'ai enfin obtenu, et ils commenceront à douter de moi si je leur envoie la mauvaise personne.

— Honnêtement, je ne vois pas ce qu'il peut y avoir de si mauvais dans cet endroit. Je ne suis pas une gamine naïve de dix-huit ans. J'ai vingt-sept ans et pas mal d'expérience derrière moi. Je doute que ce qu'on me propose là-bas puisse me choquer.

— Oh ! Natalie, tu n'as absolument aucune idée de ce dont il s'agit ? Tu es exactement comme moi avant. Tu as toujours aimé avoir le dessus, à la fois au travail et au lit. En vieillissant, on est devenues de plus en plus dominatrices, toutes les deux. C'est pour ça que tous les hommes nous ont fuies, sauf que ni toi ni moi ne l'avons compris. Cela m'avait complètement échappé… jusqu'à ce que j'aille au Sanctuaire.

— D'accord, j'admets tout ça. Mais si tu es vraiment mon amie, prouve-le-moi en soumettant mon nom. Je te promets de ne pas te laisser tomber, quel que soit le choc, rit Natalie.

Jan hésita encore quelques instants et haussa les épaules.

— Alors, ce sera à tes risques et périls. Mais puisque je te connais et que je sais ce qui se passe là-bas, je te demande une seule chose : choisis l'option « deux week-ends ». Je ne pense pas que tu puisses supporter le programme intensif.

Natalie s'empressa d'accepter :

— D'accord, comme tu veux.

En son for intérieur, elle se dit que Jan était devenue folle. Elle ne pouvait imaginer une seule situation sexuelle qui puisse la déstabiliser.

— Tu vas le faire alors ? Tu vas leur proposer mon nom ?

— J'ai dit que je le ferais, non ?

Pour la première fois depuis des mois, Natalie était enthousiasmée par autre chose que son travail.

— Dans combien de temps me contacteront-ils ?

— J'ai dû attendre plusieurs semaines.

Natalie gémit.

— Oh non ! Je me réjouissais d'y aller le week-end prochain.

— Ils sont complets des semaines à l'avance. Maintenant, il faut que j'y aille. Quelqu'un passe me voir pour la nuit.

Maintenant qu'elle connaissait ses nouvelles occupations, l'attitude de Jan ne dérangeait plus Natalie. Bientôt, ce serait son tour.

— Pas de problème, sourit-elle. N'oublie pas de les appeler demain pour leur parler de moi, d'accord ?

— Bien sûr, je le ferai, lui assura Jan.

Alors qu'elles se retrouvaient toutes les deux à l'air frais, Jan jeta un coup d'œil à Natalie.

— J'espère vraiment que je prends la bonne décision, dit-elle lentement. Tu ne m'en voudras pas si tu n'aimes pas cet endroit, hein ?

— Je vais l'adorer, répondit Natalie, pleine d'assurance. Je voulais du changement dans ma vie, mais je ne savais pas comment faire. Tu viens de résoudre mon problème.

— Appelle-moi quand tu auras fini la formation, dit Jan avant de héler un taxi.

— On ne va pas se revoir avant ?

— Non ! cria Jan en montant dans la voiture. Je n'ai pas un seul soir de libre pendant les deux prochains mois.

Tandis que le taxi s'éloignait à vive allure, Natalie frissonna, à la fois nerveuse et impatiente. Elle s'aperçut que Jan avait raison. Elle était plus secrète que son amie, et l'option « deux week-ends » était sans doute la meilleure pour elle.

Elle prenait également conscience qu'elle venait de faire le premier pas d'un voyage qui l'emmènerait à la découverte de nouvelles facettes de sa sexualité.

Contre toute attente, elle était déjà tout émoustillée à l'idée d'apprendre à céder le pouvoir à son partenaire et à se laisser dominer au lit. Elle n'y aurait pas songé un seul instant si Jan ne lui avait parlé du Sanctuaire et si Natalie n'avait vu à quel point ce séjour avait transformé son amie.

Trois

Six semaines plus tard, Natalie roulait sur une petite route de campagne du Sussex et s'approchait rapidement du Sanctuaire. Maintenant qu'elle était presque arrivée, elle se sentait vraiment nerveuse. Si Jan n'avait pas tout risqué en proposant son nom, Natalie aurait peut-être fait demi-tour par manque de courage. Toutefois, elle n'avait plus le choix. Il fallait qu'elle aille jusqu'au bout. Natalie espérait seulement qu'une fois les deux week-ends terminés, elle serait aussi heureuse et épanouie que Jan.

Le Sanctuaire était une grande et vieille maison de campagne, située sur un terrain de plus de deux hectares. Tandis que Natalie garait sa voiture dans la cour derrière le bâtiment couvert de lierre, elle aperçut quelques personnes flânant sous le soleil estival. Chose intéressante, chacun se promenait seul : personne ne paraissait tenté de parler ou d'aller à la rencontre des autres. Natalie sortit du coffre sa valise et son petit sac de voyage, puis se présenta à la réception, dont le sol était couvert d'une épaisse moquette. Derrière le bureau se trouvait une jeune femme aux cheveux auburn qui sourit à Natalie.

— Votre nom ?

— Natalie Bowen.

Les yeux de la fille parcoururent une liste imprimée devant elle.

— Ah oui.

De nouveau, ce sourire bien étudié.

— Votre chambre est le numéro seize. Je vais vous montrer le chemin.

Natalie était étonnée. Elle avait cru qu'on la conduirrait d'abord dans une grande salle où elle aurait aussitôt dû se mêler à une foule d'inconnus. À l'évidence, elle s'était totalement trompée. Sur le moment, elle eut plutôt l'impression d'être arrivée dans un hôtel de campagne ordinaire.

— Vous n'avez pas eu de mal à nous trouver ? demanda la fille de l'accueil.

Elle portait une étiquette indiquant que son nom était Sue.

— Non, merci. Les indications qu'on m'a fournies étaient parfaites.

— Tant mieux. Voilà. Je suppose que vous aimeriez vous rafraîchir avant le dîner ?

Cette fois, Natalie était encore plus surprise.

— Je ne vais pas rencontrer d'autres participants avant ?

— Vous pouvez toujours faire le tour de la propriété. De nombreuses personnes se trouvent dehors en ce moment. Cela dit, monsieur Gill préfère que les nouveaux participants attendent dans leur chambre jusqu'à ce qu'ils aient reçu sa visite ou celle de son adjoint, Simon Ellis.

— Je vois, répondit humblement Natalie.

Dès qu'elle fut seule, elle commença à défaire ses

bagages, puis se déshabilla, prit une douche et enfila une robe d'été à manches courtes. Elle était occupée à brosser ses longs cheveux blonds lorsque s'ouvrit la porte de sa chambre. Un homme grand et brun entra.

— Bonjour ! dit-il.

Malgré son ton amical, aucun sourire n'éclaira son visage.

— Tu es Natalie Bowen, c'est ça ?

— C'est bien ça, sourit Natalie.

Elle tendit la main.

— Et vous êtes... ?

— Simon Ellis, ton professeur particulier pour le week-end. Tu as choisi la session de deux week-ends, non ?

— Oui.

— Très bien. Je voulais être sûr d'avoir reçu les bonnes informations avant de commencer.

Simon sortit un bloc-notes de la poche de sa veste et chercha un stylo du regard.

— Tenez, dit Natalie. Prenez le mien. J'étais justement en train de remplir cette carte de menu pour le petit-déjeuner.

— Merci. Bien, Natalie. À quand remonte ton dernier orgasme ?

Elle ne lui faisait pas tout à fait face, mais, lorsqu'elle comprit sa question, elle se retourna brusquement vers lui, les yeux écarquillés.

— Pardon ?

L'homme fronça les sourcils.

— Tu m'as bien entendu, non ?

— J'ai cru que vous me demandiez quand j'avais eu mon dernier orgasme.

— C'est bien ça.

— Je ne vois pas en quoi ça vous regarde.

Simon la regarda d'un air pensif.

— Tout ce qui concerne ta sexualité me regarde. Je suis là pour t'aider à changer. Je peux difficilement le faire si j'ignore comment se passe ta vie sexuelle en ce moment.

Natalie était très mal à l'aise.

— Je suppose, en effet, marmonna-t-elle.

— Tu n'es pas censée discuter mes ordres, tu sais. À partir du moment où tu franchis les portes du Sanctuaire, on s'attend ici à ce que tu obéisses à chacun de nos souhaits. Le non-respect des règles t'obligerait à quitter les lieux. Tu as bien lu notre documentation ? Qui t'a recommandée, au fait ?

Simon se mit à parcourir des notes sur son écritoire à pinces.

— Pas de problème, s'empressa de dire Natalie. J'avais juste oublié.

— Je vois. Espérons qu'il n'y aura pas d'autres malentendus entre nous. Tu peux peut-être me répondre maintenant ?

Natalie était très embarrassée.

— Ça doit faire plus de deux mois, admit-elle enfin.

— Vraiment ?

Simon leva les sourcils.

— Tu veux dire que tu ne t'es même pas masturbée pendant tout ce temps ?

— Non.

— Pourquoi ?

L'homme semblait avoir du mal à la croire.

— Parce que je n'ai pas eu le temps. Je suis si fatiguée quand je rentre du travail que j'ai seulement envie de boire un verre de vin et de me mettre au lit.

— Si le sexe n'a pas d'importance pour toi, pourquoi es-tu ici ?

Natalie avait du mal à s'expliquer. Elle commençait à se sentir très embarrassée à cause de toutes ces questions intimes.

— C'est important pour moi, mais je préfère les relations sexuelles avec un partenaire.

— Tu peux difficilement t'attendre à des relations sexuelles satisfaisantes avec un partenaire si tu ne t'exerces pas régulièrement. Bon, enlève ta robe et ton slip, puis assieds-toi dans ce fauteuil, là-bas.

Natalie sentit ses mains devenir moites. Voilà qu'elle se retrouvait piégée dans une maison au milieu de la campagne du Sussex, en compagnie d'un inconnu qui lui ordonnait de se déshabiller. Elle comprenait maintenant pourquoi Jan avait hésité à proposer son nom, car, pour Natalie, la situation était presque insupportable. Sa gorge se serra.

— Maintenant ?

— Eh bien, je n'ai pas l'intention de sortir et de revenir quand tu seras prête. Allez, Natalie, mon ordre est très simple.

Natalie lui obéit maladroitement, mais, une fois dans le grand fauteuil, elle comprit qu'il ne s'agissait pas d'un siège ordinaire. L'assise était très profonde et fortement inclinée vers l'arrière. Quant au dossier, il était plus haut que celui d'un fauteuil normal. Lorsqu'elle s'installa, le siège se renversa légèrement, faisant décoller ses pieds du sol. Natalie regarda Simon traverser la pièce dans sa direction. Comme il approchait, elle remarqua que ses cheveux foncés étaient mouchetés de gris et que, malgré la couleur sombre de ses yeux et de ses sourcils, il avait le teint très pâle. Ses épaules étaient larges, sa taille, fine, et ses pommettes, merveilleuses. Son visage aurait pu être séduisant, mais il était totalement dépourvu de chaleur et de douceur. Natalie lisait même une expression très réelle de menace sur sa bouche et dans ses yeux qui la passaient rapidement en revue. Sans un mot, Simon saisit ses chevilles et lui écarta les jambes afin de les faire passer par-dessus les accoudoirs du fauteuil.

— C'est mieux comme ça, dit-il en soutenant son regard.

Natalie se mit à rougir. Elle était complètement offerte à lui, la totalité de sa vulve exposée. Elle voulait désespérément se couvrir, mais n'en trouva pas le courage.

— Bien, maintenant masturbe-toi pour moi, reprit-il calmement.

C'en était trop.

— Je ne peux pas faire ça, laissa-t-elle échapper.

— Qu'est-ce que tu veux dire ?

— Je suis désolée, mais c'est trop embarrassant. Je ne me sens vraiment pas bien, assise comme ça devant vous...

Simon soupira.

— J'espère que tu ne vas pas te montrer difficile, dit-il avec une politesse glaciale. Est-ce que je ne t'ai pas déjà expliqué il y a quelques minutes qu'ici, au Sanctuaire, l'obéissance était primordiale ?

— Si.

— Tu es une femme intelligente, je crois. Tu diriges ta propre entreprise – qu'est-ce que c'est, déjà ?

Simon parcourut de nouveau ses notes.

— Ah oui, tu diriges ton propre magazine. Eh bien, dans ce cas, tu es certainement assez intelligente pour comprendre ce que le mot « obéissance » signifie.

— Bien sûr que oui.

— Alors, obéis-moi. Il s'agit seulement de ta première évaluation : je préfère ne pas penser à ce qui va se passer quand tu vas commencer à fréquenter les autres participants. Il va falloir que je te donne beaucoup de cours, apparemment.

Natalie se demanda si c'était positif, mais en douta un peu. Simon recula de deux pas et attendit qu'elle commence, les bras croisés. Toute cette humiliation lui donnait envie de pleurer.

Elle ne s'était pas attendue à ce genre de situation, mais, à vrai dire, Jan ne lui avait pas clairement expliqué ce qui se passerait. Son amie avait dit qu'elle n'en avait pas le droit, et Natalie comprenait maintenant pourquoi. À contrecœur, elle fit lentement descendre sa main sur son ventre.

— Arrête, intervint Simon d'un ton sévère.

La main de Natalie se figea.

— Tu n'as pas besoin de précipiter les choses. Caresse-toi les seins d'abord.

Natalie se sentait très gênée.

— Mais ce n'est pas comme ça que je me masturbe d'habitude, expliqua-t-elle.

— Pourtant, c'est ce que je veux que tu fasses, répliqua Simon, employant visiblement tout son sang-froid pour rester courtois.

Natalie se dépêcha de ramener la main droite sur son sein gauche et le caressa timidement. Simon l'observait de son regard d'aigle. Malgré tout, au moment où elle effleura des doigts sa peau délicate, elle sentit ses hanches tressauter légèrement et s'aperçut que ce contact l'excitait. Elle laissa aussitôt glisser sa main le long de sa cage thoracique.

— Pas encore, l'interrompit Simon. C'est moi qui te dirai quand déplacer ta main.

Amère et frustrée, Natalie se mordit la lèvre, mais s'exécuta. Pendant ce qui lui sembla des minutes interminables, elle continua à caresser tour à tour chacun de ses seins, jusqu'à ce qu'ils se durcissent et se gorgent de désir, leurs tétons fièrement dressés.

Alors, Simon autorisa enfin Natalie à laisser glisser sa main un peu plus bas, mais il insista tout de même pour que ses doigts s'attardent sur son ventre et à l'extérieur de ses cuisses.

À ce moment-là, un désir sourd avait déjà commencé à se manifester entre ses jambes, et Natalie sentit s'ouvrir les lèvres de son sexe. Lorsque Simon lui permit enfin de se caresser entre les cuisses, l'endroit était honteusement humide, et ses doigts n'eurent aucun mal à glisser le long des plis soyeux de son sexe, entre ses grandes et petites lèvres.

Comme Simon ne lui donnait pas plus d'instructions, Natalie promena un doigt autour de l'entrée de son vagin pendant quelques secondes, puis le fit remonter le long de sa chair tendre et humide, avant de toucher la surface enflée de son clitoris.

D'habitude, il lui fallait beaucoup de temps pour se masturber jusqu'à l'orgasme, mais, cette fois, les choses furent beaucoup plus faciles. Déjà, le désir se transformait en une agréable palpitation. Une sensation de chaleur se répandit dans le bas-ventre de Natalie, puis son clitoris commença à se rétracter à mesure qu'approchait son orgasme.

— Encore un effort, dit Simon.

Surprise par cette interruption, Natalie perdit le rythme pendant un instant et poussa un petit cri de déception, tandis que l'orgasme imminent s'éloignait. Mais elle devina que, si elle désobéissait une fois de plus, elle ne serait même pas autorisée à terminer son premier week-end au Sanctuaire.

Consciente que son clitoris serait trop sensible au toucher, même s'il était de nouveau à nu, Natalie ne put que promener son doigt autour en attendant que reviennent les délicieux picotements.

Elle entendit son souffle devenir plus bruyant dans le silence de la pièce. Et, lorsqu'elle fit aller et venir un doigt à l'entrée de son vagin, elle contracta instinctivement ses muscles internes, et cette nouvelle pression envoya de brusques spirales de plaisir à travers tous ses membres inférieurs.

— Touche ton point G, ordonna Simon.

— Je n'ai jamais réussi à le trouver, haleta Natalie, fébrile, mais mortifiée par sa propre ignorance.

— Eh bien, voilà quelque chose que nous rectifierons au cours du week-end. Continue, alors.

Natalie n'aurait pas pu s'arrêter là, même s'il le lui avait ordonné, car son corps tout entier était maintenant extrêmement tendu.

Remontant la main un peu plus haut, elle effleura de nouveau la surface de la ferme petite bosse, puis gémit de plaisir, tandis qu'un violent orgasme traversait son corps.

La respiration de Natalie était toujours rapide, et son cœur battait à tout rompre lorsque Simon s'approcha d'elle.

— Avec un peu de chance, ton corps vient de se rappeler à quoi ressemblait un orgasme. En fait, nous n'aimons pas que nos clients commencent la formation à froid.

— Que voulez-vous que je fasse maintenant ? demanda Natalie, à bout de souffle.

Les coins de la bouche de Simon remontèrent légèrement.

— Voilà qui est mieux, beaucoup plus proche du comportement qu'on attend de toi ici. Et, comme c'est si gentiment demandé, tu peux te lever et te rhabiller.

Natalie ressentit une pointe de déception, car elle avait un peu espéré que Simon lui offrirait lui-même une dose de plaisir supplémentaire. C'était extrêmement vexant de le voir aussi indifférent à ce qui venait de se dérouler. Mais, lorsque Natalie cessa d'examiner son visage pour jeter un œil un peu plus bas, elle découvrit un renflement révélateur à l'entrejambe de son pantalon, ce qui la soulagea totalement. Mais la situation n'en était pas moins humiliante. Jamais auparavant elle ne s'était masturbée devant un homme jusqu'à l'orgasme, pas même pour faire plaisir à un amant, encore moins à un parfait étranger.

Tandis qu'elle s'habillait, Simon jeta un coup d'œil à son écritoire.

— Bien. J'ai besoin de savoir deux ou trois choses de plus avant de te laisser. Tout d'abord, quelle est ta position sexuelle préférée ?

— Je ne suis pas sûre que vous allez approuver, marmonna Natalie.

Elle lut sur son visage que sa réponse l'amusait.

— On ne juge personne ici. Notre but est simplement de t'aider à changer, et, après tout, c'est la raison pour laquelle tu as décidé de nous rendre visite. Ce sera difficile de t'aider à changer si on ne sait pas ce que tu as fait dans le passé. Je t'assure qu'il n'y a rien de personnel dans tout ça. Je n'approuve ni ne désapprouve rien de ce que je vois ou entends pendant mon travail au Sanctuaire.

— Je préfère être sur mon partenaire, admit Natalie.

— Sur les genoux ?

— Oui.

— D'où tu peux contrôler tous les mouvements ?

— Bien sûr. C'est pour ça que j'aime cette position.

— As-tu déjà expérimenté des jeux d'asservissement sexuel ?

— Certainement pas !

Simon sembla déconcerté par la véhémence de sa réponse.

— Beaucoup de gens le font, remarqua-t-il avec douceur.

— Eh bien, moi, jamais.

— Très bien, je vais le noter. Je suppose que tu n'as jamais essayé de pratique SM non plus, alors ?

— On ne me l'a jamais demandé.

— D'accord. Imaginons que quelqu'un te l'ait suggéré. Aurais-tu accepté ?

Natalie secoua la tête.

— Non, je n'aurais pas voulu.

— Alors, pour résumer : tu aimes les relations sexuelles ordinaires, tu préfères être sur ton partenaire, et tu ne te masturbes pas régulièrement. Dirais-tu que c'est une juste estimation de ton comportement sexuel ?

Natalie commençait à se sentir comme un rat de laboratoire.

— Je crois que je m'amuse plus que vous le sous-entendez, protesta-t-elle.

— Mais tu aimerais t'amuser encore plus, n'est-ce pas ?

— Oui.

— Ce qui m'amène à la dernière question. Quelle est la véritable raison de ta venue ici ?

Simon l'observait attentivement, et Natalie sut qu'elle devait dire la vérité, si douloureuse qu'elle soit.

— J'occupe un poste à responsabilité, et j'exerce un contrôle sur tout au travail. J'aime que ça se passe de cette façon, comme j'ai toujours aimé avoir le dessus dans ma vie sentimentale aussi. Le problème, c'est que ça n'a pas fonctionné. J'ai eu des tas d'aventures, et je suis parfois tombée passionnément amoureuse, mais, à la fin, les hommes m'ont toujours quittée. Pendant longtemps, je n'ai pas compris pourquoi, et puis...

Natalie se tut soudain. Elle avait failli raconter que Jan lui avait parlé du Sanctuaire.

— Et puis ? demanda patiemment Simon.

— Et puis, il y a deux-trois mois, quand mon dernier amant m'a quittée, il m'a expliqué pourquoi. Il m'a dit que j'étais une obsédée du contrôle et que mon attitude au lit le dégoûtait. Je ne savais pas comment changer, ni même si j'en avais réellement envie. Plus j'y ai réfléchi, plus j'ai pris conscience que j'avais dû passer à côté de beaucoup de choses, seulement, je ne savais pas quoi faire. Par chance, j'ai alors dîné avec une amie et lui ai raconté comment je me sentais. Elle m'a demandé à quel point je voulais changer, et, après un moment, elle m'a dit que j'avais peut-être le bon profil pour être admise au Sanctuaire.

— Je vois. Pourtant, elle ne t'a pas dit exactement ce qui se passait ici ?

— Elle m'a expliqué qu'elle ne le pouvait pas, mais que c'était un endroit où je pourrais apprendre à m'épanouir et à évoluer sexuellement. Que ce serait l'occasion pour moi de faire des expériences, mais dans un environnement sûr.

Simon approuva de la tête.

— C'est très bien exprimé. Tu te trouves en effet dans un environnement sûr, très sûr. Le problème, c'est que tu n'as absolument jamais expérimenté le genre de choses que tu vas devoir faire pendant les deux prochains week-ends. Je vais être honnête avec toi, Natalie : je ne crois pas que tu iras jusqu'au bout de la formation.

— Qu'est-ce qui vous donne le droit de porter un jugement sur moi ? demanda-t-elle, furieuse qu'on puisse l'imaginer capable de renoncer à un but qu'elle s'était fixé.

— J'arrive très bien à analyser les préférences et les capacités sexuelles des gens. Tu as passé tellement de temps à la place du conducteur que je ne te vois pas prête à changer de siège pour devenir simple passagère. À toi cependant de me prouver que j'ai tort, n'est-ce pas ?

— Tout à fait, dit-elle rageusement.

— Et encore une chose. Tu dois te montrer respectueuse et obéissante à tout moment, même envers moi, ton professeur particulier. Je sais que je t'ai contrariée, mais d'autres le feront aussi pendant ton séjour. Tu dois apprendre à maîtriser tes réactions naturelles et à accepter les choses avec le sourire, ou même en t'excusant pour tes propres erreurs.

Là-dessus, Simon quitta brusquement la pièce. Une chance pour Natalie, car elle s'apprêtait à lui répondre que Jan ne lui avait rien expliqué de tout ça et que, si elle avait su, elle ne serait sans doute pas venue. Simon avait laissé une brochure sur sa coiffeuse. Natalie l'ouvrit et lut qu'un rassemblement général aurait lieu dans la grande salle de réception à dix-neuf heures trente pour l'apéritif. Dans ce cas, elle avait encore une heure et demie devant elle. Elle se dit alors qu'une promenade autour de la propriété pourrait l'aider à se calmer. Car, pour le moment, son corps et son esprit étaient tous deux en plein désarroi.

Natalie quitta sa chambre et longea le couloir. En passant devant une porte, elle s'aperçut qu'elle était entrouverte et que d'étranges bruits parvenaient jusqu'à elle. Impatiente de savoir ce qui se passait à l'intérieur, elle y jeta un œil.

Un homme grand et de forte carrure d'environ trente-cinq ans se tenait au milieu de la pièce, complètement nu. Il avait les yeux bandés, et ses poignets étaient attachés derrière son dos. Sue, que Natalie avait rencontrée à l'accueil, était agenouillée entre ses jambes.

Ses mains caressaient l'extérieur des cuisses de l'homme, tandis que sa bouche et sa langue étaient occupées à lécher et à sucer ses testicules et son sexe en érection. Il tremblait de la tête aux pieds. Les muscles de son abdomen étaient fermes, et d'étranges bruits gutturaux, ceux qui avaient attiré l'attention de Natalie, sortaient de sa bouche.

— Plus que cinq minutes et tu auras le droit de jouir, dit Sue en éloignant un instant sa bouche de ses parties génitales pour lui donner quelques secondes de répit.

— Je ne tiendrai pas si longtemps ! s'écria-t-il.

— J'ai bien peur que tu n'aies pas le choix, sinon, tu seras puni, et je suis sûre que, depuis ta dernière visite, tu n'as pas oublié ce que ça voulait dire.

Natalie pouvait à peine respirer. Elle n'avait jamais rien vu de pareil de toute sa vie. Sous le sexe enflé de l'homme, les veines étaient boursouflées, et son extrémité, d'un violet inquiétant. De temps à autre, il donnait un brusque coup de reins lorsque les lèvres de velours de la fille lui offraient une caresse particulièrement intime et le rapprochaient du pic de l'extase. De toute évidence, il se démenait comme un fou pour obéir à ses ordres.

Mais, sous les yeux mêmes de Natalie, l'homme poussa soudain un cri déchirant, frémit violemment, et son sperme jaillit dans la bouche de Sue. Il venait d'échouer.

Lorsque le corps de l'individu fut de nouveau calme, Sue se leva, et Natalie la vit tordre sauvagement l'un de ses tétons.

— Tu es un élève très lent, pas vrai ? dit-elle calmement.

Puis elle se tourna pour fermer la porte. En hâte, Natalie descendit le couloir, espérant qu'on ne l'avait pas vue. Mais la scène à laquelle elle venait d'assister restait gravée dans sa mémoire.

Malgré la peur, cette situation avait vivement excité Natalie. Tandis qu'elle traversait la magnifique propriété, elle n'arrivait pas à oublier le sexe très tendu de l'homme, son torse haletant, ni les tendons raides de son cou lorsqu'il avait jeté la tête en arrière, plein de désespoir, au moment de l'extase finale.

Quatre

À dix-neuf heures trente précises, Simon Ellis et les autres tuteurs suivirent Rob Gill vers l'accueil, où les attendaient leurs vingt hôtes du week-end. Comme chaque premier soir de formation, les participants un peu gênés s'étaient rassemblés en petits groupes. La plupart étaient nerveux et – peut-être pour la première fois depuis des années – peu sûrs d'eux.

C'était un moment que Simon appréciait toujours. Il adorait l'expression inquiète des participants au moment où ils levaient les yeux vers leurs tuteurs : elle lui donnait un merveilleux sentiment de pouvoir. C'était particulièrement agréable ce jour-là, car son travail de journaliste indépendant venait de lui faire passer une semaine épouvantable. Dehors, dans le monde réel, sa situation était très différente de celle des participants. Simon avait du mal à se créer un créneau, alors que toutes ces personnes connaissaient une réussite considérable. Elles appartenaient à cette catégorie de gens qui avaient le pouvoir de le faire percer ou de le briser, ce qui rendait son travail ici d'autant plus agréable.

Tandis que Rob commençait son habituel discours d'ouverture, Simon regardait l'assemblée depuis l'estrade, laissant ses yeux errer de visage en visage. Il cherchait Natalie Bowen et n'eut aucun mal à la trouver. C'était la femme la plus grande et aussi la plus élégante de toutes. Ses longs cheveux blonds ondulés tombaient librement sur ses épaules, et la robe bleue toute simple qu'elle portait soulignait sa silhouette élancée.

Simon parvenait très bien à imaginer ses jambes longues et fines sous l'étoffe. Pendant qu'il avait évalué Natalie de manière professionnelle un peu plus tôt, une autre partie de lui-même avait été sensible à ces jambes. Elles étaient particulièrement belles, et Simon avait maintenant hâte d'initier cette participante aux méthodes du Sanctuaire.

Alors qu'il sentait réagir son membre viril, il tenta de se changer les idées en examinant d'autres personnes. Il n'avait pas l'habitude de désirer autant une femme dès le début de la formation. Bien entendu, il ressentait toujours une excitation extrême pendant les séances de thérapie – c'était nécessaire, sinon il n'aurait pas été en mesure de faire son travail –, mais, cette fois, sa réaction semblait plus personnelle.

Peut-être était-ce dû au fait que Natalie travaillait dans le même secteur et réussissait bien mieux que lui. Quelle que soit la raison de son excitation, la présence de cette femme allait ajouter une nouvelle dimension au plaisir de ce week-end.

Comme le discours de Rob touchait à sa fin, Simon regarda la feuille de papier entre ses mains. Trois noms y étaient inscrits : ceux de deux femmes et d'un homme. Natalie était bien entendu l'une des deux participantes. Pendant les deux prochains jours, elle ne ferait rien sans Simon, qu'il soit présent pour participer ou pour observer ses progrès. Le personnel comptait bien d'autres tuteurs, mais Simon venait juste après Rob dans la hiérarchie. Il était habituellement chargé des personnes les plus difficiles à former, selon les critères de Rob. Dans le cas de Natalie Bowen, Simon était certain que son patron avait raison.

— C'est tout ce que j'avais à dire, conclut Rob.

Puis il se tourna vers les divers tuteurs et tutrices placés derrière lui sur l'estrade. Seul Simon était autorisé à se tenir à ses côtés, afin de signifier aux participants qu'il était son second.

— Les tuteurs vont maintenant vous dire à quel groupe vous appartiendrez ce soir, expliqua Rob. Après le dîner, vous rejoindrez vos différentes équipes, et le week-end de formation pourra commencer. J'espère sincèrement que dimanche soir, quand nous nous retrouverons ici, vous estimerez que nos promesses ont été plus que tenues.

Simon décida qu'il irait rassembler ses autres élèves avant d'aller chercher Natalie. L'homme, qui s'appelait Chris, était un courtier de marchandises âgé de trente ans et passait son second week-end au Sanctuaire. L'autre femme, nommée Heather Lacey, était bien partie pour devenir millionnaire à vingt-neuf ans, grâce à sa chaîne de salons de beauté. Comme Natalie, elle venait ici pour la première fois, mais Simon pensait qu'elle serait plus facile à former. Elle lui avait paru presque timide lors de leur première rencontre, même si, d'après elle, la plupart des hommes la trouvaient trop énergique.

Tandis que Simon, Chris et Heather s'approchaient de Natalie, le tuteur vit ses yeux bleu foncé s'agrandir un peu, signe incontestable de sa nervosité. Tous les quatre dînèrent ensemble à une table d'angle isolée, mais, comme toujours, Simon s'assura que le sujet du sexe ne soit pas abordé au cours de la conversation. Contrairement à d'autres professeurs, il préférait éviter qu'on en parle, car cela maintenait un certain état de tension chez les participants. Il savait qu'ils attendaient une sorte de cours magistral ou quelques explications à ce stade de la formation. Faute de précisions, ils étaient envahis par le trouble et devenaient ainsi, d'après son expérience, plus faciles à maîtriser par la suite.

Il était plus de vingt-deux heures lorsque Simon se leva finalement de table.

— Il est l'heure de monter, expliqua-t-il.

Puis il s'éloigna à grands pas, laissant ses trois élèves courir derrière lui. Simon leur fit gravir deux volées de marches jusqu'à l'étage de formation, où chaque tuteur disposait de sa propre pièce.

Celle de Simon était grande et pourvue d'une somptueuse moquette, de lourds rideaux, encore ouverts pour le moment, d'un grand lit, d'un divan, de chaises et de matériel qu'il utilisait à un moment ou à un autre, lors de chaque week-end.

Malgré sa décoration attrayante, la pièce avait quelque chose d'intimidant, en partie à cause des lumières tamisées. Au lieu d'un plafonnier, on avait fixé quelques appliques aux murs. Ce faible éclairage faisait aussi partie de la stratégie de Simon pour désorienter ses visiteurs. S'ils étaient trop détendus, trop à l'aise, il était difficile de les « persuader » de changer leurs habitudes, même s'ils payaient pour ça.

Le tuteur regarda Chris.

— Enlève tes vêtements, lui ordonna-t-il.

Chris, qui avait déjà passé un week-end au Sanctuaire, obéit sur-le-champ. Simon remarqua que

Heather et Natalie s'étaient rapprochées l'une de l'autre et observaient la scène avec nervosité.

Chris était un homme assez petit, mais il passait son temps libre à faire de la musculation avec son coach personnel. Par conséquent, il était en excellente condition physique. Il avait également un sexe énorme, qui, pour le moment, reposait mollement contre sa cuisse gauche, mais Simon savait qu'il allait bientôt commencer à réagir.

Il se souvenait que Chris démarrait toujours beaucoup trop vite, et c'était l'une des choses qu'il devait apprendre à maîtriser. S'il était venu les voir, c'était en partie parce qu'il faisait toujours passer sa satisfaction avant celle de l'autre et qu'il trouvait difficile de réfréner ses réactions naturelles pour donner plus de plaisir à sa partenaire.

— Bon, les filles, mettez-vous en sous-vêtements, dit Simon.

Toutes deux hésitèrent en échangeant quelques regards gênés.

— C'est un ordre, pas une demande, leur rappela-t-il. Si l'une de vous est trop lente, je vais devoir la punir.

Aussitôt, les deux femmes commencèrent à retirer leurs robes.

Simon attrapa la main de Heather. Elle ne portait plus qu'une combinaison et une culotte flottante, et la vue de sa poitrine généreuse eut un effet immédiat sur Chris, dont le pénis commença à réagir.

— Sers-toi de ta bouche sur lui jusqu'à ce qu'il ait une érection, dit Simon après avoir lu dans ses notes que Heather n'aimait pas faire de fellation à ses partenaires.

Elle le regarda, horrifiée.

— Je ne le connais même pas. Ce n'est pas quelque chose que je fais...

— Et c'est précisément la raison de ta présence ici. Tu veux vraiment changer, n'est-ce pas, Heather ?

— Oui, mais...

— Il n'y a pas de « mais ». Ne le fais pas attendre plus longtemps : il est déjà excité sans même que tu le touches.

Heather se laissa tomber à genoux et commença à lécher timidement le gland du sexe de Chris, qui se durcit en un instant, puis Simon regarda Natalie. Elle portait un soutien-gorge en dentelle, ainsi qu'un minislip échancré, et ses longues jambes étaient enveloppées dans des bas jarretières en soie. Simon s'aperçut alors qu'elle représentait son idée de la femme parfaite : il avait toujours eu un faible pour les femmes grandes, blondes et minces. Il était conscient qu'elle ne devait jamais le découvrir, et Rob non plus. Toute forme de relation sentimentale entre tuteurs et participants était strictement interdite au Sanctuaire.

— Pendant que Heather s'occupe de lui, place-toi derrière Chris et frotte-toi contre lui, dit fermement Simon.

Natalie n'essaya pas de protester. Elle pressa bientôt son corps contre les fesses et le dos de Chris. Ses fines hanches commencèrent à se balancer doucement d'un côté sur l'autre, et ses seins recouverts de dentelle caressèrent la peau de son dos.

Plus le sexe de Chris s'allongeait et se durcissait, plus Heather paraissait réticente à poursuivre sa tâche. Malgré les ordres qu'elle avait reçus, elle ne cessait de faire des pauses, d'éloigner sa tête de Chris et de jeter des coups d'œil à Simon, impatiente qu'il l'autorise à s'arrêter. Mais il ignorait l'appel muet de ses yeux suppliants.

— Souviens-toi, Chris, tu ne dois pas jouir.

Le pauvre homme, tourmenté par ces deux jolies filles, avait presque oublié sa mission.

— Bon sang, ne me faites pas attendre trop longtemps, haleta Chris. C'est encore plus difficile que le week-end dernier.

— Bien sûr que ça l'est : tu n'es plus un débutant. Heather, continue comme ça, tu te débrouilles très bien. Natalie, je veux que tu viennes te placer là, au milieu du lit.

Simon attrapa sa main et l'entraîna à travers la pièce, lui fit retirer ses sous-vêtements, puis l'installa à quatre pattes sur le lit. Le dos de Natalie luisait de sueur, et le tuteur sourit intérieurement. À l'évidence, elle était déjà excitée malgré ses réserves.

— Ne bouge pas. Tu vas attendre dans cette position jusqu'à ce que je laisse Chris te prendre. Il atteindra l'orgasme rapidement à ce stade-là. À toi de voir si tu peux jouir avant lui.

Natalie le regarda comme s'il était fou.

— Je ne serai jamais capable de jouir aussi vite, pas s'il se contente de me pénétrer, et encore moins dans cette position.

— Dans ce cas, j'ai bien peur que tu doives être punie quand il aura fini. Réfléchis-y pendant que tu attends.

Chris émit soudain un gémissement, et Simon, pour aller vérifier sa progression, s'empressa de laisser Natalie à quatre pattes au milieu du lit.

Natalie attendit, tremblante. Elle regrettait de toute son âme de s'être inscrite à ce week-end. Jamais, même dans ses rêves les plus fous, elle n'avait imaginé une scène pareille. L'idée de laisser un étranger la pénétrer, la prendre d'une façon qu'elle ne trouvait même pas excitante, et d'être observée par deux autres personnes pendant ce temps-là lui semblait atroce. Mais, chose étrange, même si la situation l'horrifiait, elle l'excitait aussi. L'attente mettait ses nerfs à vif. Lorsqu'elle s'était frottée contre Chris, la simple pression de son pubis contre lui l'avait presque fait jouir, tout comme l'idée de ce que l'homme devait ressentir en étant obligé de réfréner sa propre excitation.

À présent, elle avait pourtant du souci à se faire. Même si elle était excitée, Natalie savait par expérience qu'elle ne jouirait pas au moment où Chris la prendrait par-derrière. Elle allait donc devoir subir une punition de Simon, et cette pensée la remplissait de terreur.

Derrière elle, Natalie entendit Simon dire à Heather de s'arrêter. Puis, quelques secondes plus tard, le lit bougea lorsque Chris grimpa dessus.

— Natalie, fléchis les bras et pose ton front sur le matelas, suggéra Simon. De cette façon, tu seras plus ouverte pour lui.

À peine eut-elle le temps d'obéir que Chris agrippait déjà sa taille. Puis, d'un rapide coup de hanches, il s'enfonça profondément en elle. Son énorme sexe en érection l'emplissait tellement que c'en était presque douloureux.

— Ralentis, Chris, dit Simon. Souviens-toi que Natalie doit essayer d'atteindre l'orgasme avant toi.

— J'ai déjà dû attendre, se plaignit Chris. Désolé, mais je ne vais pas pouvoir me retenir plus longtemps.

Dans un effort désespéré pour déclencher son propre orgasme, Natalie se mit à contracter et relâcher successivement ses muscles internes, enserrant la forme massive du sexe de Chris. Cette tentative fut concluante, car de minuscules picotements de plaisir commencèrent à monter en elle. Mais soudain, avant que l'effet ait eu le temps de s'amplifier, les hanches de Chris s'agitèrent de plus en plus vite et claquèrent contre ses fesses. Quelques secondes plus tard, l'homme poussa un cri de triomphe lorsqu'il atteignit le sommet du plaisir.

— Tu n'as pas joui, Natalie, je me trompe ? demanda Simon.

Elle faillit pleurer de peur et de frustration. Après avoir cru que cette position ne lui convenait pas, elle avait finalement été si proche de l'orgasme.

— Chris a été trop rapide, se plaignit-elle.

— Non, tu as été trop lente, rétorqua Simon. Bon, Chris, je veux que tu te serves de ta bouche sur Heather maintenant. C'est à son tour de prendre du plaisir. Natalie, viens te mettre à côté de moi. Tu recevras ta punition quand les deux autres seront partis.

Nerveuse, Natalie descendit du lit, alla rejoindre Simon, puis regarda Heather s'allonger sur le dos avec réticence au milieu du lit. Chris essaya alors de placer sa tête entre ses cuisses, mais elle les serrait trop fort l'une contre l'autre. Simon fronça les sourcils.

— Ça ne va pas aller. Natalie, nous allons devoir aider Chris, toi et moi. Chacun de nous va tenir une cheville de Heather et écarter ses jambes.

— Non, ne faites pas ça ! s'écria la jeune femme.

Mais Simon se contenta de l'ignorer. Natalie saisit l'une des chevilles de Heather et la tira vers le coin gauche du lit, tandis que Simon étendait l'autre jambe dans la direction opposée. L'accès était libre pour Chris à présent. Il le fut encore plus quand Simon retira brutalement la culotte flottante de Heather et poussa un oreiller sous ses hanches.

Natalie sentit le corps de la jeune femme se raidir pour lui résister, tandis que Chris commençait à lécher et à sucer son entrejambe.

— Il fait ça trop fort, protesta Heather.

— Oui, c'est là-dessus qu'on travaille, dit Simon. Fais attention, Chris. Je suis sûr que tu ne veux pas être puni, surtout que tu t'en es très bien sorti jusque-là.

Chris avait dû comprendre l'allusion, car le corps crispé de Heather se détendit peu à peu. Il semblait toutefois évident qu'elle avait du mal à tirer le moindre plaisir de cette situation.

— Fais tourner ta langue en elle, suggéra gentiment Simon. Vois si tu peux trouver son point G, puis donne-lui de petits coups de langue.

Tout à coup, Natalie sentit les muscles de la jambe de Heather se raidir. Puis sa tête commença à rouler d'un côté sur l'autre, tandis que lui échappaient de petits gémissements d'excitation. Alors, à une vitesse surprenante, elle fut prise d'un violent tremblement.

— Voilà, dit Simon d'une voix satisfaite. Ce n'était pas si mal, hein ? Bien joué, Chris. Tu t'es surpassé ce soir. Heather et toi pouvez regagner vos chambres maintenant.

Natalie le regarda avec inquiétude.

— Et moi ?

— Tu sais très bien que tu ne peux pas partir. Tu dois recevoir une punition.

Heather s'empara de ses vêtements, lança à Natalie un regard compatissant et s'enfuit de la pièce. Elle était manifestement embarrassée par ce qui venait de lui arriver, mais elle avait les joues encore rouges de plaisir. Chris était bien plus détendu et semblait content de lui. Il adressa pourtant, à son tour, un regard désolé à Natalie.

— Qu'est-ce que vous allez faire ? demanda-t-elle nerveusement.

— Tu vas le savoir dans une minute. Tu vois ce tabouret là-bas ?

Natalie hocha la tête.

— Je veux que tu te penches par-dessus. Garde les pieds au sol, mais assure-toi que tes seins pendent dans le vide. Comme tu es grande, ça ne devrait pas te poser de problème.

Natalie se mit à trembler.

— Je veux savoir ce que vous allez me faire.

— Comme je te l'ai dit, tu vas le découvrir dans un instant. Tu n'aimes pas recevoir des ordres, on dirait ?

— Pas si je risque d'avoir mal.

— Non, je crois que tu n'aimes en recevoir aucun, dit Simon sévèrement.

— Qu'est-ce que ça peut vous faire ? demanda Natalie avec étonnement.

Le tuteur s'aperçut que sa propre remarque n'avait rien de professionnel et tenta rapidement de dissimuler son erreur.

— Rien. C'était un simple point de vue de professeur.

Natalie ne le croyait pas. Elle avait le sentiment que c'était plus personnel que ça, mais sans pouvoir le prouver.

En tout cas, son intérêt pour Simon semblait réciproque. Il avait beau paraître détaché et dangereux, Natalie était sûre que, s'il le voulait, il pourrait être un amant incroyablement doué.

— Dépêche-toi ! ordonna Simon, interrompant sa rêverie. Il faut que tu obéisses aux ordres plus vite que ça, j'en ai peur, sinon tu auras bientôt dépensé ton argent pour rien.

Incapable de repousser le moment fatidique plus longtemps, Natalie se pencha par-dessus le haut tabouret et sentit le sang affluer dans ses seins qui pendaient dans le vide. Elle avait envie de lever la tête pour jeter un œil derrière elle et voir ce qui allait lui arriver, mais elle savait maintenant que ce serait une grave erreur. Elle attendit, pleine d'appréhension, puis sentit la main de Simon se promener doucement sur son corps.

Il étalait une sorte d'huile sur sa peau. C'était une sensation délicieuse et, tandis qu'il massait le bas de son dos et le minuscule creux à la naissance de sa colonne vertébrale, Natalie poussa un petit soupir de plaisir. Ce ne pouvait pas être ça, la punition, se dit-elle, sinon elle en redemanderait des dizaines avec joie. Simon continua à lui masser les fesses et le dos avec l'huile pendant plusieurs minutes avant de s'éloigner quelques secondes.

Lorsqu'il revint vers elle, le corps de Natalie était détendu et réceptif ; elle était sur le point de s'assoupir. Soudain, elle sentit un coup vif et cuisant sur ses fesses, et poussa un cri d'étonnement.

— Ça m'a fait mal.

— C'était fait exprès. Tu es punie, tu te souviens ? Ce n'est qu'une cravache en latex. Elle ne laissera aucune marque ni aucune lésion sur ta peau.

Pour la première fois, la voix de Simon était douce, apaisante.

— Détends-toi, Natalie. Si tu te laisses faire, tu découvriras que la douleur aussi peut être agréable.

Natalie ne le crut pas un instant. Elle était horrifiée. Jamais, de toute sa vie, personne ne l'avait frappée pendant une relation sexuelle. Mais avant qu'elle puisse ajouter quelque chose, la cravache en latex retomba sur sa chair luisante, et, de nouveau, cette sensation chaude et cuisante l'envahit.

Seulement cette fois, la douleur ne fut pas aussi intense. Natalie se détendit un peu et, quand Simon lui donna un troisième coup de cravache, elle s'aperçut qu'il avait raison. Elle commençait à ressentir une agréable chaleur sur sa peau, la brûlure lui paraissait plus une irritation qu'une vraie douleur, et entre ses cuisses naissait la palpitation insistante du désir. Son clitoris se durcit à son tour, et Natalie finit par se tortiller sur le tabouret, luttant pour se stimuler un peu elle-même.

— Ce n'est pas autorisé, dit Simon.

Mais il n'avait pas l'air en colère, plutôt amusé.

— Tu vois, j'avais raison à propos de cette punition, non ?

Simon la frappa deux fois encore, et Natalie eut l'impression que son arrière-train était en feu. En dépit de ses avertissements, elle recommença à se tortiller sur le tabouret, essayant désespérément d'atteindre l'agréable orgasme qu'elle sentait si proche.

— Tiens-toi tranquille quand on te le demande, dit Simon, le ton plus dur cette fois.

Natalie lui obéit avec un gémissement.

Puis, à son grand soulagement, elle sentit une main se glisser sous elle : maintenant, les doigts complices de Simon écartaient les lèvres de son sexe, se pressaient contre sa vulve et cherchaient sans relâche la petite bosse dure qui rêvait d'être touchée.

Au moment où les doigts huileux de Simon trouvèrent son clitoris, Natalie gémit de soulagement. L'homme remuait les doigts avec tant d'habileté, la touchant de la façon la plus délicieuse, que, quelques courtes secondes plus tard, tous les muscles de Natalie ondulèrent, se contractèrent, se resserrèrent en une masse compacte, et un orgasme merveilleusement intense vint envahir chaque parcelle de son corps.

— Je ne suis pas sûr que ça t'apprenne à m'obéir à l'avenir, remarqua sèchement Simon. Tu ferais mieux de t'habiller et de retourner dans ta chambre maintenant. Tu vas avoir une journée très chargée demain.

Cinq

Lorsque Natalie ouvrit les yeux le matin suivant, Simon se tenait debout devant elle.

— Que se passe-t-il ?

— Il est sept heures. Il est temps de commencer la journée.

Elle était encore à peine réveillée, et assez désorientée.

— Que voulez-vous dire ?

— Qu'ici on commence tôt. Ainsi, nous sommes sûrs que vous en avez pour votre argent. À propos, je ne crois pas que tu aies rencontré Marc. C'est un tuteur stagiaire qui va nous observer pendant les deux prochaines journées. Il se peut qu'il participe aussi de temps en temps. Tu ferais mieux d'enfiler une robe de chambre : nous retournons dans ma salle de formation.

— Je ne peux pas y aller avant d'avoir pris une douche, protesta Natalie.

— Bien sûr que si. Il s'agit de tester une relation sexuelle spontanée.

— Je n'aime pas ça. Je préfère prendre une douche d'abord, me faire belle et...

— Mais c'est ce que nous essayons de changer, n'est-ce pas, Natalie ? dit doucement Simon. Tu te gâches la vie en étant aussi pointilleuse sur tout. Tu vois, si j'étais ton amant plutôt que ton tuteur, je serais très déçu par ta réaction. Personnellement, j'aime bien les câlins matinaux.

Comprenant qu'elle n'avait pas le choix, Natalie saisit sa robe de chambre en coton. Puis, toujours pieds nus et les cheveux en bataille, elle suivit les deux hommes jusqu'au dernier étage du Sanctuaire.

En entrant dans la salle de formation de Simon, Natalie vit qu'ils étaient déjà allés chercher Heather. Elle était juchée sur le bord d'une chaise haute, l'air extrêmement mécontent.

Apparemment, elle n'était pas plus enthousiaste que Natalie à l'idée d'être réveillée aussi tôt pour une relation sexuelle. Ses cheveux courts et brun clair étaient décoiffés, et ses paupières semblaient lourdes, comme si elle n'avait pas assez dormi.

— Bon : ce matin, notre but est de vous faire atteindre l'orgasme avant le petit-déjeuner, expliqua Simon. Je devine que ni l'une ni l'autre vous n'êtes particulièrement tentées par cette idée, mais je vous assure qu'à l'avenir, vos amants y seront sensibles. Le problème avec vous deux, c'est que vous voulez toujours décider du moment et de l'endroit. Vous ne semblez pas faire beaucoup de concessions dans la vie. Chacune ressent le besoin de maîtriser les choses en permanence. Eh bien, à partir de maintenant, ce n'est plus possible. J'espère vraiment que vous finirez toutes les deux par comprendre à quel point la vie peut être plus excitante quand on cède le pouvoir aux autres.

Simon jeta un coup d'œil aux deux femmes, puis sourit à Natalie. Son expression n'était pas amicale, mais plutôt amusée.

— On va commencer par toi. Marc, tu as posé le traversin sur le lit ?

Le stagiaire hocha la tête.

— Bien. Alors, Natalie, déshabille-toi et allonge-toi sur le dos sur le traversin.

Le cœur de Natalie se serra. De toute évidence, on attendait d'elle un rapport sexuel dans la position du missionnaire, celle qu'elle aimait le moins, ce qui signifiait sans doute un nouveau moment de frustration, suivi d'un nouveau genre de punition. Pleine d'amertume, elle laissa tomber ses vêtements sur le sol et grimpa sur le lit.

Simon enleva les siens et s'allongea à côté d'elle.

— Tu n'as pas l'air très détendue, et, désolé de te dire ça, mais je ne te trouve pas particulièrement sexy.

— C'est sans doute parce que je ne me sens ni l'une ni l'autre.

— Tu sais, on n'a pas l'impression que tu te donnes beaucoup de mal pour changer, chuchota-t-il.

Puis il saisit fermement son menton entre ses doigts.

— J'espère que tu ne vas pas rendre les choses trop difficiles. D'abord, ce serait jeter ton argent par les fenêtres, et, en plus, tu me ferais perdre mon temps. Beaucoup de gens attendent de pouvoir venir au Sanctuaire. Tu as eu une place pour deux week-ends entiers. Le moins que tu puisses faire, c'est d'essayer de tirer profit de ce séjour au maximum.

— Je ne savais pas que ça se passerait comme ça, siffla Natalie, alors que son caractère reprenait le dessus. Je pensais qu'il y aurait plus de cours magistraux et de discussions de groupe. Jan ne m'a pas dit ce qui allait se passer.

— Si ça ne te plaît pas, tu es libre de rentrer chez toi.

— Ça vous ferait plaisir, hein ? grommela Natalie. Hier, vous disiez que je partirais avant la fin de la formation, et maintenant, vous cherchez à prouver que vous aviez raison, je le vois bien. Je ne sais pas pourquoi, mais on dirait que vous ne me supportez pas.

— Tu te trompes complètement, dit doucement Simon. Je t'aime beaucoup, plutôt trop en fait, mais je n'apprécie pas ce genre de comportement sexuel, pas chez une femme.

— Je pensais que vous n'étiez pas censé ressentir quelque chose de personnel.

Natalie se félicita d'avoir réussi à forcer cet inconnu distant et mystérieux, qui lui vouait une passion si particulière, à admettre son intérêt pour elle.

— En effet. À présent, pouvons-nous poursuivre la leçon, s'il te plaît ? Quand je remplissais ton formulaire d'admission, tu m'as dit que tu préférais être sur ton partenaire. Je vais maintenant essayer de t'apprendre qu'être sur le dos peut te donner tout autant de plaisir. Comme Heather a le même problème, je veux qu'elle regarde très attentivement ce qu'on va faire.

Pendant qu'il parlait, Simon se mit à promener ses mains sur le corps de Natalie. Il traçait des cercles autour de chacun de ses seins, qu'elle avait petits mais fermes, et s'arrêtait de temps à autre pour taquiner ses mamelons, les faisant rouler entre le pouce et l'index.

C'était une sensation délicieuse, et Natalie commença à se détendre, même si elle savait que se laisser gagner par l'excitation était une perte de temps.

Elle n'avait encore jamais réussi à atteindre l'orgasme dans cette position. Les mains de Simon glissèrent plus bas sur sa cage thoracique, puis sur son ventre. Ensuite, il baissa la tête, fit tourner sa langue dans son nombril, et l'estomac de Natalie tressaillit. Pendant un long moment, il lui caressa le ventre, les hanches, puis l'extérieur des cuisses. C'est alors que Natalie sentit quelqu'un lui lécher et lui mordiller les orteils. Surprise, elle leva la tête et vit qu'il s'agissait de Marc.

— Allonge-toi et savoure ces sensations, dit Simon. Marc sait ce qu'il fait. Je lui ai donné les instructions nécessaires avant d'aller te chercher.

Natalie ressentait une vive excitation. Le fait que deux hommes se concentrent sur son propre plaisir lui semblait presque délicieusement décadent. Une onde de plaisir parcourut ses orteils, tandis que la langue de Marc suivait les tendons de son cou-de-pied arqué. Au moment où il mordilla la peau tendue autour de l'os de sa cheville, elle frissonna de plaisir. Pendant ce temps, les mains de Simon continuaient à caresser ses membres inférieurs, mais sans jamais s'aventurer entre ses cuisses.

Finalement, la bouche de Marc s'éloigna des pieds de Natalie. À ce moment, Simon se plaça au-dessus d'elle, son regard sombre ancré dans le sien.

— Tu es consciente que tu peux atteindre l'orgasme si tu le veux, non ? dit-il calmement. Ton corps est suffisamment excité.

Une main entre les cuisses de Natalie, il toucha du doigt l'humidité révélatrice de sa vulve.

— Je veux jouir ! s'écria-t-elle. Mais je sais que je n'y arriverai pas.

— Bien sûr que si.

Simon commença à se pencher sur elle, mais il laissa seulement la partie inférieure de son corps reposer sur celui de Natalie et resta appuyé sur les bras, le torse maintenu au-dessus d'elle. Pour la première fois, elle sentit son pénis la toucher. Il se fraya un chemin entre les grandes lèvres de son sexe, puis commença à aller et venir dans le canal humide, alors que le corps de Natalie s'ouvrait pour l'accueillir.

Simon ne la pénétra pas d'un seul coup. Au lieu de ça, il balança ses hanches d'un côté sur l'autre, et de haut en bas, pressant son pubis et faisant glisser le doux gland de son sexe en érection sur son clitoris.

Contrairement à ce que faisaient la plupart des hommes, Simon avait placé ses propres jambes à l'extérieur de celles de Natalie, ce qui maintenait une pression plus intense sur sa vulve : ses terminaisons nerveuses réagirent immédiatement. Le plaisir se répandit en lentes spirales à travers son corps et remonta depuis son entrejambe jusqu'aux petits globes enflés de ses seins.

Natalie sentait l'orgasme approcher. Si elle pouvait seulement s'abandonner, s'autoriser à recevoir le plaisir que lui offrait Simon, se détendre totalement, alors, elle finirait par jouir. Mais c'était impossible. Il bougeait avec une habileté parfaite, allait et venait lentement en elle, décrivait des mouvements circulaires de ses hanches, puis se retirait et faisait glisser son sexe jusqu'à son clitoris pour le toucher une fois de plus. Mais l'instant final de délivrance refusait de venir.

Le corps de Natalie était extrêmement tendu. Elle sentait qu'elle allait exploser si elle n'atteignait pas l'orgasme rapidement. Elle avait une terrible envie de faire basculer Simon sur le dos, de le chevaucher, d'aller et venir sur son merveilleux sexe en érection, de se pencher en avant jusqu'à ce qu'il puisse sucer ses tétons gorgés de désir au moment où elle jouirait. Natalie ne pouvait s'empêcher de se représenter la scène, et, plus elle y pensait, plus les délicieuses sensations que Simon avait provoquées en elle s'estompaient.

Dans un effort désespéré pour atteindre l'orgasme, elle projeta ses hanches en avant et essaya de maîtriser la cadence du va-et-vient. Puis ses mains s'agrippèrent aux fesses de Simon, afin de modifier le rythme de ses mouvements. Le corps de l'homme se figea aussitôt.

— Tu viens de tout gâcher.

Le corps laissé à l'abandon et les nerfs toujours à vif, Natalie regarda Simon d'un air malheureux, tandis que ses sensations se dissipaient lentement.

— Qu'est-ce que vous voulez dire ?

— Tu as encore essayé de prendre les choses en main.

— Je n'ai pas pu m'en empêcher. Vous ne faisiez pas ce qu'il fallait, vous...

— Et dire que tu t'en sortais si bien, dit tristement Simon en se relevant.

— Ne me laissez pas comme ça !

— Je suis désolé, mais tu dois apprendre. Je t'avais prévenue que tu trouverais ça difficile. Voyons si Heather a plus de chance que toi.

— On ne pourrait pas réessayer ? demanda Natalie.

Elle savait que, si on lui laissait juste une chance, que si elle fermait les yeux et le laissait faire ce qu'il voulait, le plaisir reviendrait. Elle aurait tout donné pour revivre cette merveilleuse excitation.

— Tu n'as droit qu'à un tour, répondit sèchement Simon.

Puis il attrapa sa main et la tira du lit.

— Remets ta chemise de nuit, ta robe de chambre, et vois si tu peux apprendre en regardant Heather.

— Je ne veux pas, marmonna-t-elle.

— Alors, tu aurais dû faire ce que je te disais, pas vrai ? Viens par ici, Heather. Tu crois que tu peux faire mieux que Natalie ?

Heather ne répondit pas. Visiblement, ce qu'elle venait d'observer l'avait excitée, et, l'espace d'un instant, Natalie la détesta. Si elle avait été la deuxième, elle s'en serait sans doute mieux sortie. La décision de Simon de la faire passer en premier était injuste, et Natalie savait qu'il l'avait fait exprès pour lui rendre les choses plus difficiles.

Heather s'installa sur le traversin, et Simon se mit à caresser sa poitrine légèrement plus généreuse. Natalie se rappela alors ce qu'elle avait ressenti quand il l'avait touchée. Elle frissonna. L'excitation gagnait son corps tout entier, et elle ne pouvait rien faire pour le satisfaire. Elle allait devoir regarder Heather recevoir tout le plaisir qu'elle, Natalie, avait si stupidement gâché.

Simon fit à Heather toutes les choses qu'il avait faites à Natalie. D'après ce que celle-ci put observer, il n'y avait aucune différence dans son approche. Elle en fut contrariée, car, quand Simon l'avait touchée, elle avait eu l'impression qu'il exprimait quelque chose de personnel. Elle avait cru qu'il ressentait quelque chose pour elle. Mais, à le voir faire maintenant, elle s'était manifestement trompée. Tout se passait comme Simon l'avait dit : il ne faisait que son travail. Et, d'après les sons qu'émettait Heather, il le faisait très bien.

Marc se mit à lécher Heather entre les orteils, et elle devint folle d'excitation et laissa le plaisir la submerger au lieu de lui résister comme l'avait fait Natalie. Lorsque Marc eut terminé et qu'il s'éloigna du lit, Heather essaya bien de se libérer, mais Simon posait déjà son corps sur le sien. Cette courte tentative de résistance cessa dès qu'elle le sentit se presser contre son pubis, et, bientôt, Natalie vit le buste et le cou de Heather rosir d'excitation.

Natalie n'avait aucune difficulté à s'imaginer la pression qui s'accumulait dans le corps de la jeune femme : la tension merveilleuse de ses muscles, les particules pénétrantes du plaisir qui traversaient très probablement son bas-ventre, tandis que Simon promenait son sexe sur sa vulve douce et humide avant de le glisser dans son canal accueillant.

Contrairement à Natalie, Heather émettait de forts gémissements d'excitation et n'essayait pas de contrôler les mouvements de Simon. En fait, elle semblait perdue dans son propre monde, un univers entièrement fait de sensations, que Natalie, spectatrice impuissante, ne pouvait que se remémorer et regretter. Très bientôt, il devint évident qu'à l'inverse de Natalie, Heather allait avoir un orgasme. Natalie, qui n'avait encore jamais regardé un couple faire l'amour de cette façon, se demanda si elle allait jouir aussi. Elle se sentait prête, mais son corps avait encore besoin d'une caresse, d'un contact intime. Malheureusement, Natalie savait que Marc ne serait pas autorisé à la toucher.

Quelques minutes plus tard, le rythme de Simon s'accéléra, mais l'homme restait toujours maître de lui-même. On ne pouvait pas en dire autant de Heather, dont le souffle était fort et rapide. Soudain, elle jouit avec un cri enthousiaste. Natalie regarda son corps se contorsionner sous celui, mince et solide, de Simon.

Puis les yeux de Heather se fermèrent, et elle se laissa aller, tranquille et détendue, tous ses muscles relâchés.

— C'était la première fois que tu jouissais dans cette position ? demanda Simon, impassible.

Son ton sec refroidit l'atmosphère chargée d'érotisme qui régnait dans la pièce.

— Oui, admit Heather.

— Tu t'en es très bien sortie. On va pouvoir te tester avec un autre partenaire, plus tard dans la matinée.

Simon jeta un œil à sa montre.

— Il est l'heure pour Natalie et toi de vous préparer pour le petit-déjeuner. À dix heures et demie, je vous emmènerai voir comment les hommes apprennent à se soumettre. Ça devrait te plaire, ajouta-t-il en regardant directement Natalie.

— Je n'aime pas les hommes soumis, répondit-elle, sur la défensive.

— Vraiment ? Alors quel genre d'homme aimes-tu donc ? Les mâles dominants ne supportent pas très bien qu'on leur dise quoi faire.

— C'est sans doute pour ça que ma vie sentimentale est un tel échec.

— Exactement, dit-il avec douceur. C'est pourquoi je veux t'aider à apprendre comment changer. Le problème, c'est que tu ne veux pas vraiment qu'on t'aide.

Natalie voulait dire à Simon qu'il se trompait, qu'elle voulait vraiment changer, mais qu'il lui était difficile de ne plus maîtriser les choses. Elle n'en eut cependant pas l'occasion, car, avant qu'elle ait pu répondre, Marc et lui sortirent de la pièce, laissant Heather et Natalie seules entre elles.

Heather regarda Natalie.

— C'est plutôt embarrassant, tout ça, n'est-ce pas ?

— Ce n'est pas du tout ce à quoi je m'attendais, admit Natalie. Je ne pensais pas qu'il y aurait autant de... travaux pratiques, si je puis dire.

— Je n'avais aucune idée de ce qui se passerait, mais ça m'était un peu égal, avoua Heather. J'en avais tellement marre d'être quittée par les hommes qui me plaisaient vraiment. J'étais prête à tout si ça pouvait me rendre plus heureuse.

— Mais est-ce que ça va vraiment nous rendre heureuses ? demanda Natalie. Comment savoir si c'est ce que nous voulons vraiment, plutôt que ce que les hommes attendent de nous ?

— C'est ce qui m'a un peu tracassée. Mais, après la séance de ce matin, je commence à voir les avantages de cette formation, rit Heather. Il est absolument incroyable, non ?

— Qui ça ?

— Simon, bien sûr.

— Il est pas mal.

— Oh ! arrête. Il sait exactement sur quels boutons appuyer.

— Bien sûr qu'il le sait, c'est son boulot. Et ça ne fait pas de lui une personne particulièrement sympathique, ni même particulièrement sexy. Je trouve qu'il faut être un peu étrange pour pouvoir faire ce genre de travail.

— À mon avis, la plupart des hommes donneraient n'importe quoi pour avoir un boulot comme celui-là, fit remarquer Heather. Je ne pense pas du tout qu'il soit étrange. Je regrette simplement qu'on n'ait pas la permission de sympathiser avec les tuteurs, une fois dehors. Si je dois adopter une nouvelle façon de vivre, j'aimerais bien qu'il m'accompagne. Ce serait un super partenaire.

— Tu as trouvé ça facile d'atteindre l'orgasme ? demanda Natalie avec hésitation. Pour moi, c'était vraiment dur. Je n'aime déjà pas être sur le dos, mais les choses étaient encore plus pénibles parce qu'il y avait des spectateurs et parce que Simon m'évaluait. J'y suis presque arrivée, mais il ne bougeait pas exactement comme je le voulais.

— C'était sans doute plus facile pour moi, admit Heather. Je vous ai regardés faire, après tout, et, crois-moi, c'était incroyablement excitant. Tiens, voilà autre chose : je n'aurais jamais pu m'imaginer regarder des gens faire l'amour avant ce week-end. En fait, je me suis dit que Simon avait tout fait comme il fallait. Tu as sans doute voulu le guider pour lui montrer qu'il ne pouvait pas faire tout ce qu'il voulait avec toi.

— Pour qui tu te prends, une espèce de psychiatre amateur ? demanda Natalie, qui commençait à s'énerver.

— Pardon, je ne voulais pas te contrarier. Seulement, je sais à quel point c'est difficile, et je me disais qu'on devrait essayer de s'entraider.

Natalie eut honte de sa réaction.

— Tu as raison, c'est ce qu'on devrait faire. J'étais sans doute obsédée par l'idée que mon plaisir était totalement entre ses mains. Mais c'est une habitude difficile à perdre.

— Qu'est-ce que ça te fait d'aller regarder des hommes qu'on force à se soumettre ?

Natalie réfléchit un instant.

— J'ai du mal à me représenter la scène, pas toi ?

— Si, mais ça devrait être très intéressant. Les hommes ici sont comme nous : ils connaissent tous une vraie réussite professionnelle. J'ai parlé avec l'un d'eux, dehors, quand je suis arrivée hier. Cet homme dirige une grande multinationale et, quand il dit « Et que ça saute ! », tout le monde obéit. Il a été marié deux fois et a connu trois autres échecs sentimentaux. D'après lui, il est incapable de changer de comportement ; il finit toujours par prendre les choses en main au lit, même quand il sait que ce n'est pas ce que veut la femme. J'aimerais assez le voir prendre des leçons. Il était très séduisant.

— Il t'a sans doute paru séduisant à cause de son pouvoir et de son importance, releva Natalie. Tu devrais changer d'avis en le voyant se soumettre.

— C'est bizarre, non ? Nous aimons toutes les deux dominer notre partenaire au lit, mais aucune de nous n'est attirée par les hommes soumis. Pas étonnant que nos vies privées soient de tels désastres.

Natalie jeta un œil à l'horloge accrochée au mur.

— On ferait mieux d'aller se préparer pour le petit-déjeuner. Je pense qu'ils arrêtent de servir à neuf heures.

— Oui, mieux vaut ne pas être en retard ou ce sera considéré comme une infraction digne d'une nouvelle punition, j'en suis sûre.

Natalie regarda pensivement sa vis-à-vis.

— Tu sais, je crois que tu vas apprendre à changer plus vite que moi.

— Pourquoi dis-tu ça ?

— Je ne sais pas. Peut-être parce que tu es plus détendue que moi à propos de tout ça. En tout cas, à te voir avec Simon tout à l'heure, il m'a semblé évident que tu étais capable de te laisser dominer.

— Ça ne veut pas dire que je serai capable de le faire avec quelqu'un d'autre.

Natalie soupira.

— Je sais. Mais moi, je n'ai même pas réussi avec lui.

Heather lui lança un sourire rassurant.

— Ne t'inquiète pas. Le week-end ne fait que commencer, et j'ai entendu dire que Simon n'avait encore jamais subi un seul échec.

Natalie frissonna.

— Alors, il ne va pas être très content si je suis son premier, pas vrai ?

— Non, admit Heather. Certainement pas.

Six

À dix heures et demie, plus d'une heure après le petit-déjeuner, Simon vint chercher Natalie et Heather au salon, où elles bavardaient en observant discrètement les autres participants.

— Il est temps de passer à la deuxième phase d'apprentissage, les filles. Je suppose que vous avez attendu ce moment avec impatience.

— Pas particulièrement, dit Natalie. Je ne pense pas que ça puisse m'exciter.

Simon semblait sceptique.

— Et toi, Heather ?

— Je ne sais pas trop.

— Tu as au moins l'esprit ouvert. Le problème avec toi, Natalie, c'est que tu résistes sans cesse au changement. Tu n'as pas l'air de comprendre que tu vas être la seule perdante dans cette affaire. Moi, ça m'est égal que tes deux week-ends ici te soient utiles ou pas.

— Vraiment ? J'aurais plutôt cru que c'était très important pour vous. Après tout, vous êtes connu pour ne jamais avoir échoué.

— Il n'est pas question ici de réussite ou d'échec, dit Simon d'un ton brusque. Ce n'est pas un examen, mais une formation pour apprendre à s'améliorer. Tu es venue ici parce que tu voulais changer, et, si tu pars sans avoir essayé, c'est ton choix.

— Et ce ne serait vraiment pas un échec pour vous ?

Simon s'approcha d'elle.

— Si tu essaies de m'énerver, tu ferais mieux de t'arrêter tout de suite, chuchota-t-il. C'est un petit jeu très dangereux.

— Peut-être que je commence à aimer prendre des risques.

— Il est trop tôt pour que tu essaies de m'affronter, dit-il doucement. Tu n'es pas encore à la hauteur.

— Alors, on y va ? demanda Heather.

Simon hocha la tête.

— Oui, on ferait mieux de se dépêcher, ou ils risquent de commencer sans nous. Enfin, ça m'étonnerait : Rob préfère que les hommes fassent cet exercice-là en public.

La vaste pièce où les emmena Simon se situait au rez-de-chaussée. Ici aussi, le sol était recouvert d'une épaisse moquette. Mais, à l'exception de trois chaises longues à l'ancienne, la salle était à peine meublée. Les yeux bleus perçants de Rob brillaient. Il se tenait d'un côté de la pièce, accompagné de trois filles. Au centre de la salle se trouvaient trois hommes, chacun complètement nu.

— Est-ce que ces femmes sont des tutrices ? demanda Natalie.

— Non, répondit Simon tranquillement. Nous n'employons pas assez de personnel pour toutes les activités organisées ici. Par chance, la plupart d'entre nous ont des amis, assez larges d'esprit, bien entendu, qui acceptent volontiers de donner un coup de main à

Rob. Ces trois femmes sont des amies de Marc. Elles prennent beaucoup de plaisir à travailler ici.

— Et qu'est-ce qui va se passer ? demanda Heather.

Rob jeta un coup d'œil à l'assemblée.

— Pourriez-vous tous vous asseoir par terre près de la porte, s'il vous plaît ? Je vous serais également reconnaissant de ne pas bavarder pendant que nous travaillons. Je sais qu'Andrew, Oliver et Sebastian apprécieront d'avoir un public, mais je préférerais qu'il reste silencieux.

— Compris, chef, marmonna Natalie.

Rob lui lança un brusque regard d'avertissement avant de se tourner de nouveau vers les hommes, toujours nus au milieu de la pièce.

— Maintenant, je veux que vous vous présentiez, leur ordonna-t-il.

Le premier s'avança. Natalie se dit qu'il devait avoir la quarantaine. De taille moyenne, il avait les cheveux brun foncé et le visage mal rasé, sans doute pour se donner un côté tendance. L'homme avait tout du parfait macho, et elle imaginait très bien son comportement en soirée. Il était du genre à attirer les femmes vers lui comme une brute, certain qu'elles seraient flattées par un intérêt aussi viril.

— Moi, c'est Andrew, commença-t-il, le ton agressif. Je suis le directeur général d'une société de vente et marketing, et la seule chose que je déteste, c'est qu'on m'appelle Andy.

Le deuxième homme fit un pas en avant. Son allure était totalement différente. De grande taille, il mesurait sans doute un peu plus d'un mètre quatre-vingts. Il était vraiment mince, mais robuste, et ses cheveux châtains, ébouriffés et frisés, étaient ramenés vers l'arrière. Il devait avoir environ trente-cinq ans, et, si quelque chose le démarquait des autres, c'étaient ses grands yeux marron à l'air doux, bordés de cils extraordinairement longs et épais.

— Je m'appelle Oliver. Je dirige ma propre entreprise de distribution, et il n'y a rien que je déteste vraiment, à part les femmes qui essaient de me dominer au lit.

— J'en conclus que tu penses savoir toujours ce qu'il faut faire ? commenta Rob.

Oliver sembla surpris par cette question.

— Je crois que je sais comment satisfaire une femme.

— Tu ne penses pas que tes partenaires puissent connaître leur propre corps mieux que toi ?

Oliver prit l'air amusé. Il avait un sourire charmant.

— Il est possible qu'elles le croient, oui. Mais je suis convaincu que, si elles me donnaient l'occasion de leur montrer mes talents, elles changeraient d'avis.

— Je comprends pourquoi tu es là alors, remarqua Rob. Au suivant.

Le troisième homme s'avança à son tour. Il avait à peu près le même âge et la même taille qu'Oliver, mais une plus forte carrure.

— Mon nom est Sebastian. J'occupe un poste de directeur dans une société de la City et je suis ici parce que les femmes me reprochent d'être trop agressif au lit.

— Penses-tu qu'elles ont raison ? demanda Rob avec intérêt.

— Non, pas vraiment. Je crois que la plupart des femmes voudraient remonter dans le temps, mais elles se disent que ce n'est pas politiquement correct, alors, elles s'opposent à nous pour la forme.

— Je vois. Tu penses qu'elles aimeraient revenir à l'âge de pierre, c'est ça ?

— Pas exactement, protesta Sebastian. Je ne suis pas en train de dire que je devrais leur donner un coup sur la tête et les traîner jusque dans ma caverne. C'est juste que les hommes sont faits pour dominer. La nature nous a faits comme ça.

— Très bien, dit Rob aimablement. Bon, vous avez choisi tous les trois de suivre cette formation, car, bien que vous soyez absolument convaincus que votre approche des femmes est la bonne, l'expérience vous a montré le contraire. Vous ne parvenez pas à vivre des relations durables, car les femmes perçoivent comme une « défaillance » en vous. Vous avez décidé de suivre une formation au Sanctuaire et d'apprendre à changer. Chacun vient ici pour la première fois et trouve déjà nos méthodes plutôt étranges, à n'en pas douter. Ce cours va toutefois être le plus intensif de ceux que vous avez reçus jusqu'ici, et je serais curieux de voir comment vous allez réagir. Je crois que vos comportements révèlent des choses sur notre société actuelle. Vous avez tous des postes à responsabilité et – comme de nombreuses femmes présentes à cette formation – vous continuez à user du même pouvoir quand vous passez au lit avec votre partenaire. Vous allez maintenant devoir apprendre qu'il est inutile de maîtriser les choses en permanence.

— Je commence à penser que c'était une erreur de m'inscrire à cette formation, dit Sebastian.

Rob le regarda d'un air interrogateur.

— Pourquoi ?

— Parce qu'il y a ici tout un tas de femmes ambitieuses qui apprennent exactement la même chose que nous. On va tous finir par devenir des partenaires soumis, et alors personne n'obtiendra aucune satisfaction.

— Se montrer moins agressif ne signifie pas forcément se soumettre, dit Rob. Et j'espère que vous finirez par retenir cet autre point important. Maintenant, il est temps de commencer. Vous êtes prêtes, les filles ?

Rob regarda les trois jeunes femmes à ses côtés.

Il y avait deux blondes et une brune, et chacune était très séduisante. Elles s'empressèrent de déboutonner leurs blouses blanches et se dirigèrent lentement vers les hommes avant de s'arrêter devant eux.

Elles portaient toutes trois des bas et des talons hauts, ainsi que de courtes combinaisons qui recouvraient leurs soutiens-gorge et leurs slips. Leur lingerie était la même ; seule la couleur différait. L'une des deux blondes avait choisi un ton crème, ceux de la deuxième étaient noirs, et la brune portait des sous-vêtements d'un blanc immaculé.

Chaque fille s'était placée devant un homme, mais avait fait un pas sur le côté, afin que Natalie et les autres spectateurs puissent observer les réactions des trois participants. Lentes et aguichantes, les filles commencèrent à se déshabiller.

Même Natalie fut sensible au charme de cet effeuillage, alors que les jeunes femmes faisaient glisser les bretelles de leurs combinaisons sur leurs épaules avant de laisser la soie caressante onduler le long de leurs corps. Puis, toujours chaussées de talons hauts, elles firent un pas hors du vêtement tombé sur le sol.

Pendant quelques secondes, les filles gardèrent une pose provocante devant chaque homme, dont le sexe commença aussitôt à durcir. Puis elles entreprirent de se masser les cuisses avec séduction, laissant leurs doigts glisser sous la bordure de leurs bas. En même temps, elles se frottèrent doucement le ventre, jusqu'à la limite de leurs petites culottes.

Chacune enleva ensuite son slip échancré avant de défaire un bas avec nonchalance et de le dérouler lentement le long de sa jambe longue et fine. Comme les filles se penchaient en avant, leurs soutiens-gorge à armature soulignèrent leurs décolletés. Natalie entendit tous les hommes retenir leur respiration au même moment, tandis que les jeunes femmes se tortillaient afin de leur offrir d'alléchantes apparitions de chair.

La mise en scène était astucieuse, car, bien que clairement habituées à exécuter ce numéro, toutes trois faisaient semblant d'être pudiques et gardaient le regard baissé. L'une des deux blondes cachait à moitié son visage d'Oliver, comme si elle était trop timide pour le regarder, et Natalie remarqua que ça ne faisait qu'augmenter l'excitation de l'homme. Son sexe en érection semblait dur comme de la pierre, et, des trois participants, il était visiblement le plus excité.

Les filles retirèrent leurs soutiens-gorge en dernier, comme si elles étaient réticentes à montrer leurs seins, et la jeune femme blonde en face d'Oliver mit plus de temps que les deux autres à effectuer chaque geste.

À deux reprises, elle passa les mains derrière son dos et puis, comme si elle changeait d'avis, glissa une main dans ses cheveux pendant que l'autre tombait le long de son corps.

À ce moment, sa bretelle gauche avait déjà glissé de son épaule, mais elle faisait toujours attendre Oliver. Lorsque les deux autres furent entièrement nues, elle sembla enfin trouver le courage de dégrafer son soutien-gorge et de l'enlever.

Natalie devinait, au souffle de Simon, que lui-même n'était pas insensible au spectacle. Pourtant, il avait déjà dû assister souvent à cette mise en scène. Elle comprit donc pour la première fois quel pouvoir les femmes avaient sur les hommes lorsqu'elles faisaient semblant d'être soumises, et même si eux savaient que ce n'était qu'un jeu. Natalie se demanda ce qu'elle ressentirait en se déshabillant ainsi devant un homme et décida d'essayer un jour.

Une fois nues, les femmes se tournèrent vers Rob, qui prit la parole.

— Bon, maintenant, je veux que chacun de vous donne un orgasme à sa charmante partenaire. Cependant, cela exclut toute forme de pénétration. En d'autres termes, utilisez vos mains, votre langue, ou même vos orteils si vous le souhaitez, mais rien d'autre. Il y a là-bas trois chaises longues. Vous pouvez aller vous allonger sur l'une d'elles à tout moment, mais vous pouvez tout aussi bien décider de commencer là où vous êtes. Tout dépend entièrement de vous. Je vais vous observer attentivement et vous corrigerai si je pense que vous vous trompez. Vous avez compris ?

Les trois hommes marmonnèrent une réponse inintelligible, que Natalie prit pour un oui, puis ils s'avancèrent, impatients de pouvoir toucher les filles.

Natalie ne fut absolument pas surprise de voir les trois hommes attraper les seins de leurs partenaires. Le toucher d'Oliver semblait cependant beaucoup plus subtil que celui de ses compagnons.

— Tu n'es pas en train de pétrir de la pâte, Andrew, rappela sévèrement Rob.

Natalie vit une expression de colère traverser le visage d'Andrew, puis il changea sa façon de toucher le buste de la jeune fille brune.

Les caresses de ces hommes rappelaient à Natalie les manières de bon nombre de ses amants. Il manquait à tous trois la subtilité et la délicatesse qui permettraient aux femmes d'atteindre la véritable satisfaction. *Si on devait imaginer une scène expliquant pourquoi les femmes ont peu à peu décidé de prendre le pouvoir au lit, cette démonstration ferait parfaitement l'affaire*, se dit Natalie. Toutefois, certains hommes commençaient à comprendre qu'ils faisaient fausse route. C'était un fait encourageant, même s'ils avaient choisi de payer pour apprendre à rectifier les choses plutôt que d'écouter les femmes.

Quelques minutes plus tard, chaque homme décida de porter ou de conduire sa partenaire jusqu'à une chaise longue. Dès cet instant, Rob autorisa les spectateurs à avancer vers le milieu de la pièce, d'où ils verraient très bien ce qui se passait.

Natalie conclut très vite que ni Andrew ni Sebastian ne faisaient attention aux réactions de leurs partenaires. En revanche, Oliver agissait différemment. Même s'il était visiblement très excité, il prit encore le temps de caresser le corps qui s'offrait à lui, et sa bouche voyagea d'un téton à l'autre jusqu'à ce que sa partenaire, allongée sous lui, commence à gémir doucement avec une excitation grandissante.

— Il me plaît vraiment, chuchota Heather à Natalie.

Mais, avant qu'elle puisse en dire plus, Simon la fit taire d'un regard menaçant. En son for intérieur, Natalie était d'accord avec elle. Il y avait effectivement quelque chose d'attirant chez Oliver, et il lui semblait qu'avec l'aide fournie par la formation, cet homme ferait un très bon amant. Enfin, il ne la fascinait pas autant que Simon. D'un autre côté, il lui était permis de créer un lien avec Oliver, alors qu'elle n'en avait pas le droit avec Simon. Malheureusement, cet interdit le lui rendait encore plus attirant.

Rob, qui avait soigneusement observé le déroulement des événements, s'avança soudain et interpella Andrew d'une petite tape sur l'épaule.

— Tu essaies de lui faire atteindre l'orgasme beaucoup trop vite. Melanie, tu n'as pas vraiment envie qu'il mette sa main entre tes cuisses pour le moment, n'est-ce pas ?

— Non, convint la fille brune.

— Mais si elle ne se dépêche pas, je vais exploser, protesta Andrew. Son strip-tease aurait suffi à rendre un homme complètement dingue. De toute façon, elle est prête. Je le vois bien.

— Peut-être que tu ne l'as pas bien entendue, suggéra Rob aimablement. Melanie a dit qu'elle n'avait pas encore envie que tu la touches à cet endroit.

— Qu'est-ce qu'elle veut alors ?

— Sers-toi de ton imagination.

Natalie doutait un peu que la fantaisie soit son fort. Andrew ne tarda pas à le prouver, quand, après avoir décrit quelques cercles avec ses doigts autour des seins de Melanie, il glissa de nouveau la main droite entre ses cuisses.

— Lève-toi, ordonna Rob.

Andrew regarda le professeur par-dessus son épaule.

— Quoi ?

— Tu m'as bien entendu. Écarte-toi d'elle. Tu n'as pas fait ce que je t'ai dit, tu vas donc être puni.

Pendant qu'Andrew se tenait devant Rob, Oliver et Sebastian continuaient à stimuler leurs partenaires. Chose étonnante, celle d'Oliver semblait encore très loin de l'orgasme.

Mais la partenaire blonde de Sebastian commençait à agiter la tête d'un côté et de l'autre et laissait échapper des gémissements de plaisir, tandis que l'homme utilisait habilement sa langue sur le bout de ses seins. La sensation semblait si délicieuse que les propres mamelons de Natalie se raidirent.

Détachant son regard de la scène, elle voulut savoir quelle allait être la punition d'Andrew. Rob plaça une main sur la nuque de l'homme et poussa sa tête vers le bas, si bien que son corps se plia en deux. Melanie se plaça alors derrière lui, pressa un tube pour déposer un peu de gel sur son doigt qu'elle inséra lentement entre les fesses d'Andrew. Il essaya aussitôt de se redresser, laissant échapper un petit cri de protestation contre cette invasion. Mais la main de Rob resta fermement posée sur sa nuque.

— Que se passe-t-il ? Ne me dis pas que Melanie te fait subir quelque chose qui ne t'excite pas ? Peut-être que c'est sa façon de te montrer quel effet ça fait.

— Je n'aime pas que les femmes me fassent ça, se plaignit Andrew.

Le doigt de Melanie continua à bouger impitoyablement dans son petit trou plissé et, tout à coup, Andrew poussa un cri de frayeur.

— Bon sang ! Dites-lui d'arrêter ou je vais jouir, haleta-t-il.

— Il vaudrait mieux que tu en restes là, Melanie. On dirait bien que c'est toi qui t'y prends le mieux, finalement.

Avec un sourire, Melanie obéit, et Andrew fut autorisé à se redresser. Son sexe en érection était énorme, très tendu, ses veines étaient nouées. Natalie aperçut même une petite goutte de liquide clair dans la fente à l'extrémité de son gland.

— Rien de tel qu'un massage de la prostate pour se sentir bien, n'est-ce pas ? murmura Rob. À présent, tu es sûrement impatient d'atteindre l'orgasme, mais j'ai bien peur que tu sois obligé d'attendre que Melanie ait joui avant.

— J'ai payé pour ce week-end, protesta Andrew. Je ne vois pas pourquoi je devrais...

— Alors, va-t'en, dit Rob calmement. Les deux autres participants ne semblent pas se plaindre, mais tu n'es pas obligé de rester.

Comme Andrew, Natalie jeta un coup d'œil aux deux autres hommes. Même la partenaire d'Oliver commençait à s'agiter avec excitation, tandis que celle de Sebastian était manifestement tout près de l'orgasme.

— Tu vois, dit Rob, si tu te contentes de faire ce qu'on te dit, tu apprendras bientôt à changer ta façon de faire et tu t'amuseras bien plus.

— Ce qui m'amuserait vraiment, à cet instant, ce serait de jouir.

— L'orgasme sera encore meilleur si tu attends, lui assura Rob sur un ton qui ne tolérait aucune discussion.

À contrecœur, Andrew suivit Melanie vers la chaise longue et, tandis qu'elle s'y allongeait de nouveau, il se coucha sur elle.

Mais, cette fois, il fit jouer sa bouche sur ses seins. D'après les gémissements reconnaissants que la fille laissa bientôt échapper, Natalie conclut qu'il s'en sortait mieux, cette fois.

Pendant quelques minutes, le silence se fit dans la pièce. Mais s'éleva alors un cri angoissé de la partenaire d'Oliver.

— Tu t'es arrêté trop tôt, grogna-t-elle.

Oliver lâcha une exclamation étouffée.

— Qu'est-ce qui s'est passé, Alice ? demanda Rob en écartant Oliver de la jeune femme blonde.

— J'étais sur le point de jouir et il a changé de rythme.

— Ma main commençait à fatiguer, expliqua Oliver. De toute façon, j'ai pensé qu'elle aimerait un peu de changement.

— On dirait que tu t'es trompé. J'ai bien peur que ce soit à ton tour d'être puni. Quel dommage ! Tu te débrouillais très bien.

La réaction d'Oliver fut moins agressive que celle d'Andrew. Obéissant, il s'éloigna d'Alice, puis attendit de savoir ce qui allait lui arriver. Rob aida Alice à se relever, et tous deux chuchotèrent ensemble un moment. Puis, juste au moment où la partenaire de Sebastian poussait un cri d'extase, secouée malgré elle par les spasmes de l'orgasme qui l'envahissait, les yeux d'Oliver furent bandés, et on l'obligea à s'agenouiller.

Natalie se pencha légèrement en avant. L'instant où Oliver, totalement aveugle, tomba à genoux avec soumission aux pieds d'Alice s'avéra le plus excitant de toute la matinée. Heather était tout aussi émoustillée, et les deux femmes échangèrent un regard avant de se tourner de nouveau vers le pauvre Oliver. Cette fois, Alice poussa l'homme en avant jusqu'à ce que son front touche la moquette, le forçant ainsi à rester dans une position d'entière soumission. Rob lui tendit alors un bout de corde avec lequel elle attacha sans serrer les mains d'Oliver derrière son dos. À présent, il était totalement à sa merci. Son corps tremblait, mais Natalie ignorait si c'était de peur ou d'excitation.

Lorsque Rob tendit à Alice une petite cravache, Heather retint brusquement son souffle.

— Si seulement ils me laissaient faire ça, chuchota-t-elle.

Natalie ne répondit pas, de peur que Rob les fasse sortir si le son de leurs voix venait briser l'ambiance très électrique de la pièce.

Tandis qu'Oliver attendait, Alice pencha le bras droit en arrière et, alors, d'un mouvement rapide vers l'avant, elle donna un petit coup de cravache sur la fesse gauche de l'homme. Il lâcha un hurlement de douleur, mais, avant même que l'écho se dissipe, Alice frappa son autre fesse. Oliver eut beau continuer à protester, elle poursuivit sa tâche sans interruption, fouettant ses fesses chacune leur tour, jusqu'à ce que sa peau commence à rougir.

Les coups étaient visiblement assez forts pour qu'il ressente une brûlure, mais pas assez pour le blesser. Toutefois, son sort était encore trop insupportable pour Oliver, qui commença bientôt à supplier ses persécuteurs de le laisser tranquille.

Au signe de Rob, Alice arrêta de fouetter sa victime, laissa tomber la cravache sur le sol et aida l'homme à se redresser. Elle libéra ses poignets, mais lui laissa les yeux bandés. Natalie et Heather purent alors s'apercevoir que, malgré son aversion apparente pour les coups de fouet, Oliver était en fait très excité. La peau de son sexe en érection était si tendue qu'elle semblait prête à craquer, et ses testicules étaient fermement dressés à la base de son pénis.

— Fais attention, Oliver, l'avertit Rob. Souviens-toi qu'en aucun cas tu ne dois jouir avant d'avoir satisfait Alice.

— Alors, laissez-moi la toucher de nouveau, s'il vous plaît, supplia Oliver. Je ne vais pas pouvoir attendre beaucoup plus longtemps.

— J'espère que tu te souviens de ce qu'elle aime, lui fit remarquer Rob.

Natalie pensa qu'Oliver l'espérait sans doute aussi lorsqu'on lui libéra les yeux et qu'il accompagna Alice jusqu'à la chaise longue. Au moment où elle s'allongeait de nouveau, Melanie poussa un cri aigu. Andrew avait enfin réussi à lui faire atteindre l'orgasme.

Il lui avait fallu beaucoup de temps, et, une ou deux fois pendant la punition d'Oliver, Rob avait dû aller voir Andrew pour le réprimander. Mais, comme Sebastian, il avait finalement atteint son but. À présent, il ne restait plus qu'Oliver.

Cette fois, il ne commit pas une seule erreur. Natalie était tout à fait sûre qu'il allait reprendre là où il s'était arrêté, la main entre les cuisses d'Alice. Au lieu de ça, il se mit à caresser le contour de son visage et de son cou, laissant glisser ses doigts sur ses épaules et sur l'intérieur de ses bras, pendant qu'il léchait délicatement le dessous de ses seins. Puis il prit tour à tour chaque téton dans sa bouche et les suça jusqu'à ce que les hanches d'Alice se mettent à tressaillir de plaisir.

Le ventre de Natalie se contracta, et une sensation de chaleur envahit tout son corps. La vue de ces trois femmes recevant du plaisir, atteignant l'orgasme grâce à des hommes qu'on forçait à suivre des instructions, était si excitante qu'elle rêvait de subir le même sort. À côté d'elle, Heather se caressait discrètement les seins à travers le fin tissu de sa robe. De toute évidence, Oliver l'excitait encore plus à présent.

Finalement, la main de l'homme se dirigea de nouveau entre les cuisses d'Alice, et, quand elle écarta les jambes, Natalie vit que la jeune femme blonde était humide d'excitation. Les doigts d'Oliver se déplacèrent avec légèreté et précaution, tandis qu'ils écartaient les lèvres du sexe de sa partenaire. Puis ils tâtonnèrent avant de localiser l'endroit où ils s'étaient trouvés un peu plus tôt. Folle d'excitation, Alice commença immédiatement à se tortiller. Heureusement pour Oliver, elle ne tarda pas à pousser un cri de joie, tandis qu'une vague de plaisir évacuait enfin la tension sexuelle accumulée pendant cette séance prolongée – plaisir que Natalie aurait bien aimé partager.

— Excellent, dit Rob avec une satisfaction évidente. Bien. Maintenant, vous pouvez tous les trois faire l'amour à vos partenaires à votre façon. Mais rappelez-vous que vous êtes évalués et que le genre de cours que vous recevrez pendant le reste du week-end va dépendre de votre comportement présent.

Natalie doutait un peu que les hommes écoutent ses conseils après avoir entendu qu'ils pouvaient enfin libérer toute la tension sexuelle contenue d'un coup de pénis rigide et palpitant dans leurs partenaires.

Sebastian attrapa la sienne par la taille et, sans aucun préliminaire, la poussa contre le mur. Visiblement habituée à ce type de réaction, la fille ferma aussitôt sa jambe droite sur le haut de la cuisse gauche de Sebastian, afin de lui permettre de la pénétrer plus profondément. Elle passa un bras autour de son cou et glissa l'autre autour de sa taille avant de saisir ses fesses pour l'aider à trouver le rythme qui la satisferait le plus.

L'urgence fébrile de leur accouplement était très excitante, et Natalie commença à s'agiter avec nervosité à mesure que grandissait son envie d'être elle aussi stimulée sexuellement. Elle ne s'était jamais sentie aussi troublée de sa vie, et, pourtant, il ne s'agissait que de regarder d'autres personnes faire l'amour. Elle était choquée par l'excitation que provoquait en elle son propre voyeurisme. Natalie n'aurait jamais cru que c'était possible si elle n'avait pas vécu cette situation.

Andrew, lui, se contenta de coucher Melanie sur le ventre, sur la chaise longue qu'ils avaient utilisée plus tôt. Poussant ses jambes sous elle jusqu'à ce qu'elle se retrouve à demi agenouillée, il la pénétra alors sauvagement, presque avec brutalité, sans même essayer une seule caresse. Manifestement, le plaisir de sa partenaire ne l'intéressait plus du tout. Il avait tout oublié dans sa course effrénée vers un orgasme si longtemps différé. Une toute petite minute plus tard, il s'écroula sur le dos de Melanie, le souffle bruyant et saccadé. Après avoir observé le couple, Natalie sut que Melanie n'y avait pas du tout trouvé son compte. De toute évidence, Andrew avait encore beaucoup à apprendre.

Heather et elle étaient toutes deux très intéressées par Oliver. Dès que les hommes avaient eu l'autorisation de jouir à leur tour, les deux autres s'étaient rués vers leur but, mais Oliver avait réagi différemment.

Il s'assit sur le bord de la chaise longue qu'Alice et lui avaient utilisée, puis il installa la jeune femme sur ses genoux, dos contre lui. Comme elle posait la tête sur son épaule, il passa ses bras autour d'elle, caressant légèrement ses seins de la main gauche, pendant que sa main droite se promenait sur ses hanches et entre ses cuisses.

Le ventre de Natalie se contracta, et un frisson la parcourut tandis qu'elle le regardait caresser Alice entre les cuisses et toucher doucement son clitoris. Celui de Natalie se gonfla de désir, et elle sentit dans son corps une terrible soif de satisfaction, pareille à celle qu'Alice recevait. Oliver attendit que des spasmes de plaisir traversent les membres de sa partenaire et que son corps tout entier soit pris de tremblements pour commencer à la faire aller et venir sur son sexe en érection. À ce moment-là, Alice était clairement aussi excitée que lui, car, lorsqu'il jouit enfin, elle eut un nouvel orgasme. Les seins parcourus de picotements et un désir terrible entre les cuisses, Natalie faillit pleurer de frustration.

— Intéressant, dit Rob, tranquillement. Bien, j'aimerais vous parler à tous trois en privé. Les autres doivent quitter la pièce maintenant.

Étourdies par tant de sensualité contrariée, Natalie et Heather se relevèrent et sortirent dans le couloir, accompagnées de Simon. Le tuteur les regarda attentivement.

— Inutile de vous demander si ça vous a touchées, remarqua-t-il. L'un de ces hommes a-t-il particulièrement plu à l'une d'entre vous ?

— J'ai bien aimé Oliver, dit rapidement Heather.

— Moi aussi, admit Natalie.

— Pas de problème, leur assura Simon. Nous organiserons quelque chose avec lui cet après-midi. Je suis sûr qu'Oliver sera heureux de pouvoir donner des ordres pour une fois. Après tout, il ne faudrait pas que vous deveniez trop accros à la domination, toutes les deux. Vous êtes ici pour apprendre à vous soumettre.

— Je veux bien me soumettre à Oliver n'importe quand, chuchota Heather à Natalie, qui ne répondit pas, mais elle était sûre que Simon avait entendu. Après avoir observé Oliver, elle avait tendance à adopter le point de vue de Heather, mais l'idée de le partager avec elle pendant que Simon les regarderait la rendait nerveuse.

— On se retrouve à quatorze heures dans ma salle de formation, dit Simon. D'ici là, vous êtes libres de faire ce qui vous plaît.

Lorsqu'il fut parti, Heather lâcha un soupir de soulagement.

— Ouah ! C'était vraiment excitant, non ? Si Simon n'avait pas été là, je pense que j'aurais demandé à prendre la place de cette Alice.

— Tu en pinces vraiment pour Oliver, hein ? demanda Natalie.

— C'est mon type d'homme.

— Sauf qu'il supporterait mal qu'on lui dise quoi faire.

— Il a l'air d'apprendre vite. Alice ne s'est certainement pas plainte. De toute façon, lorsque j'aurai fini la formation, je n'aurai plus envie de le dominer, n'est-ce pas ?

Natalie n'en était pas si sûre.

— C'est ce qu'ils disent, mais je ne suis pas certaine qu'ils réussissent à me faire changer en si peu de temps.

— Au moins, tu as deux week-ends devant toi pour apprendre. Comme je n'en ai qu'un, je dois en profiter au maximum, souligna Heather.

— Je crois que je vais aller prendre une douche et me changer.

Natalie ressentait un besoin urgent de se retrouver seule et de pouvoir repenser à tout ce qu'elle avait vu ce matin-là.

— Bonne idée, dit Heather. On se voit à quatorze heures alors, dans la salle de notre obsédé du contrôle.

— Tu penses vraiment que Simon en est un ?

— Il le doit bien, oui. Il prend tellement de plaisir dans son travail que je ne peux trouver aucune autre explication. J'ai décidé qu'il ne correspondait plus à mon idée du partenaire idéal finalement.

— Au mien non plus, dit Natalie.

Mais, au fond de ses pensées, elle savait que ce n'était pas tout à fait vrai.

Sept

Tôt cet après-midi-là, Natalie rejoignit Heather, Oliver et Simon dans la salle de formation. Elle était la dernière arrivée, et Simon jeta un œil à sa montre avec irritation.

— Tu es en retard.

— Vous ne m'avez pas laissé beaucoup de temps.

— Tu aurais pu m'en demander plus.

— Je croyais que j'étais censée me montrer soumise et suivre les ordres. Cela dit, c'est assez difficile quand il n'y a pas d'ordre à suivre, rétorqua Natalie avec malice.

Elle avait réussi à ébranler l'assurance de Simon, et les joues habituellement pâles du tuteur rosirent un peu.

— Bon, au moins, tu es là maintenant. J'ai expliqué à Oliver ce qu'il devait faire. Heather et toi n'avez pas besoin d'instructions, car tout ce qu'on attend de vous, c'est que vous obéissiez. En d'autres termes, répondez aux gestes d'Oliver et n'essayez pas une seule fois de prendre les choses en main. Est-ce que c'est bien compris ?

Natalie jeta un regard à Heather pour voir si elle

allait émettre une objection, mais elle se contenta de hausser les épaules en signe d'assentiment.

— Je suppose que oui, dit Natalie à contrecœur.

— C'est bien pour ça que tu es là, lui rappela Simon. Je veux que vous vous déshabilliez tous à présent et que vous vous couchiez sur le lit. Il est assez grand pour vous trois.

Natalie devinait qu'Oliver avait hâte de commencer. Il avait à peine attendu que les mots soient sortis de la bouche de Simon pour retirer tous ses vêtements et s'allonger sur le lit avant que les deux femmes le rejoignent. Heather fut presque aussi rapide, mais Natalie éprouvait quelques difficultés.

Elle ne cessait de se rappeler avec quelle sensualité les trois filles s'étaient déshabillées le matin même. Elles avaient provoqué une telle excitation chez les hommes, que Natalie rêvait de pouvoir les imiter. Comme Simon ne lui avait pas dit de le faire, elle savait qu'il valait mieux s'abstenir, mais elle se sentait amère et frustrée de se voir imposer le moindre règlement. Elle avait envie d'éprouver un sentiment de pouvoir en voyant le sexe d'Oliver se durcir à mesure qu'elle se déshabillerait. Mais, à cet instant, elle était justement censée vivre la situation inverse.

— Dépêche-toi, dit Simon.

Enfin nue, Natalie rejoignit les autres sur le lit. Oliver se plaça rapidement entre les deux femmes, et Natalie vécut un nouveau moment de frustration lorsque l'homme lui tourna le dos pour faire face à Heather. Aussitôt, ses mains commencèrent à se promener sur son corps, et très vite, Natalie entendit Heather émettre des gémissements de plaisir.

— Place-toi contre le dos d'Oliver, Natalie, dit Simon depuis le coin de la pièce.

Avec gratitude, elle s'enroula alors autour du corps mince et solide de l'homme et frotta son bassin contre ses fesses.

Oliver ne tarda pas à réagir en s'inclinant légèrement en arrière afin d'accentuer la pression sur Natalie, qui sentit les premiers picotements du plaisir traverser son pubis. Rapidement, elle enveloppa Oliver dans ses bras et frotta ses seins contre le haut de son dos, jusqu'à ce que ses tétons deviennent durs et palpitants de désir. Elle pressait la moindre parcelle de son corps contre la peau d'Oliver et se tortillait pour accentuer son propre plaisir. Les gémissements de Heather l'excitaient de plus en plus, et Natalie se sentait prête à tout pour être stimulée à son tour.

Visiblement, Oliver s'amusait beaucoup. Il fit jouer ses lèvres et sa langue sur le cou, la gorge et les seins de Heather, et ses mains caressèrent si bien le bas de son corps qu'elle finit par jouir. Heather agrippa Oliver avec toute la force de son orgasme et, pendant un bref instant, les mains des deux femmes se rencontrèrent. Natalie put ainsi sentir les frissons de Heather voyager à travers le corps d'Oliver.

Après avoir mené sa partenaire jusqu'à l'extase, Oliver se tourna vers Natalie, qui allait enfin pouvoir apprécier ses talents. Elle désirait tellement être libérée de la tension qui s'était accumulée qu'elle ne lui en voulut même pas quand il dirigea la main tout droit entre ses cuisses. En fait, Natalie lui en fut même reconnaissante, car son clitoris, qui lui donnait l'impression d'être énorme, palpitait douloureusement. Le sexe en érection d'Oliver était pris au piège entre leurs deux corps, et Natalie se délecta de ce contact. Le corps rigide de son pénis était ferme, et la peau de son gland, douce comme du velours.

Lorsqu'Oliver commença à sucer avec vigueur ses petits tétons tendus, Natalie ferma les yeux et s'abandonna à la merveilleuse sensation qu'il lui offrait. Elle devinait que son orgasme n'était plus très loin et, pour la première fois depuis son arrivée au Sanctuaire, elle se détendit et s'autorisa à se laisser conquérir par les gestes d'un autre. Mais, soudain, les hanches d'Oliver tressaillirent violemment, et l'homme se mit à grogner de plaisir. Sa bouche lâcha les tétons de Natalie et ses doigts, qui avaient joué avec tant d'habileté entre ses cuisses, perdirent leur rythme.

Luttant pour se relever, Natalie regarda par-dessus le corps d'Oliver et vit que la main de Heather se trouvait entre les fesses de leur partenaire, ce qui ne pouvait signifier qu'une chose. Son propre désir assouvi, elle essayait maintenant de satisfaire Oliver en massant sa prostate. Mais Natalie se souvenait avec amertume que, si Heather détournait l'attention d'Oliver par des caresses intimes, elle-même y perdrait au change.

Folle de rage, elle glissa une main entre son corps et celui d'Oliver. Ses doigts finirent par repérer le point crucial, situé sous l'extrémité de son sexe en érection. Elle plaça son pouce sous son pénis et ses autres doigts sur le dessus, tout près du gland gonflé et violet, puis elle serra. Natalie savait que son envie pressante d'éjaculer disparaîtrait très vite, mais elle n'avait pas prévu le grognement de frustration qui suivit, ni la réaction furieuse de Simon.

— Non, mais qu'est-ce qui te prend ?

— Il était sur le point de jouir, expliqua Natalie.

— Et alors ?

— Tout mon plaisir a été gâché. Ce n'est pas juste, c'était à mon tour d'avoir un orgasme et...

Simon lui lança un regard outré.

— Tu n'avais absolument aucun droit d'intervenir. À cause de toi, je suis incapable d'évaluer dans quelle mesure Oliver arrive à se contrôler. Je voulais voir s'il pouvait t'emmener jusqu'à l'orgasme pendant que Heather lui massait la prostate, ou s'il oublierait son but. Tu n'es pas la seule dans cette pièce à devoir apprendre, tu sais ? Heather et Oliver sont aussi là pour ça. Tu es l'une des personnes les plus égocentriques que j'aie eu la malchance de devoir former.

— Je suis désolée, mais c'est ce que je fais toujours lorsqu'un homme risque de jouir trop vite.

— Vraiment ? Dans ce cas, je ne suis pas surpris que tes relations se terminent aussi vite. Bon, descends du lit.

— Qu'est-ce que vous voulez dire ?

— Pour le moment, la partie est terminée pour toi. Tu peux venir te placer à côté de moi. On va regarder Oliver et Heather. Et, comme il me paraît évident que tu as toutes les difficultés du monde à te soumettre, il va falloir qu'on te donne une leçon.

Natalie savait que Simon avait raison. Elle n'avait pas pensé un instant à ce qu'elle faisait. Elle avait eu une réaction instinctive et regrettait de ne pas pouvoir remonter dans le temps. Elle ressentait dans son corps un besoin maladif d'être libérée de sa tension sexuelle. Et pourtant, une fois de plus, elle allait devoir regarder plutôt que participer.

Natalie espérait un regard compatissant de la part de Heather. Mais, lorsqu'elle croisa son regard, Heather sourit avec une satisfaction évidente. Elle était visiblement ravie de la tournure des événements, et Natalie s'en voulut encore plus d'avoir tout gâché.

Oliver, resté allongé sur le lit en silence pendant que Simon et Natalie discutaient, sembla soulagé de n'avoir à présent que Heather pour partenaire. Sans plus attendre, il la fit basculer sur le dos, se plaça genoux écartés devant elle, souleva légèrement les fesses de la jeune femme et les ramena contre ses propres cuisses. En même temps, il se glissa peu à peu en elle, et sa partenaire en profita pour poser ses jambes sur ses épaules, caressant du pied la peau de ses bras. Comme Heather bougeait, Oliver remuait en elle. Finalement, il lui demanda de s'arrêter et se pencha un peu en arrière, si bien que son sexe en érection pressa fortement son point G. Heather commença alors à pousser de petits cris gutturaux de plaisir, des cris dont le volume s'intensifiait à mesure que se déroulait l'action.

Natalie imaginait sans peine l'envie douce et merveilleuse se répandre dans les membres inférieurs de Heather. Toujours aux côtés de Simon, elle regarda en tremblant les paupières de Heather se fermer peu à peu. Sa respiration s'accéléra, et ses mains saisirent fébrilement les genoux d'Oliver, tandis qu'il maintenait la pression sur son point G.

Enfin, au bout de quelques minutes, tous les muscles de Heather furent pris de spasmes, provoqués par le plaisir profondément intense que procurait ce genre d'orgasme, comme le savait Natalie.

Quand le corps de sa partenaire fut de nouveau immobile, Oliver se retira sans avoir joui lui-même. Il baissa alors la tête et se servit de sa bouche entre les cuisses de Heather. Presque aussitôt, elle commença à se tortiller tandis qu'Oliver léchait sa chair extrêmement sensible. Natalie regarda les hanches de Heather décoller du lit : une fois de plus, son corps se précipitait tête baissée vers les spasmes d'un plaisir extatique. À cet instant seulement, Oliver s'éloigna de sa partenaire et lança un regard interrogateur à Simon.

— Tu te débrouilles très bien, Heather, dit l'homme d'un ton approbateur. Il est temps pour toi de te rhabiller maintenant. Ce soir, tu te mêleras à un groupe plus important, car je sais que je peux compter sur toi pour continuer à te montrer obéissante. Du moins, j'espère que je fais le bon choix, parce que, si tu échoues, je devrai en assumer toute la responsabilité.

— Je ferai tout ce qu'on me dira, promit Heather.

D'après l'impatience dans sa voix, il était clair qu'elle tenait beaucoup à rencontrer de nouveaux partenaires.

Simon hocha la tête et lui lança un petit sourire avant de se tourner vers Natalie.

— Quant à toi, je me demande bien quand je vais pouvoir te laisser avec d'autres partenaires. Peut-être que cette leçon va t'aider à te rappeler les raisons de ta venue ici. Oliver, je veux que tu restes sur le lit. On aura besoin de toi dans quelques minutes. Natalie, viens t'allonger avec moi.

Tout en parlant, Simon retira ses vêtements, et le cœur de Natalie se mit à battre plus vite. Elle se sentait mi-excitée, mi-effrayée. Même si elle rêvait de sentir le corps de Simon contre le sien, elle savait aussi que la leçon impliquerait plus qu'un simple plaisir.

Sans même un regard pour elle, Simon promena ses doigts sur ses seins. Puis il les prit à pleines mains, baissa la tête et promena sa langue d'un téton à l'autre, laissant ses dents frôler de temps à autre leur peau sensible. Natalie adorait cette sensation, et ses épaules commencèrent à s'agiter de plaisir.

— Ne bouge pas, dit Simon, sinon la leçon sera plus sévère que prévu.

Natalie eut du mal à lui obéir. Mais elle fit de son mieux pendant que les lèvres et la langue s'attardaient longuement sur ses seins. Simon l'excita si bien que des vrilles de plaisir se mirent à serpenter vers le bas de son corps. Il pressa ensuite le talon de sa main droite sur la peau douce du bas-ventre, décrivant des cercles jusqu'à ce que Natalie sente la zone entière de son pubis commencer à enfler et à devenir humide.

Le toucher de Simon était si habile, si ingénieux qu'en quelques minutes, elle fut au bord de l'orgasme. Mais alors, tandis que ses muscles se contractaient peu à peu avant l'instant de délivrance, Simon retira la main de son ventre.

— Voyons à quel point tu es excitée, murmura-t-il en glissant ses doigts entre ses cuisses.

Natalie sentit palper sa chair humide et veloutée. L'espace d'un instant fugace, Simon caressa du bout du doigt le bord de son clitoris, et ce plaisir exquis lui coupa le souffle.

— Elle est bel et bien excitée, dit-il à Oliver, qui attendait toujours.

Simon fit rouler Natalie sur son flanc et s'allongea derrière elle.

— Oliver, passe-moi ce tube de gel lubrifiant, là-bas.

Le corps de Natalie se tendit, et Simon tapota légèrement ses fesses.

— Détends-toi, ça va beaucoup te faciliter les choses.

Malheureusement, ses paroles eurent l'effet inverse : Natalie ne voulait pas qu'il la pénètre de cette façon et ne l'avait jamais permis auparavant. Pourtant, elle savait qu'il était inutile de protester. Cette fois, elle devait obéir, sinon elle risquait d'être renvoyée de la formation, une perspective qui la consternait profondément.

Simon écarta ses fesses avec précaution. Puis Natalie sentit qu'il massait le contour de son petit trou serré avec le gel froid. Son doigt remua ensuite en elle avec soin et lenteur, étalant un peu plus de lubrifiant à chaque mouvement. D'instinct, les muscles tentèrent d'expulser l'intrus, mais Simon arrêta simplement de bouger le doigt et attendit que la tension retombe un peu avant de continuer à lubrifier tout le canal et son entrée. Une fois satisfait, il dit à Natalie de s'asseoir et s'allongea sur le dos, les yeux levés vers elle.

— J'imagine que tu sais ce qui va se passer ensuite ? demanda-t-il doucement.

Natalie secoua la tête, refusant de croire que son hypothèse était la bonne.

— Non, répondit-elle doucement, je ne vois pas.

— Je veux que tu t'allonges dos contre moi et que tu me laisses te pénétrer, là où se trouvait mon doigt tout à l'heure.

Natalie n'avait jamais eu si peur.

— Ça va me faire mal, gémit-elle.

— Bien sûr que non. Fais-moi confiance, j'ai l'habitude. Tu vas aimer ça, je te le promets.

Natalie jeta un regard à Heather, et elle l'encouragea d'un signe de tête. Oliver, déjà très excité, attendait qu'elle obéisse. Finalement, consciente qu'elle n'avait pas le choix, Natalie s'allongea dos contre Simon, son sexe en érection dressé entre eux.

— Tu vas devoir nous donner un coup de main, Oliver, dit le tuteur. Soulève les hanches de Natalie et fais-la glisser sur moi très lentement. Natalie, il faut que tu te détendes plus que ça. Respire par la bouche, ça devrait t'aider.

Elle doutait que quoi que ce soit puisse l'aider. Mais, quand Oliver saisit fermement ses hanches de ses mains longues et fortes, elle sentit soudain une vague d'excitation l'envahir à l'idée de ce qui se passait. Elle était là, nue entre deux hommes qui la caressaient.

Et ce n'était pas tout : si elle pouvait seulement obéir aux instructions, dans quelques minutes, ils seraient tous les deux en elle, et elle serait comblée comme jamais auparavant.

Les mains de Simon écartèrent ses fesses, et Natalie sentit la douce extrémité de son sexe en érection fouiller son orifice lubrifié. Oliver maintint ses membres inférieurs avec fermeté, puis, d'un coup de reins, Simon se fraya un chemin du bout du pénis à travers les muscles d'abord réticents. Natalie se tendit brièvement pour lui résister, mais, alors, une sensation intense émergea du plus profond d'elle-même, et elle commença à accepter cette étrange intrusion. Avec précaution, Oliver et Simon manipulèrent son corps jusqu'à ce que le tuteur soit enfoncé en elle aussi loin que possible. Puis Oliver s'agenouilla au-dessus d'elle et écarta ses jambes afin que sa vulve s'ouvre à lui.

Natalie voulait lui demander de toucher ou de sucer ses seins, gorgés de désir et palpitants, mais elle savait qu'il ne le fallait pas. Elle devait se contenter de ce que lui offraient les deux hommes. Toutefois, Oliver sembla la comprendre. Alors qu'il faisait pivoter ses hanches, remuait son sexe en érection en elle et appuyait sur les nerfs sensibles juste à l'entrée de son vagin, il baissa la tête et suça la peau douce de ses aréoles.

Natalie s'entendit pousser des cris de plaisir presque animaux lorsque les deux hommes se mirent à bouger, lentement d'abord et puis plus vite, à mesure qu'elle se détendait. Mais, au moment où les mouvements d'Oliver s'intensifièrent, son corps commença à protester contre l'intrusion de Simon dans son ouverture la plus intime. Elle commença à gémir, mais l'inconfort évolua, et des éclairs fulgurants de plaisir ardent vinrent la transpercer de toute part.

Natalie n'avait jamais rien ressenti de tel auparavant. Elle avait à peine eu le temps de comprendre ce qui se passait, que les sensations extraordinaires provoquées par les deux hommes submergèrent ses nerfs à vif. Un orgasme soudain l'envahit, une volupté si intense qu'elle pensa s'évanouir de plaisir.

Lorsque ce fut terminé, Natalie sentit Oliver commencer à se retirer. Mais, brusquement, elle n'eut pas envie qu'il s'en aille : elle voulait qu'il reste là, qu'il continue à la remplir. D'instinct, elle serra ses muscles internes autour de son sexe, le piégeant dans sa chaleur douce et veloutée.

— Non ! protesta Oliver. Je ne veux pas jouir maintenant.

Mais ces mots eurent beau parvenir jusqu'aux oreilles de Natalie, elle ne les enregistra pas vraiment, car son corps grimpait déjà vers un autre orgasme. Quand Oliver jouit, elle le rejoignit en criant avec cette fois un plaisir délirant.

— Qu'est-ce que tu as fait ? demanda Simon, tandis qu'Oliver descendait du lit et que le tuteur soulevait Natalie pour se retirer.

— Rien, murmura-t-elle, toujours perdue dans une brume de sensualité.

— Qu'est-ce qu'elle a fait, Oliver ?

— Elle a serré ses muscles et m'a pompé jusqu'à ce que je jouisse.

Simon secoua la tête avec incrédulité.

— On dirait que tu n'apprendras jamais, Natalie.

— Ce n'était pas mon intention. Mais c'était si bon que je ne voulais pas que ça se termine.

— Je crois que je ferais mieux de te ramener dans ta chambre à présent, dit Simon calmement. Je vais devoir vérifier si une petite leçon particulière s'avère plus efficace. Après tout, tu as déjà passé ici plus de la moitié de ton premier week-end, mais tu as encore du mal à obéir plus de cinq minutes d'affilée.

— Ça veut dire que vous allez encore me punir ? demanda-t-elle, la bouche sèche.

— J'ai bien peur que tu ne me laisses pas le choix, dit-il sur un ton menaçant.

Heather et Oliver lancèrent tous les deux un regard compatissant à Natalie, tandis que Simon lui tendait ses vêtements avant de la faire sortir de la pièce.

Huit

Au moment où ils arrivèrent dans sa chambre, la situation commençait à agacer Natalie. Même si elle reconnaissait avoir fait des erreurs, il lui semblait que Simon prenait un trop grand plaisir à la punir.

— Est-ce que quelque chose vous déplaît chez moi ? demanda-t-elle alors qu'ils entraient.

— Bien sûr que non, répondit-il avant de fermer la porte. Je veux que tu en aies pour ton argent, c'est tout.

Natalie n'était pas convaincue.

— Et qu'est-ce qui va se passer maintenant ?

Simon réfléchit un instant.

— Grimpe sur le lit.

— Habillée ou nue ?

— Comme tu es maintenant.

Obéissante, Natalie s'allongea sur le lit, parfaitement consciente que, dans la précipitation, elle n'avait pas remis ses sous-vêtements. Elle portait une simple robe rose, fermée de haut en bas par des boutons.

— Dites-moi : vous avez un vrai travail ? se renseigna-t-elle.

— Bien sûr que oui, répondit Simon avec rudesse.

Il attrapa ses poignets et les attacha à la tête de lit.

Consciente qu'elle ne devait pas résister, Natalie décida de poursuivre la conversation pour essayer de se changer les idées.

— Lequel ?

Simon tira d'un coup brusque sur le foulard en soie qu'il était en train de nouer autour de son poignet droit.

— Si tu veux vraiment le savoir, je suis journaliste indépendant, constamment à la merci de gens comme toi.

— Je vois, dit Natalie triomphalement. C'est donc pour ça que vous ne m'aimez pas, parce que vous reprochez l'échec de votre carrière de journaliste à des personnes comme moi.

— Qui a dit que c'était un échec ?

— Votre nom ne me dit rien.

— Peut-être que tu ne lis pas les bons magazines.

Simon entreprit d'attacher des sangles autour de ses fines chevilles.

— Dites-moi pour qui vous écrivez.

— La plupart des journaux de qualité ont fait appel à moi à un moment ou à un autre. De toute façon, on a assez parlé de ça. Laisse-moi t'expliquer ce qui va se passer maintenant. Il ne me reste pas beaucoup de temps pour m'assurer que tu as au moins appris les bases de la soumission. La seule façon de t'empêcher d'intervenir, il me semble, est de t'attacher – ce qui explique pourquoi on est passé au bondage si rapidement. Tu vas être soulagée d'apprendre que tu vas bien t'amuser… Seulement, ce sera à ma façon.

Natalie commençait à se sentir très excitée. Leurs regards se croisèrent, et elle perçut une sensation bizarre au creux de son estomac, le vacillement soudain qu'elle ressentait chaque fois qu'elle posait les yeux sur un homme dont elle avait vraiment envie. Une expression étrange traversa un instant le visage de Simon, comme s'il ressentait lui aussi plus qu'un intérêt professionnel pour elle. Mais, presque aussitôt, son visage redevint impassible.

— Il est temps de commencer, je pense.

Simon ouvrit alors la fermeture du sac fourre-tout qu'il avait apporté de la salle de formation.

Il commença à défaire les boutons de sa robe avec soin, ses doigts effleurant la peau douce de Natalie à mesure que descendaient ses mains. Puis elle sentit qu'il écartait les pans et exposait son corps long, mince et nu. Elle aurait voulu retirer complètement la robe, en dégager ses bras et la jeter plus loin. Mais, comme elle était attachée, elle devait se contenter de ce que faisait Simon.

Une fois le corps de Natalie totalement exposé, l'homme prit un grand pinceau en poils de martre dans son sac et entreprit de l'utiliser sur chaque centimètre de sa peau, en commençant par ses pieds. Le pinceau décrivait des mouvements larges et délicats, et cette sensation était merveilleuse : Natalie se sentait si excitée qu'au moment où Simon passa la fine brosse sur l'intérieur de ses genoux et sur la peau tendre entre ses cuisses, elle fut prise de violents tremblements. Ses hanches s'arquèrent, tandis que son corps essayait instinctivement de faire monter le pinceau un peu plus haut.

— Je vois que tu apprécies, murmura Simon. Tu sais, tu as un corps très réceptif. C'est dommage que tu ne veuilles pas apprendre comment en tirer le maximum de plaisir.

— Mais je veux apprendre, dit Natalie d'une voix haletante. C'est pour ça que je suis ici.

— Alors, respecte les règles du jeu.
— Pourquoi vous êtes-vous arrêté ? gémit-elle.
— Parce que je ne veux pas que tu sois trop rapidement excitée.

Natalie eut envie de lui hurler toute sa fureur. Mais elle tourna la tête sur le côté, bien déterminée à ne pas le laisser voir sa frustration. Quelques minutes plus tard, son corps se calma, et Simon recommença à la caresser de son pinceau. Cette fois, il promena les poils doux sur ses hanches et sur la courbe de sa taille, et l'estomac de Natalie se contracta aussitôt. Elle se dit qu'elle allait devenir folle, car un désir terriblement fort se manifestait à présent entre ses jambes. C'était un besoin qui ne pourrait s'atténuer que si on la touchait, et elle savait que Simon n'allait pas la caresser à cet endroit – du moins, pas encore.

— C'est agréable, non ? chuchota-t-il.
— C'est un délice, gémit-elle.

Puis elle sentit le pinceau décrire des cercles autour de chacun de ses seins, et la chair tendre se gonfla, tandis que sa poitrine devenait lourde et engorgée. Natalie s'entendit marmonner des sons incohérents pendant que ses bras tiraient sur les liens et qu'elle se démenait pour bouger, car elle avait bien l'intention de faire entrer ses seins en contact avec le pinceau. Cependant, Simon l'avait attachée trop fermement et, tout à fait conscient de ce qu'elle désirait par-dessus tout, son cruel tuteur fit en sorte que les tétons de Natalie ne reçoivent aucune stimulation. Au lieu de ça, ils restèrent si tendus et douloureux que Natalie finit par lâcher un gémissement de frustration.

— Que se passe-t-il ? demanda-t-il avec une inquiétude feinte.

— Rien.

Simon hocha la tête d'un air approbateur.

— C'est bien. Peut-être que tu commences enfin à apprendre. Maintenant, je pense qu'on va pouvoir changer un peu.

Lorsque Natalie perçut un bourdonnement sourd, une vague de soulagement l'envahit, car elle sut qu'il allait se servir d'un vibromasseur. C'était exactement ce qu'il lui fallait : un contact plus ferme qui déclencherait son orgasme. Du moins, c'est ce qu'elle croyait. Mais Simon avait autre chose en tête.

Il se servit du fin vibromasseur en forme de crayon avec toute l'habileté d'un tortionnaire. Il toucha et excita Natalie sans interruption, mais jamais à un endroit qui la soulagerait pour de bon. Il fit glisser l'objet le long de son aine, caressa légèrement ses aréoles et le fit même aller et venir sur son bas-ventre. Mais il ne le laissa jamais s'aventurer sur ses tétons ou près de son clitoris.

Très vite, Natalie devint folle de frustration. Son corps chaud, tendu et plein de désir remuait dans tous les sens, essayant désespérément d'entrer en contact avec l'objet insaisissable.

— Tu as l'air merveilleuse, dit Simon, lorsqu'il éteignit finalement le vibromasseur. Si seulement tu pouvais te voir.

— Heureusement que non, grogna-t-elle. Quand est-ce que vous allez me laisser jouir ?

— Pas encore.

Simon s'éloigna d'elle pendant quelques minutes. Natalie comprit qu'il attendait que la tension dans son corps redescende. Ainsi, quand il la toucherait de nouveau, il ne risquerait pas de déclencher un orgasme instantané. Jamais personne ne l'avait maintenue avec un tel acharnement si près de l'orgasme, pour simplement abandonner son corps au bord de la délivrance. Quand Simon finit par revenir vers elle, une longue plume de paon à la main, elle lâcha un grognement de désespoir.

Avec des mouvements lents et insidieux, il la caressa de sa pointe délicate. Il la fit tourner dans son nombril, jusqu'à ce que les hanches de Natalie tressaillent et que son clitoris palpite. Il effleura avec nonchalance l'aine et laissa même brièvement le bout de la plume glisser sur les lèvres gonflées de son sexe.

Malgré tout, Natalie ne parvenait pas à jouir. Elle aurait été incapable de dire depuis combien de temps Simon se servait de la plume. Finalement, juste au moment où elle était sûre qu'au prochain contact, quel qu'en soit l'endroit, une explosion de plaisir envahirait son corps, il laissa tomber l'objet aux couleurs vives sur son ventre nu et la regarda.

— Bon. Je reviendrai te voir après ma pause-café.

Natalie n'en croyait pas ses oreilles.

— Vous ne pouvez pas me laisser comme ça !

— Et pourquoi pas ?

— Parce que j'ai besoin de jouir.

— L'attente rendra ton orgasme d'autant plus intense.

— Non ! hurla-t-elle, tandis qu'il s'apprêtait à sortir de la pièce. Revenez ! Vous n'avez aucune idée de ce que je subis. Je vous en prie, touchez-moi encore.

— Où ? demanda-t-il avec un intérêt visible.

— N'importe où, grogna Natalie.

— Désolé, ce n'est pas assez précis. Je me serais attendu à ce qu'une personne comme toi sache exactement ce qu'elle voulait, remarqua-t-il avec un sourire.

Puis, avant qu'elle ait eu le temps d'ajouter quelque chose, Simon quitta la pièce en fermant doucement la porte derrière lui.

Une fois son tuteur parti, Natalie comprit enfin qu'elle n'avait aucune solution pour se sortir de là. Simon n'ayant même pas tenté de desserrer un peu les liens, elle était incapable de bouger ses bras ou ses jambes. Elle fut prise de panique, car elle ignorait totalement combien de temps il serait absent. Lui revint alors la réflexion de Simon sur son travail de journaliste, et la peur de Natalie commença à se transformer en colère.

Elle devinait que c'était pour lui une revanche, qu'il lui faisait payer toutes les fois où une rédactrice en chef lui avait refusé un article. La colère lui fit presque oublier sa peur et eut peu à peu un effet aphrodisiaque. Même si Natalie n'était plus stimulée sexuellement, son corps restait dans un état d'excitation. Les sensations s'atténuaient légèrement, mais ses nerfs à vif persistaient à réclamer satisfaction.

Elle essaya de plier les genoux, de se balancer d'avant en arrière pour augmenter la pression sur son pubis, mais les liens n'étaient pas assez lâches. Elle ressentait toujours des picotements dans ses tétons, et une sensation de désir au creux de son estomac refusait de s'éteindre.

Plus elle pensait à Simon et son travail, plus elle se rappelait les choses qu'il lui avait faites avant de la quitter. Natalie avait l'impression de sentir encore la douce caresse du pinceau aux poils doux, la pression excitante du vibromasseur et les caresses exquises de la plume au bout délicieusement pointu, qui reposait maintenant sur son ventre, totalement inutile. On aurait dit que l'objet se moquait d'elle, lui rappelant avec malice le plaisir qu'elle lui avait donné plus tôt.

Natalie ne savait pas exactement depuis combien de temps elle était allongée là. Elle se dit qu'une heure avait dû passer, quand la porte s'ouvrit enfin pour laisser entrer Simon. Elle souleva la tête de l'oreiller et lui lança un regard furieux.

— Vous avez pris votre temps.

— En voilà des façons de m'accueillir. Tu devrais être contente que j'aie pris la peine de revenir.

— Vous pouviez difficilement me laisser comme ça. Rob Gill lui-même doit s'attendre à voir tous ses clients au dîner.

— Il ne lui viendrait jamais à l'esprit d'intervenir dans mes méthodes de formation, dit Simon, content de lui. Cela dit, le dîner ne serait plus le même sans toi. D'ailleurs, on va jouer à un jeu intéressant ce soir, et je ne veux pas que tu le rates.

Simon traversa la pièce et baissa les yeux vers son corps allongé.

Puis, penché au-dessus d'elle, il souffla doucement sur ses tétons, qui se durcirent aussitôt pour former deux petits pics tendus et pointus.

— Dis donc, tu es toujours très excitée, murmura-t-il.

— À quoi vous attendiez-vous ?

— Je ne sais absolument pas à quoi m'attendre avec toi.

— Alors, j'espère bien que vous allez...

Simon se redressa et la regarda avec étonnement.

— Je n'arrive pas à le croire. Tu es encore en train d'essayer de me donner des ordres !

Il avait l'air si en colère que Natalie perdit son calme.

— Mais non, protesta-t-elle avec véhémence. Bien sûr que non.

— Eh bien, ça m'en avait tout l'air, dit-il doucement.

Une étrange expression sur le visage, Simon arracha ses propres vêtements. Et puis, sans aucun préliminaire, il s'allongea sur elle et, d'un rapide coup de hanche, la pénétra.

Natalie poussa un cri de joie. Le sexe de Simon était si gros, si dur ! Enfin, le vide terrible et douloureux était comblé, alors qu'il commençait à aller et venir sauvagement en elle. Natalie le dévisagea.

Mais lui, concentré, gardait les yeux fermés et serrait les lèvres, et, sans aucune considération pour son plaisir à elle, se focalisait uniquement sur son propre orgasme. Elle devinait qu'il était en colère, mais aussi très excité, ce qui l'excitait elle-même. Bientôt, elle sentit son corps se contracter, tandis qu'approchait son orgasme tant différé.

Et, même si Simon ne la caressait pas, ça lui était égal. Le sentir profondément en elle, c'était ce dont Natalie avait vraiment besoin, ce à quoi elle rêvait, et, tandis que ses hanches se soulevaient du lit, elle resserra ses muscles autour de son sexe. Aussitôt, les premiers petits picotements de plaisir qui précédaient l'orgasme la traversèrent.

— Oui ! oui ! s'écria-t-elle.

Et puis, enfin, Natalie sentit le plaisir chaud, envahissant, se répandre à travers son corps, tandis que les délicieuses pulsations de son orgasme soulageaient ses nerfs à vif. Pendant que Natalie jouissait et que ses muscles se contractaient involontairement autour du sexe de Simon, elle le sentit frissonner. Puis il émit un grognement alors qu'il jouissait et se vidait en elle.

Finalement, il ouvrit les yeux. Mais il n'y avait aucune tendresse dans son expression. Natalie ignorait pourquoi, mais elle s'était attendue à un peu d'affection de sa part. S'il l'avait prise sauvagement, avec indifférence, c'était sans doute parce qu'il s'en voulait d'avoir des sentiments pour elle, avait-elle pensé. Mais, maintenant, alors qu'elle sondait ses yeux sombres et énigmatiques, elle n'en était plus si sûre.

— J'espère que ça t'a satisfaite, dit Simon en se retirant.

Natalie tressaillit, tandis qu'elle le sentait s'en aller, et elle eut envie de lui demander de s'allonger près d'elle, de rendre leur relation plus personnelle. Mais elle savait que non seulement elle enfreindrait les règles d'obéissance, mais qu'il aurait alors un comportement non professionnel. Pour la première fois, elle se réjouit à l'idée de revenir le week-end suivant, bien décidée qu'elle était à découvrir un peu plus le vrai Simon.

— Eh bien, ça a été ? insista-t-il.

— Oui, merci, dit Natalie, la voix volontairement soumise.

— Pas une seule réclamation ?

— Aucune.

— Alors, je vais devoir te détacher.

Natalie lui jeta un regard tandis qu'il commençait à libérer ses poignets.

— Vous avez l'air assez déçu.

— Surpris, peut-être, mais pas déçu.

— N'avez-vous rien ressenti du tout ? chuchota Natalie.

Le corps de Simon devint tout à fait immobile.

— Qu'est-ce que tu veux dire ?

— Vous n'avez rien ressenti de spécial ?

— Je faisais simplement mon travail.

— Vraiment ?

— J'ai bien peur que oui. Je suis sûr que ça flatterait considérablement ton ego de penser que tu es spéciale à mes yeux, mais je crois malheureusement que tu ressembles à toutes les femmes qu'on reçoit ici. Plus têtue que les autres, c'est possible, mais c'est la seule différence entre toi et toutes nos autres clientes.

— Je vois.

— Ne le prends pas contre toi, dit brusquement Simon tandis qu'il enlevait ses derniers liens et l'aidait à s'asseoir. Même si tu m'intéressais, et je tiens à répéter que ce n'est pas le cas, ce ne serait pas autorisé. Si j'avais une aventure avec une cliente, je perdrais mon travail ici.

— Et votre travail ici représente beaucoup pour vous ?

— Oui, j'en tire plus de satisfaction que de n'importe quelle autre activité.

— Comme c'est triste, dit Natalie.

Simon était manifestement surpris.

— Pourquoi ?

— Eh bien, si seul votre travail ici vous satisfait, vous ne devez pas être plus doué que nous pour vivre des relations durables.

— On n'est pas là pour discuter de ma vie privée, on est ici pour régler les problèmes de la tienne. Je te verrai au dîner.

Natalie devinait qu'il était pressé de partir, mais ça n'avait pas d'importance. Au moins, elle avait réussi à l'atteindre, à ébranler un peu son sang-froid, et c'était ce qu'elle devait continuer à faire si elle voulait progresser un peu.

— Que vouliez-vous dire à propos de cette soirée ?

— Ce soir, attends-toi à une expérience assez différente. C'est un exercice pour former les hommes et les femmes en même temps. On forme des couples de femmes, puis elles font l'amour ensemble pendant qu'un groupe d'hommes les regarde. Le but, c'est que les femmes aient l'occasion de découvrir le plaisir avec des personnes du même sexe. D'un autre côté, on espère que les hommes apprendront ce qu'elles veulent vraiment en les regardant simplement faire.

— Je ne ferai pas l'amour avec une autre femme ! haleta Natalie, horrifiée à cette idée.

— Et pourquoi pas ? Après tout, tu sembles croire que tu connais mieux ton propre corps quand les hommes te font l'amour. Une femme saura sûrement le faire sans que tu aies besoin de la guider.

— Je ne peux pas faire ça, protesta Natalie, essayant de visualiser la scène.

— Dans ce cas, tu devras nous quitter. Ce cours n'est pas optionnel.

— Mais je ne veux pas partir.

Natalie perçut la peur dans sa propre voix et se méprisa d'être si vulnérable, mais son ton arrêta Simon sur-le-champ. Il s'assit sur le lit à côté d'elle.

— Écoute, Natalie. Quand tu as choisi de venir ici, tu as pris une décision très courageuse. Tu as décidé que ta vie sexuelle n'était pas satisfaisante et que tu voulais y remédier. Le problème, c'est que, pour changer tes vieilles habitudes, il faut en essayer de nouvelles, autrement tu n'auras rien pour les remplacer.

— Mais les autres femmes ne m'intéressent pas.

— Tu ne comprends pas de quoi il s'agit. Que tu sois attirée par d'autres femmes ou pas n'est pas la question. Le but, c'est que, pendant tes deux week-ends ici, tu expérimentes le plaisir, mais par des moyens totalement nouveaux. Ce n'est pas comme si on t'enfermait dans une chambre avec une autre femme et qu'on te laissait te débrouiller. Il y aura plein d'hommes autour. Je m'étais dit que ça te plairait.

— Pourquoi ?

— Pense au pouvoir que ça te donne. Les hommes seront tous fous de désir pour toi. Ce sera certainement une source d'excitation !

— Je veux tout essayer, dit Natalie avec honnêteté. Mais je ne sais pas comment je vais trouver le courage pour ça.

À son grand étonnement, Simon posa la main droite sur sa nuque et passa doucement ses doigts à travers ses cheveux.

— Je serai là avec toi, lui assura-t-il. Considère ça simplement comme une autre de mes leçons. Si tu commences à perdre ton sang-froid, pense à moi : ça devrait te stimuler. Tu crois que je veux te voir échouer ? Alors, ma présence devrait renforcer ta motivation. Après tout, tu ne voudrais pas que je puisse me vanter d'avoir eu raison à ton sujet ?

— Je ne veux pas que vous continuiez à me punir.

— Vraiment ?

Simon rit.

— Je pensais que tu avais aimé ça tout à l'heure.

Il réfréna vite son amusement. Mais il s'était trahi pendant un bref instant, et Natalie le sut, même si Simon lui-même ne s'en était pas aperçu.

— Eh bien, je suppose que je n'ai plus qu'à rester optimiste, dit-elle.

— Exactement. Peut-être que tu vas y arriver, après tout.

— Peut-être, oui. J'espère que vous ne serez pas trop déçu.

— Non, je serai très content pour toi.

— Et surpris ?

Simon secoua la tête.

— Non, les femmes comme toi ont cessé de me surprendre depuis longtemps.

Là-dessus, il quitta la pièce.

Tandis qu'elle se douchait et se changeait pour le dîner, Natalie ne cessait de penser à ses derniers mots. Elle n'aimait pas être classée dans un groupe, être une femme « comme toutes celles qu'on reçoit ici ». Elle avait décidé qu'à la fin des deux week-ends, Simon la considérerait comme une personne à part entière. Et, espérait-elle, une personne très désirable.

Neuf

Quand Natalie descendit dans la salle à manger ce soir-là, elle fut conduite vers une grande table ronde autour de laquelle étaient déjà assises sept personnes : quatre hommes et trois jeunes femmes. Se souvenant de ce que Simon lui avait dit, elle étudia les autres filles avec soin. L'une d'elles était une petite blonde pétillante aux cheveux courts et frisés. La deuxième avait les cheveux raides et foncés et de doux yeux marron : Natalie lui trouva une ressemblance avec Winona Ryder. La troisième était une Indienne au beau visage et à la silhouette svelte. Sa chevelure tombait dans son dos en une cascade épaisse, sombre et brillante.

Natalie tira une chaise à elle.

— Salut, moi, c'est Natalie.

— Et moi, Juliette, dit la blonde. Voici Victoria, ajouta-t-elle en désignant le sosie de Winona Ryder. Et...

— Je m'appelle Sajel, dit la fille indienne avec un sourire.

Natalie attendit que les hommes se présentent, mais ils n'avaient manifestement pas l'intention de le faire. Après lui avoir adressé un signe de tête poli, ils continuèrent à discuter entre eux en face des filles, visiblement plus à l'aise avec leur conversation d'hommes.

— Plutôt malpolis, non ? dit Juliette.

— Je pense que la situation les embarrasse, répondit Victoria.

Sa voix était grave et séduisante.

— Ils sont sans doute nerveux à cause de ce qui va se passer ce soir, poursuivit-elle.

— Comme nous toutes, non ? dit Natalie.

— Moi, je suis assez impatiente, en fait, avoua Sajel. Qu'est-ce que vous faites dans la vie ? Je suis avocate, et mon futur mari, Anil, qui est en face de vous, est médecin dans un hôpital. Nos parents comptent nous marier. Mais Anil me trouve trop sûre de moi et, franchement, il aime trop maîtriser les choses à mon goût. On espère tous les deux que cette formation nous aidera à trouver un meilleur équilibre dans notre relation, parce que nous n'avons pas le droit de décevoir nos parents. Il faut qu'on fasse en sorte que ça marche entre nous, d'une certaine façon.

Natalie fit une grimace.

— C'est horrible. Ça doit être affreux de se marier avec une personne dont on n'est pas amoureuse.

— Pas vraiment. On peut s'estimer heureux d'avoir autant de points communs. On vient de milieux semblables, et nos familles sont amies depuis des années. De toute façon, les gens qui se marient par amour ne réussissent pas particulièrement à faire fonctionner leur union. Au moins, Anil et moi savons que nous partageons déjà beaucoup de choses.

— Mais si les choses se passent mal au lit...

— Nous nous apprécions physiquement, dit Sajel calmement. C'est juste qu'Anil ne s'attendait pas à une femme qui émette un avis sur tout. Je crois que venir ici lui a fait du bien, parce que, maintenant, il sait que je ne suis pas un cas à part.

Natalie regarda Anil et comprit pourquoi Sajel le trouvait séduisant. Il avait un visage merveilleux et les yeux d'un brun limpide. Mais la ferme expression de sa bouche suggérait un caractère plus fort qu'on pouvait le penser au premier abord.

— Qui sont les autres hommes ? demanda-t-elle à Juliette.

— Je connais seulement leurs noms : Toby, Mark et Adam. Je pense que tous les trois ont passé un mauvais moment cet après-midi, car j'ai entendu Toby dire à Adam que, s'il ne quittait pas l'endroit sur-le-champ, c'était uniquement parce que son séjour ne serait pas remboursé.

Natalie rit.

— Ça ne semble pas très prometteur. Ils doivent trouver ça aussi difficile que moi.

— C'est vrai que c'est dur, admit Sajel. Qui est ton professeur particulier ?

— Simon Ellis.

— Un homme grand, les yeux foncés et le teint pâle ?

— Oui.

— Il est très séduisant. Comment est-il en tant que prof ?

— Très exigeant.

— Mais excitant ?

Natalie décida de rester prudente.

— Non. Nous ne sommes pas censées être intéressées par nos tuteurs, non ?

— Non, c'est le règlement, répondit Juliette.

Mais ça ne veut pas dire que nous ne ressentons rien. Simplement que nous devons le cacher. Mon tuteur me plaît un max. Il s'appelle Shaun, et il commence à croire que je n'avais pas besoin de suivre cette formation parce que je lui cède très facilement !

À ce moment, les serveurs, qui se déplaçaient de table en table, leur présentèrent une mousse de saumon. Le bourdonnement des discussions faiblit, tandis que chacun découvrait la nourriture et le vin, tous deux excellents. La mousse fut suivie d'un carré d'agneau dans une sauce au vin et au romarin, et, pour le dessert, on leur servit une exquise crème brûlée au citron. Le vin, de variété italienne, sec et léger, s'accordait bien avec les plats et finit même par détendre Natalie. Pour la première fois, elle commençait à se sentir en vacances, plutôt que confrontée à trois jours d'examens.

Après le repas, chaque convive dut ensuite trouver de quoi s'occuper pendant près d'une heure en attendant que les tuteurs reviennent chercher leurs élèves. Alors que Simon s'approchait d'elle, Natalie tremblait de savoir à quelle autre femme de sa table il allait l'associer. À son grand soulagement, Simon fit signe à Sajel et à elle de le suivre.

D'une certaine façon, elle sentait que la jeune Indienne, visiblement plus à l'aise que les autres, rendrait leur exercice beaucoup plus facile.

Simon portait deux sacs de vêtements et en tendit un à chacune des filles.

— Vous pouvez aller dans ma salle de formation pour vous changer. Quand vous serez prêtes, laissez vos vêtements à l'intérieur, puis allez tout au bout du couloir. Ce sera la deuxième salle à votre gauche. Je vous y attendrai.

— Combien de personnes seront présentes ? demanda Natalie, pleine d'inquiétude.

— Je n'en suis pas sûr. Un bon nombre, en tout cas. Ne vous en faites pas, vous ne serez pas les seules filles. Juliette et Victoria seront à côté de vous.

— Mais est-ce qu'il y aura d'autres personnes que les quatre hommes de notre table au dîner ? insista Natalie.

— J'ai bien peur que tu doives te changer avant de le découvrir, dit Simon sans paraître désolé du tout.

Comme Sajel avait déjà pris son sac de vêtements et s'éloignait, Natalie décida de ne plus poser de questions. De toute évidence, les événements de la soirée devaient rester une surprise pour elle, bien qu'elle n'ait jamais aimé ça. Dans la vie, elle préférait que les choses soient planifiées ; alors, cette part d'énigme constituait sans doute un élément important de sa formation à la soumission.

— Qu'est-ce que tu dois porter ? demanda-t-elle à Sajel tandis que l'Indienne commençait à sortir des vêtements de son sac.

— Ils ne ressemblent à rien de ce que j'ai déjà porté, répondit-elle, alors que disparaissait son sourire.

Natalie la regarda enfiler une stupéfiante guêpière blanche serrée par des lacets, une culotte assortie, des porte-jarretelles et de longs bas blancs.

Une paire de chaussures blanches à talons hauts complétait la tenue. Lorsque Sajel fut entièrement habillée, Natalie s'aperçut que les sous-vêtements avaient été astucieusement choisis pour mettre en valeur sa couleur de peau, et que la guêpière soulignait avec soin sa silhouette élancée en remontant légèrement ses seins.

Je me demande si ma tenue est la même, songea Natalie. *J'imagine que oui.*

Mais elle se trompait. La sienne était complètement différente : il s'agissait d'une chemise de nuit bleu pâle aux fines bretelles et rubans en croisillons sur le devant, qui s'ouvrait juste sous l'entrejambe et retombait en deux pans.

Lorsque Natalie bougeait, ils révélaient toute la longueur lisse de ses jambes. Chaque pan de la jupe fendue était bordé de dentelle, bleu pâle elle aussi.

Dans le sac se trouvait également une veste en voile fin assortie, qu'elle enfila pour couvrir ses épaules. À son grand soulagement, il restait aussi une petite culotte bleue, juste assez grande pour couvrir son pubis. Aucune paire de bas n'avait été prévue pour elle, mais on lui avait fourni des chaussures blanches à talons hauts.

— Qu'est-ce que c'est que ça ? demanda-t-elle alors que ses doigts palpaient quelque chose de froid au fond du sac.

Lentement, Natalie en sortit une minuscule chaîne.

— C'est pour ta cheville, expliqua Sajel.

— Regarde si tu en as une aussi, la pressa Natalie. Ce doit être un symbole d'asservissement ou quelque chose comme ça.

Sans surprise, Sajel découvrit dans son sac le même bracelet de cheville en argent. Elle mit rapidement le sien, puis les deux filles se regardèrent.

— Est-ce qu'il faut vraiment qu'on sorte dans le couloir habillées comme ça ? demanda Natalie.

— Je me demande ce qu'Anil va en penser, murmura Sajel. Il est très possessif et il n'a participé à aucun de mes exercices de formation jusqu'ici. Il ne va pas apprécier que d'autres hommes me voient dans cette tenue.

— Il y a des chances pour que lui-même apprécie cette vision, rit Natalie en essayant de lui remonter le moral.

— Je ne pense pas être capable d'aller là-bas, dit Sajel d'une voix tout juste audible.

— Bien sûr que si, répliqua fermement Natalie. Tu es avocate, une femme intelligente et raffinée. Tu sais pourquoi tu es ici, et, si cet exercice fait partie de notre formation, alors, il faut le faire. Nous ne devons pas leur montrer que nous avons peur.

Sajel se redressa.

— Tu as raison. Allons-y.

Natalie fut soulagée de voir que le couloir était désert. Mais Simon sortit alors par une porte, et elle sentit son cœur se serrer. Il hocha la tête d'un air élogieux avant de reculer pour les laisser entrer.

— Vous êtes ravissantes, toutes les deux. Tout le monde va être enchanté, dit-il doucement.

Comme Sajel hésitait, Natalie entra la première dans la pièce. C'était une belle salle avec un plafond haut et de grandes fenêtres.

Des chaises anciennes et confortables y étaient placées en cercle. Une épaisse moquette vert pâle couvrait le sol, et au milieu des chaises étaient éparpillés des tas de coussins aux couleurs vives. Comme les hommes étaient nombreux, le cercle était vaste. Natalie entendit Sajel retenir brusquement sa respiration en découvrant le nombre de spectateurs. Ils étaient au moins une douzaine, sans compter Rob Gill et ses assistants.

Comme les filles traversaient la pièce, deux hommes se levèrent et leur dégagèrent un chemin entre les chaises, afin que Natalie et Sajel puissent s'avancer au milieu. Juliette et Victoria s'y trouvaient déjà.

La tenue de Victoria n'en était presque pas une. Elle portait un minuscule slip échancré en dentelle noire, ainsi qu'un soutien-gorge assorti. Le sous-vêtement était dépourvu de bonnets, si bien que sa poitrine étonnamment opulente était cerclée de dentelle presque comme si elle portait un harnais.

Il y avait un contraste spectaculaire entre sa tenue et celle de Juliette, qui portait une grenouillère, faite d'un tissu luisant écarlate, si échancrée que sa peau était visible jusqu'aux hanches. Son dos nu était si ouvert qu'il révélait une vision alléchante de la naissance de ses seins.

Devant, une fermeture descendait tout le long de son buste et passait entre ses jambes. Autour de ses poignets, Juliette avait noué deux rubans rouges assortis, semblables à de fausses menottes, mais ses mains n'avaient pas été attachées. Elle avait l'air spectaculaire et très sûre d'elle comparée à Victoria, manifestement embarrassée, car elle gardait les yeux baissés.

Une fois les quatre filles parvenues au milieu du cercle, Rob Gill, qui observait la scène attentivement, se leva.

— Nos quatre ravissantes jeunes femmes vont maintenant se donner du plaisir mutuellement, expliqua-t-il au cercle d'hommes. Je veux que vous regardiez leurs gestes avec attention et que vous en tiriez des leçons. Vous êtes nombreux ici à vous plaindre que les femmes vous disent en permanence que vous ne comprenez pas leur corps. Elles répètent que vous échouez à les satisfaire, car vous pensez savoir ce qu'elles aiment, plutôt que ce qu'elles veulent vraiment. Bien sûr, tout porte à croire que les femmes connaissent mieux leur corps, et donc qu'elles devraient pouvoir donner du plaisir aux autres rapidement, par des moyens auxquels vous n'avez pas pensé ou que vous n'avez pas eu la patience d'essayer. Des questions ?

Toby, l'un des hommes qui étaient assis à la table de Natalie au dîner, leva la main.

— J'en ai une. Comment saurez-vous si nous avons appris quelque chose après cette séance ?

— En vous donnant l'occasion plus tard de nous le démontrer.

— Avec ces filles ?

— Vous devrez attendre un peu avant de le découvrir. Bon, les filles, sur la table là-bas, vous trouverez un tas d'huiles et de gadgets dont vous pourriez avoir besoin au cours de votre échange sensuel. Vous pouvez commencer quand vous voulez. Deux d'entre vous se placeront à droite du cercle, les deux autres, à gauche. On va tamiser légèrement les lumières – mais pas trop, car je veux que les hommes puissent voir exactement ce qui se passe. Essayez si possible d'oublier les spectateurs. Concentrez-vous uniquement sur le fait de donner et de recevoir du plaisir, car, de cette façon, tout sera plus facile pour vous toutes.

Son discours terminé, on baissa la lumière et, du coin de l'œil, Natalie vit que Juliette poussait déjà Victoria vers les coussins avant de s'agenouiller à ses côtés et de commencer à promener les mains sur son corps. Toutefois, Natalie, elle, était toujours debout, très embarrassée. Elle n'avait aucune idée de ce qu'elle devait faire.

Elle vit Sajel parcourir le cercle du regard. Une fois qu'elle eut croisé le regard d'Anil, elle fut immédiatement galvanisée et passa à l'action.

— Assieds-toi, Natalie, dit-elle tranquillement. Je vais te détendre à l'aide d'un massage de la tête à l'indienne.

Sajel empila alors deux coussins avant de faire signe à Natalie de s'asseoir dessus. L'Indienne se plaça derrière elle, afin que Natalie puisse s'appuyer contre son corps.

Presque aussitôt, celle-ci sentit les doigts de la main droite de Sajel ébouriffer légèrement ses cheveux. Elle passa la main sur la totalité de son cuir chevelu, centimètre par centimètre. Son toucher était incroyablement léger, ses doigts, délicats. C'était une sensation très agréable et, lentement, Natalie commença à se détendre. Maintenant, Sajel utilisait ses deux mains. Les doigts dressés sur sa tête, elle reposait doucement les paumes sur le cuir chevelu de Natalie, puis rassemblait de nouveau tous ses doigts avant de faire bondir ses mains et de les reposer à un endroit différent, les doigts tendus une fois de plus. Elle poursuivit les mêmes gestes jusqu'au sommet de sa tête, et Natalie finit par ressentir des picotements sur son cuir chevelu.

Puis Sajel changea de rythme, et ses mouvements se firent plus lents, plus tranquilles. Elle plaça une main à plat au sommet de la tête de Natalie, ses doigts tendus vers la naissance de ses cheveux, et, lentement, elle la fit glisser tout le long de son crâne et descendre jusqu'à sa nuque. Elle utilisa ses deux mains, l'une suivant l'autre si rapidement, que Natalie sentit comme des vagues traverser ses cheveux : elle ne pouvait deviner où commençait une caresse et où finissait l'autre.

Elle ferma les yeux, alanguie, presque somnolente. Elle sentait maintenant les ongles de Sajel caresser son cuir chevelu avec le même mouvement de vague. Laissant tomber sa tête en arrière, elle s'abandonna tout entière aux douces caresses de sa partenaire. Elle aurait voulu que ces sensations ne s'arrêtent jamais, mais, dès qu'elle fut complètement détendue, les mains de Sajel cessèrent de bouger.

Cette fois, la jeune Indienne fit glisser les bretelles de sa chemise de nuit sur les bras de Natalie, puis défit les rubans et laissa le vêtement tomber sur le sol. Ensuite, posant ses mains sur ses épaules, elle la poussa légèrement en avant et installa des coussins sous son corps pour lui fabriquer un lit de fortune.

— Je vais juste chercher de l'huile, chuchota-t-elle.

À son retour, Natalie sentit les mains délicates de Sajel passer de l'huile sur ses épaules, caresser sa peau en descendant le long de sa colonne vertébrale et masser le creux de son dos jusqu'à ce que Natalie se tortille de plaisir. Alors qu'elle se frottait contre les coussins, elle stimula son clitoris par inadvertance et émit un petit gémissement de plaisir quand des picotements d'excitation transpercèrent ses membres inférieurs.

Les mains fines de Sajel retirèrent à Natalie son slip échancré bleu pâle avant de masser tour à tour chacune de ses fesses avec de l'huile, ce qui la fit remuer encore plus. Maintenant, Natalie sentait la palpitation insistante, éprouvante du désir entre ses jambes tandis qu'elle s'agitait sous le toucher délicat de sa partenaire.

Elle était vaguement consciente que lui parvenaient les cris de joie brusques et gutturaux de Victoria de l'autre côté du cercle, mais ça ne l'intéressait pas vraiment. Tout ce qui comptait, c'était le plaisir que Sajel lui donnait, un plaisir qu'elle n'avait jamais imaginé pouvoir recevoir d'une femme.

— Retourne-toi, murmura Sajel.

Dès que Natalie fut sur le dos, Sajel versa de l'huile sur sa poitrine et commença à masser sa chair extrêmement réceptive, décrivant des cercles avec ses mains, d'abord autour de chaque sein, puis en resserrant les cercles autour de chaque téton. Natalie gémissait de plaisir et projetait sa poitrine en avant, impatiente que vienne le moment délicieux où Sajel toucherait ses mamelons. Au moment où elle le fit (la jeune Indienne se servit du bout de ses doigts pour huiler légèrement les petites pointes avant de tirer dessus avec douceur et de les relâcher), Natalie atteignit soudain l'orgasme dans une brusque explosion de plaisir qui fit onduler tous ses muscles.

Secouée par la force de sa jouissance, elle tourna la tête. Malgré la faible lumière, elle vit Simon, penché en avant sur sa chaise, qui la regardait attentivement. Leurs regards se croisèrent, et Natalie s'empressa de détourner les yeux, embarrassée que son corps ait réagi si vite au contact d'une femme, alors qu'elle n'avait pu s'empêcher d'essayer de guider presque chaque homme chargé de lui donner un plaisir semblable au cours du week-end.

Désormais, la respiration de Sajel était rapide et, abandonnant son massage, elle se débarrassa de sa guêpière et de son slip avant de s'allonger sur Natalie. Elle frotta sa magnifique peau sombre contre la chair crème de Natalie, qui frissonna lorsque leurs poitrines se serrèrent étroitement l'une contre l'autre. Tandis que Sajel remuait sur Natalie, elle s'assura que leurs pubis se pressaient eux aussi l'un contre l'autre. Cette fois, Natalie crut presque devenir folle, car elle désirait éperdument que l'autre femme la touche de façon plus intime, qu'elle la caresse entre les lèvres de son sexe, là où son clitoris palpitant attendait avec ferveur qu'on s'occupe de lui.

Sajel sembla savoir d'instinct ce dont Natalie avait besoin. Sans un mot, elle glissa le long du corps de la fille blonde, écarta ses jambes et, maintenant d'une main les lèvres de son sexe ouvertes, elle commença à donner de petits coups de langue sur la chair humide et pleine de désir. Le contact était léger, délicat, mais aussi incroyablement adroit. Sajel fit virevolter sa langue en remontant le long des lèvres, puis marqua une pause taquine alors qu'elle atteignait le clitoris.

— Je t'en prie, continue ! grogna Natalie, sa tête s'agitant sur les oreillers.

— Ne t'inquiète pas, murmura Sajel. Je sais exactement comment tu te sens. Tu vas jouir dans une seconde.

Ces paroles suffirent presque à déclencher l'orgasme et, quand la pointe de la langue donna de petits coups au clitoris, Natalie poussa un cri. Le plaisir déferla à travers son corps en une vague chaude et écrasante, qui provoqua des picotements jusque dans le bout de ses orteils et de ses doigts.

Pendant tout le temps où Natalie fut assaillie par l'intensité de son orgasme, Sajel la laissa tranquille. Mais quand le corps s'immobilisa, elle replaça sa bouche entre les cuisses écartées. Cette fois, elle lécha et suça avidement, jusqu'à ce que de délicieuses vrilles de plaisir recommencent. Leur intensité grimpa en un rapide crescendo et culmina, à une vitesse fulgurante, en un nouveau spasme de délivrance.

Épuisée, Natalie dévisagea Sajel.

— C'était tellement bon, murmura-t-elle.

— Maintenant, c'est mon tour, répondit Sajel avec un sourire, tandis qu'elle s'installait sur les coussins.

Natalie dut se forcer à quitter la brume de plaisir qui l'avait enveloppée. Presque hébétée, elle regarda Sajel sans être sûre de savoir quoi faire.

À l'évidence, l'Indienne était déjà très excitée. Ses tétons bruns se dressaient, ses seins étaient gonflés, et sa peau, couverte d'un film de sueur. En réaction aux timides caresses entre les cuisses, les hanches de Sajel tressautèrent, et Natalie sentit de petites gouttes sur ses poils pubiens sombres et soyeux.

Alors qu'elle essayait de trouver comment donner à Sajel autant de plaisir qu'elle en avait reçu, elle entendit un cri perçant de Victoria, suivi de halètements de plaisir. Tournant la tête de son côté, elle vit Juliette debout, un fouet en latex à la main. De minuscules lignes rouges striaient les seins et les côtes de Victoria, mais, d'après les sons qu'elle émettait, il était clair que le fouet avait déclenché un orgasme en elle, orgasme qui se poursuivit un très long moment. Après avoir vu Victoria, Natalie comprit qu'elle devait faire quelque chose de différent à Sajel, et elle se dirigea vers la table pour vérifier ce qui s'y trouvait.

Il y avait un étalage déconcertant de flacons, de foulards, de gants en soie, d'œufs vibrants et de vibromasseurs, mais elle ignorait totalement ce qui pourrait donner à Sajel la plus grande satisfaction. Soudain, son regard s'alluma lorsqu'elle aperçut un vibromasseur en forme de pistolet. L'objet lui-même était plutôt inhabituel, car sous son revêtement en latex se trouvaient des amas de minuscules perles qui ondulaient sous la surface quand l'objet était allumé. Mais il était surtout doté d'un stimulateur vibrant de quinze centimètres destiné au clitoris. L'extrémité était molle, semblable à de la gelée, et pivotait, avec un choix de deux vitesses. Natalie essaya d'imaginer quel effet lui ferait l'objet, et ses muscles pelviens se contractèrent aussitôt. Ce serait délicieux, décida-t-elle. Elle saisit le vibromasseur et retourna vers Sajel, toujours allongée.

Le regard baissé vers la jeune Indienne, Natalie sut par expérience que, même si Sajel était déjà excitée, sa satisfaction serait encore plus intense en la stimulant un peu avant d'introduire le vibromasseur. Elle versa rapidement de l'huile dans la paume de ses mains, massa le ventre de Sajel et enfonça profondément le bout de ses doigts dans ses muscles tendus. Lorsqu'une de ses mains se dirigea plus bas et pressa le sommet de son pubis, Sajel gémit de plaisir.

Ses hanches commençaient à bouger, et Natalie sentit qu'elle pouvait introduire le drôle de vibromasseur choisi par ses soins. Avec douceur, elle fit entrer l'extrémité couverte de latex dans le vagin accueillant. Elle l'enfonçait avec une intensité régulière tout en faisant légèrement pivoter son poignet.

Sajel, visiblement impatiente d'être satisfaite, contracta ses muscles autour de l'instrument de plaisir et, en quelques secondes, il fut profondément introduit en elle. Après avoir vérifié que la sonde molle comme de la gelée se trouvait juste sur le clitoris, Natalie appuya sur l'interrupteur.

D'une main, elle maintint en place le vibromasseur en forme de pistolet et se servit de l'autre pour caresser les seins de Sajel, avec légèreté au début, puis avec plus de fermeté. Pendant ce temps, les gémissements d'excitation de Sajel s'intensifièrent, et Natalie vit que le corps de sa partenaire se tendait à mesure qu'approchait l'orgasme.

De l'autre côté du cercle, Juliette était maintenant entre les mains de Victoria, qui avait ouvert la fermeture de son costume rouge et s'était agenouillée entre les jambes de sa partenaire. Elle utilisait manifestement sa langue avec une parfaite adresse, car les cris d'extase de Juliette s'enchaînaient, et son corps frissonnait tandis qu'un orgasme en suivait un autre.

Sajel resta quelques minutes au bord de la jouissance, visiblement inhibée par la présence des hommes. Devinant son problème, Natalie augmenta la vitesse du vibromasseur. Désormais, le clitoris de Sajel était enveloppé des douces pulsations fournies par l'extrémité supplémentaire, et les parois sensibles de son vagin étaient caressées par les mouvements excitants des minuscules perles en mouvement. Si bien que l'intensité pure de ces sensations submergea les inhibitions de Sajel, et son corps fut emporté par un orgasme délicieusement doux. À l'inverse de toutes les autres filles, Sajel resta silencieuse pendant son moment d'extase.

Natalie était très fière d'elle. Elle n'avait jamais imaginé être capable de donner ou de recevoir autant de plaisir d'une autre : c'était une révélation pour elle. Elle était toutefois parfaitement consciente qu'une grande partie de son excitation avait été provoquée par les spectateurs dans l'ombre. Même si elle les avait parfois presque oubliés, leur présence avait rôdé dans le coin le plus éloigné de son esprit. Elle avait eu l'impression d'être exposée, comme si elle devait démontrer à quel point son corps était réceptif au plaisir, comme si elle devait exhiber ses propres compétences sexuelles, ainsi que sa connaissance des réactions de Sajel. D'une certaine façon, Natalie venait de faire étalage de ses talents, et cela au profit de Simon.

Soudain s'éleva le cri final de Juliette, qui se tortillait sur les coussins, tandis que Victoria gardait la bouche fermement en place entre ses cuisses écartées. Puis elles eurent toutes deux terminé, et les quatre femmes se levèrent, tournant leurs regards interrogateurs vers Rob.

Rob se leva et applaudit doucement trois fois.

— Bien joué, les filles. Ça vient de donner de quoi méditer à tous les hommes. Maintenant, je suis sûr que vous aimeriez pouvoir aller vous rafraîchir. Lorsque vous aurez terminé, veuillez revenir ici pour la dernière partie des travaux dirigés de ce soir.

Natalie jeta un regard à Sajel.

— Je ne pensais pas que nous devrions revenir.

— Je me demande ce qu'on va attendre de nous, s'interrogea Sajel.

Elles n'eurent pas le temps de le découvrir, car Simon s'occupait déjà de leur frayer un passage au milieu du cercle de chaises. S'arrêtant seulement pour rassembler leurs vêtements et chaussures, les quatre filles sortirent de la pièce. Natalie trouva soudain extraordinaire d'être capable de se promener nue aussi aisément. Mais, après tout ce qui venait de se passer, ça ne lui semblait pas si important. De la même façon, elle faisait attention à se tenir aussi droite que possible et se sentait fière de ses seins fermes, de sa taille très fine et de ses longues jambes.

— Je crois que je suis en train de devenir un peu exhibitionniste, avoua-t-elle à Sajel tandis qu'elles se dépêchaient de rejoindre leur chambre.

— Pas moi. Pour être honnête, je suis inquiète de ce qu'Anil va me dire après ce qu'on a fait.

— Eh bien, il doit savoir que tu n'as pas eu le choix, souligna Natalie. Après tout, il a regardé ce qui se passait, lui aussi. Il aurait pu partir si ça l'avait trop contrarié. D'ailleurs, vous avez tous les deux choisi de suivre cette formation pour apprendre à changer, pour donner plus de chances de réussite à votre mariage. Ce n'est pas toi qui dictes la loi ici, c'est Rob Gill.

— Je sais bien, dit Sajel, s'arrêtant la main sur la poignée de porte de sa chambre. Bien sûr, d'un point de vue rationnel et logique, ça ne devrait pas mettre Anil en colère. Mais c'est un homme très fier, et il n'a pas dû apprécier que d'autres hommes me regardent.

— En tout cas, il a aimé regarder Victoria, quand Juliette utilisait le fouet de latex sur elle, dit Natalie.

Sajel était manifestement surprise.

— C'est vrai ?

— Oui.

— Bon, alors espérons que tout ira bien. Frappe à ma porte quand tu auras pris ta douche, et nous retournerons là-bas ensemble. Je me demande ce qu'on nous réserve encore.

— Je n'en sais rien, avoua Natalie. Mais, pour la première fois, je me réjouis d'une leçon au lieu de la craindre.

Sajel sourit.

— Peut-être que tu progresses.

— Oui, peut-être.

Dix

— Oh ! tu as décidé de te rhabiller, toi aussi, rit Natalie lorsque que Sajel et elle se retrouvèrent dans le couloir une demi-heure plus tard.

Toutes deux portaient à présent d'élégantes tenues de soirée.

Sajel hocha la tête.

— J'ai pensé que ce serait un changement agréable pour les hommes, plaisanta-t-elle.

Lorsqu'elles atteignirent la pièce où les participants attendaient toujours, Juliette et Victoria s'y trouvaient déjà. Contrairement à Natalie et Sajel, elles avaient décidé de remettre leurs tenues osées.

— J'aimerais bien savoir ce qui va se passer maintenant, se demanda Victoria à voix basse.

— Je n'en sais rien, mais ça devrait être excitant, dit Juliette avec un large sourire.

Rob Gill se leva. Il parcourut des yeux le cercle d'hommes. La plupart patientaient sur leurs sièges les nerfs tendus, espérant visiblement être choisis pour participer à la dernière étape de la leçon. Le premier homme que choisit Rob était un inconnu pour Natalie. Il était solidement bâti, avait une abondante chevelure blonde et semblait un peu plus âgé que les autres participants à la formation, ce qui ne l'empêchait pas d'être tout à fait séduisant.

— Bon, Stephen, dit rapidement Rob. Tu peux emmener Victoria dans ta chambre. Là-bas, tu lui feras l'amour en te servant de ce que tu as appris pendant la première partie de la leçon. Le but est que tu lui donnes le plus de plaisir possible. Personne d'autre ne sera présent, mais vous serez filmés, et l'un des tuteurs de la formation vous observera sur un écran de contrôle. Bien entendu, si les choses dégénèrent, tu seras renvoyé. Je suis sûr que ça n'arrivera pas, mais je veux que les filles comprennent bien que nous ne les mettons pas en danger.

Rob associa ensuite Toby à Sajel, et l'homme ne cacha pas son plaisir. Il attrapa la main de sa partenaire.

— Ça, c'est mon idée du paradis, dit-il avec enthousiasme.

D'après l'expression de Sajel, la sienne semblait tout autre, et Natalie se demanda quelle attention Toby avait vraiment prêtée à ce qui s'était passé. D'une certaine façon, il n'avait pas l'air d'un homme particulièrement désireux de changer ses méthodes. D'un autre côté, Natalie supposa qu'on pouvait dire la même chose d'elle.

Elle ne connaissait pas le troisième homme choisi par Rob, mais, comme il l'associa à Juliette, ça n'avait pas grande importance. Elle attendit nerveusement de savoir qui allait la rejoindre. Après mûre réflexion, Rob se décida pour Anil, et Natalie sentit ses jambes flageoler. L'homme l'avait intriguée au dîner ce soir-là. Et, maintenant qu'ils allaient devenir amants, elle se sentait tout à fait excitée. Lorsqu'il posa la main sur son épaule et que leurs yeux se croisèrent, elle eut le sentiment que sa fascination pour lui était réciproque.

— Fin de la soirée pour vous autres, conclut Rob. Bien entendu, rien ne vous empêche d'expérimenter les techniques que vous avez découvertes avec d'autres participantes, si elles le souhaitent aussi. Je vous suggère de vous rendre dès maintenant au salon, où se trouvent les autres filles. Nous leur avons montré des films érotiques dans le but de les aider à mieux comprendre la sexualité masculine. Avec un peu de chance, vous passerez une bonne nuit. Souvenez-vous également que le petit-déjeuner commence à huit heures demain matin, car la dernière leçon du week-end sera assez longue.

— Je me demande à quoi ressemblaient ces films, dit Natalie à Anil en le suivant le long du couloir.

— Je ne pense pas qu'ils aient été aussi intéressants que vous, les filles.

— Sajel avait peur que tu sois contrarié.

— Je l'étais, au début. Et puis je me suis souvenu que nous étions tous les deux des personnes sexuellement évoluées ayant choisi de venir suivre cette formation de leur propre gré. C'est difficile de laisser de côté des idées qui nous ont été inculquées depuis l'enfance, mais, si nous devons nous marier, alors, je sais que chacun de nous doit d'abord changer. En plus, il faut que je parvienne à mieux comprendre Sajel, et je crois que cette soirée m'y a aidé.

La chambre d'Anil se trouvait tout au bout du couloir où était située celle de Natalie. Cependant, la sienne était totalement différente, et même tout à fait somptueuse : un grand lit à la tête richement ornée meublait la pièce. Sa couette était couverte d'épais coussins, et une grande étoffe, dont on avait rattaché les pans de chaque côté du lit, était fixée en haut du mur et tombait dessus en cascade. Près de l'imposant meuble se trouvait un beau fauteuil blanc au dossier et aux accoudoirs arrondis, le siège garni d'un coussin bien rembourré. Il y avait également une table de nuit, une commode et une armoire, ainsi que plusieurs bougies parfumées qu'Anil alluma avant de fermer les rideaux.

— Où est la caméra ? chuchota Natalie.

— La caméra ?

— Rob a dit que nous serions filmés pendant toute la séance, tu te souviens ?

— Aucune idée. Peut-être qu'elle est cachée derrière le miroir, sur le mur là-bas. Ça n'a pas vraiment d'importance, non ?

— Je suppose que non.

— Tu ne peux pas te sentir intimidée après votre démonstration devant nous tous.

— En fait, si, avoua Natalie. Je ne sais pas pourquoi, mais c'était différent. On était quatre, et j'ai trouvé assez facile d'oublier les hommes.

— Tu veux dire que tu préférerais être observée par quarante hommes plutôt qu'un seul te fasse l'amour ?

Natalie secoua la tête.

— Non, ce n'est pas ce que je veux dire. Je me sens juste bizarre, c'est tout.

— Je peux comprendre. Essaie de te détendre. Tu sais quoi ? On va prendre une douche ensemble. Ça devrait t'aider.

Natalie n'était pas sûre de savoir pourquoi elle était si tendue. C'était en partie dû aux yeux sombres d'Anil qui semblaient voir à travers elle, et elle se sentait un peu coupable d'être attirée par cet homme, sachant que

Sajel et lui allaient probablement se marier. D'un autre côté, lorsqu'il se tenait près d'elle, elle devinait qu'il était déjà excité ; leur désir était donc réciproque. Si Anil lui-même ne pensait pas tromper Sajel un seul instant, alors, Natalie ne trahissait personne non plus.

— Est-ce que je me déshabille ici ? demanda-t-elle.

— Je vais m'en charger.

Avec une extrême lenteur, les doigts d'Anil firent glisser la petite veste courte, de style boléro, sur les épaules de Natalie, et les mains caressèrent ses bras nus pendant quelques instants. Puis il se plaça derrière elle et enfouit le visage dans son cou tout en ouvrant la fermeture de sa robe.

Avec précaution, il fit glisser le vêtement sur son corps et appuya de la main sur son dos, si bien que Natalie se pencha légèrement en avant, et sa robe tomba sur le sol en ondulant.

Elle portait un caraco en dentelle crème et une petite culotte assortie. Anil repassa ensuite devant elle et s'agenouilla à ses pieds. Avec une langueur excitante, il fit glisser le slip de Natalie sur ses hanches et le long de ses jambes. Il suivit de la langue le chemin que prenait la culotte, de sorte que le contact humide de son organe succéda à la caresse douce et soyeuse du tissu sur les jambes, traçant un chemin sur la peau déjà sensible. Il lui retira ensuite les chaussures, les bas et, pour finir, le caraco.

— Et voilà, tu es prête. Maintenant, je veux que tu me déshabilles.

Natalie hésita un instant.

— Dépêche-toi, insista-t-il.

La bouche de Natalie était sèche.

— Je suis désolée.

Natalie venait de se souvenir qu'elle devait se montrer obéissante.

Elle commença à ouvrir la chemise de coton rouge foncé. Mais ses doigts tremblaient si fort qu'elle avait du mal à défaire les boutons, et Anil dut finir par l'aider. Alors qu'elle entreprenait d'enlever la ceinture et le pantalon, le désir de Natalie pour cet Indien grand et mince grimpa jusqu'à ce qu'elle sente son entrejambe devenir humide. Anil semblait si parfaitement maître de la situation, mais rien dans son comportement ne rappelait à Natalie la vantardise énergique dont tant d'hommes se servaient pour démontrer leur pouvoir.

Lorsqu'elle l'eut enfin déshabillé, ses yeux se délectèrent de son corps mince, de sa peau douce, mais par-dessus tout de la taille incroyable de son sexe. Il n'était pas particulièrement large, mais c'était de loin le plus long qu'elle ait jamais vu. Comme il ne semblait pas encore totalement en érection, Natalie se demanda comment elle allait bien pouvoir l'accueillir en elle.

— Tu es superbe, murmura Anil. Pourquoi as-tu autant de mal à te laisser dominer ?

— C'est de l'histoire ancienne, lui assura-t-elle.

— Je ne crois pas. Je devine le conflit dans tes yeux, comme je peux toujours le lire dans ceux de Sajel. Viens, allons prendre cette douche maintenant. Peut-être que les choses seront plus faciles pour toi après.

La salle de bains d'Anil était exiguë, mais donnait elle aussi une impression générale de luxe. Le sol était couvert d'un épais tapis bleu pâle, auquel le lavabo était assorti, et la cabine de douche était si grande qu'on y tenait très facilement à deux. Anil fit coulisser l'un des panneaux, recula et lui fit signe d'entrer la première. Puis il la suivit et referma les portes derrière lui avant d'ouvrir le robinet. Désormais cloîtrée dans la cabine avec Anil, Natalie prit peur. Elle n'arrivait pas à croire qu'ils étaient filmés ici aussi et se demandait comment quelqu'un pourrait la protéger si la situation tournait mal.

Par chance, Anil ne lui laissa pas beaucoup le temps de s'inquiéter. Il posa la main droite juste sous le menton de Natalie et renversa légèrement sa tête afin que l'eau tombe en cascade sur son visage. Par réflexe, elle ferma les yeux et sentit les gouttes caresser doucement ses paupières, sa bouche et sa gorge.

Anil se tenait derrière elle à présent. Elle posa sa tête contre son torse tandis qu'il passait un bras devant elle et commençait à couvrir son corps de gel douche. La mousse épaisse et crémeuse sentait le jasmin, et, lorsque les mains d'Anil glissèrent avec sensualité entre ses omoplates et le long de sa colonne vertébrale jusqu'à la courbe de ses fesses, Natalie eut l'impression que ses muscles tendus se relâchaient.

Ensuite, Anil s'accroupit et savonna l'arrière de ses jambes, puis souleva chaque pied l'un après l'autre, répandant la mousse crémeuse sur son cou-de-pied sensible et entre ses orteils. Natalie frémit d'excitation lorsque les mains remontèrent lentement le long de ses jambes, sur son ventre, sa cage thoracique et enfin sur ses seins.

Elle aurait aimé qu'il la touche entre les cuisses, qu'il l'excite grâce aux mouvements fluides et glissants de ses doigts, mais, à l'évidence, il avait l'intention de lui faire attendre ce délicieux moment.

Ses mains caressaient ses seins avec fermeté, mais sans que ce contact soit désagréable. Contrairement à de nombreux hommes, Anil semblait comprendre comment toucher sa poitrine. Tandis que la paume de ses mains pressait énergiquement les deux globes rebondis, il promena le bout de ses doigts autour de ses mamelons, et Natalie haleta de plaisir.

Après un moment, lorsque sa peau se mit à picoter et que le plaisir lui coupa le souffle, Anil retourna Natalie contre le mur et fut soudain face à elle, les mains posées de chaque côté de son corps. Enfin, avec une infinie lenteur, elle sentit son sexe en érection se frayer un chemin entre les lèvres de sa vulve. Prise de l'envie folle de le sentir en elle, elle projeta ses hanches en avant, mais Anil se retira immédiatement.

— Fais-moi confiance, murmura-t-il. Crois-moi, ton plaisir viendra, mais tu dois me faire confiance.

— Je voulais te sentir plus profondément en moi, gémit Natalie.

Mais elle savait qu'il avait raison. Elle devait suivre son rythme, sinon cela signifiait qu'elle retombait dans ses vieilles habitudes, répétant les erreurs qu'elle avait commises avec ses anciens amants.

Quand elle eut cessé d'agiter les hanches, Anil recommença à la pénétrer. Cette fois, elle lui permit d'aller à son rythme, et, même s'il l'excitait de la pointe de son sexe, la faisant aller et venir plusieurs fois avant de l'enfoncer d'un seul coup, Natalie ne s'en plaignit pas, car tous ses nerfs étaient à vif. Elle eut alors l'impression que ses muscles contractés ne formaient plus qu'un large nœud, et une envie douce et palpitante commença à se répandre en elle.

Les bras pliés, Anil pressa l'étendue de son corps contre celui de Natalie, faisant glisser sa peau contre sa chair onctueuse. Puis il remua afin qu'elle le sente bouger en elle.

La bouche d'Anil se trouvait contre son oreille, et, tandis qu'il allait et venait en Natalie, il donna de légers coups de langue autour de son lobe. Puis il murmura :

— Je veux que tu jouisses maintenant. Je veux te sentir frissonner sous mon corps, resserrer tes muscles autour de mon sexe. Laisse-toi aller. Laisse le plaisir te submerger.

Les mots d'Anil étaient si inattendus qu'ils déclenchèrent l'extase de Natalie au moment où elle se trouvait juste au bord de l'orgasme. Elle laissa docilement les spasmes l'envahir, tandis que son corps était traversé d'un plaisir exquis.

À sa grande surprise, Anil ne jouit pas encore. Il se retira plutôt, rinça le savon de leurs deux corps, puis ferma le robinet de la douche et ouvrit les portes. Il entreprit ensuite de sécher la peau de Natalie à l'aide d'une serviette épaisse et moelleuse, qu'il prit sur le porte-serviette chauffant.

Même si Anil avait décidé de tout prendre en main, elle se sentait étrangement réconfortée par ses gestes. Il maîtrisait la situation, mais il la protégeait aussi, et elle ne s'était jamais sentie aussi féminine, ni désirable.

Lorsqu'il eut séché chaque centimètre de sa peau, chaque coin et recoin, Natalie était de nouveau excitée et folle de désir. Le sexe d'Anil était toujours en pleine érection et semblait si beau que, sans réfléchir, elle tendit la main pour le toucher. Aussitôt, les doigts d'Anil se fermèrent autour de son poignet comme un étau, mais il garda une voix douce, même lorsqu'il la sermonna.

— Non, pas avant que je te le dise.

— J'avais oublié, chuchota Natalie.

Puis Anil la souleva et la porta jusque dans la chambre.

Il l'allongea sur le grand lit et plaça des coussins sous ses fesses. Puis, après s'être assuré que sa tête était confortablement installée sur les oreillers, il alla chercher un flacon d'huile de massage parfumée.

— Je vais en enduire tout ton corps, mais il ne faut pas que tu jouisses pendant ce temps-là. Je veux que tu gardes ton prochain orgasme pour la prochaine pénétration.

— Je ne sais pas si je pourrai attendre aussi longtemps, avoua-t-elle.

— J'espère que si. Autrement, la soirée pourrait bien se terminer plus tôt que prévu.

Natalie leva les yeux vers lui, étonnée. Sa voix était très calme, ses mouvements, incroyablement doux, mais elle ne doutait pas un instant qu'il soit sérieux. Même si Anil semblait avoir bien retenu comment exciter son corps ce soir-là, Natalie ne pensait pas qu'il serait capable de surmonter son désir afin de garder le contrôle total de la situation. Enfin, elle n'en était pas vraiment inquiète, mais elle se demandait ce que penserait le tuteur d'Anil en voyant les images filmées.

Tandis que les mains de l'homme glissaient sur sa chair gorgée de désir, Natalie essaya de penser à autre chose pour oublier la tension croissante dans son corps. Mais, lorsqu'il écarta ses cuisses et caressa les grandes lèvres de son sexe, elle sut qu'il allait être très difficile de ne pas jouir.

— Tu aimes ça, n'est-ce pas ?

Pour la première fois, un léger sourire s'ébaucha sur les lèvres d'Anil.

— C'est exquis, souffla-t-elle.

— Bien.

Maintenant, ses doigts se dirigeaient enfin vers le centre de son plaisir, la petite boule de nerfs serrée qui avait désespérément palpité pendant toute la durée du massage. Lorsqu'il toucha la base de son clitoris avec la pulpe douce de son annulaire, le corps entier de Natalie tressaillit d'excitation, et elle sentit les premiers picotements perfides de l'extase précédant l'orgasme se répandre à travers son mont de Vénus.

— Fais très attention, l'avertit Anil.

— Alors, ne me touche pas à cet endroit, haleta-t-elle.

— Mais j'aime te toucher là. C'est merveilleux, tu es si humide et impatiente. Je vais te lécher maintenant.

— Oh non ! s'écria Natalie. Ne fais pas ça, je t'en prie ! Sinon, je vais jouir.

— Ce serait fâcheux, rétorqua Anil.

Puis Natalie sentit sa tête entre ses cuisses et se raidit en attendant le contact de sa langue. Lorsqu'il la lécha, ce fut par petits coups brusques, rapides. Tandis que sa langue tambourinait contre son petit bourgeon palpitant, elle sentit une vague de chaleur l'envahir et son ventre se tendre.

Cette fois, elle était terriblement proche de l'orgasme et sut que, s'il ne s'arrêtait pas très vite, il lui serait impossible de contenir son débordement de plaisir. Heureusement pour Natalie, Anil reconnut cet instant critique, car, juste au moment où elle s'apprêtait à dépasser le point de non-retour, il releva la tête. Il referma ensuite les genoux de sa partenaire et les releva contre sa poitrine.

Lorsqu'elle le sentit se glisser en elle, elle poussa un gémissement de plaisir. Les pieds de Natalie reposant sur son torse, Anil passa ses mains sous ses fesses afin de pouvoir la faire aller et venir au rythme de son choix. Avec précaution, lenteur, mais aussi une intensité croissante, il commença à balancer ses hanches d'avant en arrière, tandis que Natalie écartait et refermait successivement les cuisses. Les yeux marron et limpides d'Anil l'observèrent avec attention jusqu'à ce qu'elle pousse un petit cri de plaisir au moment où son sexe heurtait son point G avec une précision infaillible.

— Tu peux jouir quand tu veux maintenant.

Natalie était heureuse d'entendre qu'il haletait enfin d'excitation lui aussi.

Elle avait attendu cet orgasme si longtemps que, quand Anil lui donna l'autorisation de jouir, son corps hésita un moment, comme incapable de s'offrir le plaisir réprimé avec tant d'ardeur. Puis il ajusta un peu la position de sa partenaire. Comme son sexe était très long, il heurta le col de son utérus et, tandis qu'il faisait pivoter ses hanches, cette caresse profondément satisfaisante libéra toute la tension contenue qu'il avait provoquée.

— Oui ! s'écria Natalie avant d'être traversée par une série de frissons convulsifs presque douloureux.

Le sang-froid d'Anil était si grand qu'il ne jouit toujours pas : il pensa seulement à son propre plaisir lorsque le corps de Natalie fut de nouveau immobile.

— Serre tes muscles autour de mon sexe, ordonna-t-il.

Natalie lui obéit avec gourmandise, car elle voulait le sentir en elle aussi longtemps que possible et tenter de graver le souvenir de ce long sexe adroit dans son esprit.

Lorsqu'elle contracta ses muscles autour de lui et agita les hanches de haut en bas, la tête d'Anil se renversa et Natalie vit les tendons de son cou se raidir et s'étirer, avant que son corps soit lui aussi assailli par les frissons intenses d'un plaisir merveilleux.

Puis, à contrecœur, Natalie relâcha lentement sa prise. Anil se retira avec précaution, puis s'allongea à côté d'elle, de sorte que leurs visages se touchaient presque.

— Tu as aimé ?

— C'était merveilleux, s'extasia-t-elle. Sajel a beaucoup de chance.

— Je n'ai pas encore fini, murmura Anil en caressant le lobe de ses oreilles et le contour de son cou.

Pendant un moment, ils restèrent allongés ainsi, mais les mains d'Anil ne cessaient de se promener. Il explora chaque centimètre de son corps, ses doigts serpentant sur toutes les courbes. L'excitation d'Anil grimpa à une vitesse étonnante, et Natalie sentit son sexe se durcir de nouveau.

— Sers-toi de ta bouche sur moi, lui ordonna-t-il.

Elle obéit avec empressement. C'était un ordre qu'elle n'était que trop prête à exécuter. Tandis que ses lèvres se fermaient sur l'extrémité de son sexe qui s'affermissait peu à peu, Natalie laissa sa langue taquiner la chair sous l'extrémité du gland.

Elle aimait sentir son pénis se durcir dans sa bouche, elle aimait cette sensation de pouvoir, tandis que les hanches d'Anil tressautaient et que sa respiration s'accélérait. Elle se laissa tellement emporter par son élan qu'elle commença à le lécher et à le sucer avec un peu trop d'enthousiasme.

— Ça suffit, dit rapidement Anil. Je ne veux pas jouir tout de suite.

Les mains tendues, il attrapa les épaules de Natalie et l'attira vers lui jusqu'à ce que leurs visages soient de nouveau face à face. Puis il l'embrassa profondément, sa bouche fermement plaquée sur la sienne.

— Assieds-toi dans ce fauteuil, chuchota Anil à la fin de leur baiser.

Natalie le dévisagea sans comprendre, l'esprit complètement ailleurs, occupé à essayer de se représenter Sajel et lui lorsqu'ils étaient ensemble. Voyant qu'elle ne l'avait pas compris, Anil souleva Natalie sans aucun effort et la déposa dans le fauteuil près du lit, celui qu'elle avait remarqué en entrant dans la pièce.

Une fois la jeune femme assise, Anil avança ses fesses jusqu'au bord du siège, et elle dut tendre les bras derrière elle pour se soutenir. Rapidement, il s'agenouilla devant elle. Puis, saisissant ses jambes, il les plaça sur ses épaules, de façon à se trouver exactement au même niveau que son sexe ouvert et impatient.

Tandis qu'il se glissait en elle, la tête de Natalie se renversa de ravissement, car le sexe d'Anil appuyait de nouveau sur son point G, et le plaisir lancinant la fit gémir de bonheur. Il resta ainsi un long moment, puis le désir de Natalie devint presque douloureux, et elle commença à geindre d'impatience, attendant désespérément que son besoin ardent se transforme en pleine satisfaction.

— Que se passe-t-il ? demanda Anil.

Natalie lut dans ses yeux qu'il la taquinait.

— J'ai... besoin de jouir, expliqua-t-elle de façon hésitante, craignant qu'il considère sa remarque comme une tentative de reprendre le dessus.

Heureusement pour Natalie, cela ne sembla plus l'ennuyer.

— Je sais bien, répondit-il.

Puis, au lieu de commencer à aller et venir en elle,

Anil saisit fermement ses fesses, la tira vers lui et recula jusqu'à ce qu'il soit lui-même assis au bord du lit.

Prise au dépourvu, Natalie se dit qu'elle allait tomber par terre, mais les mains d'Anil étaient puissantes, et sa prise, sûre. En posant ses coudes derrière elle sur l'assise du fauteuil, Natalie put soutenir le haut de son corps, tandis que ses fesses reposaient sur le lit, et toujours sur les mains d'Anil.

Les jambes de Natalie étaient passées sous les bras d'Anil, et elle plia les genoux jusqu'à ce que ses pieds reposent à plat sur le lit. Pendant qu'il lui avait fait prendre cette position, Anil était resté en elle. L'effet fut encore plus stimulant pour elle, et ses nerfs à vif hurlèrent leur besoin d'être soulagés.

Le fauteuil était juste assez près du lit pour permettre à Anil de faire aller et venir Natalie sur son sexe, et, cette fois, il la fit bouger activement, atteignant un rythme beaucoup plus rapide qu'avant. Elle sentit le plaisir se répandre dans son ventre, et son clitoris commença à palpiter. Se penchant un peu en avant, Anil passa fermement son bras gauche sous les fesses de Natalie et libéra sa main droite. Dès que le pouce de son partenaire toucha la base de son clitoris, Natalie se sentit envahie de chaleur et se tendit. Puis, à une vitesse presque indécente, elle grimpa en flèche vers les hauteurs vertigineuses du plaisir et atteignit un nouvel orgasme. Tandis que ses muscles se contractaient et se relâchaient autour du sexe d'Anil, Natalie s'étonna qu'il ne jouisse pas à son tour. À l'inverse, quand son corps fut de nouveau apaisé, Anil entreprit de se servir de ses doigts sur elle encore une fois.

— Je ne pense pas pouvoir jouir une nouvelle fois, avoua-t-elle.

— Bien sûr que si.

— Mais non, protesta-t-elle.

Pourtant, Anil enfonçait déjà ses doigts en elle, étalant son propre fluide sur les tissus délicats et extrêmement sensibles. Chaque fois qu'il en faisait pénétrer un, Natalie frissonnait, car elle se sentait comblée par la largeur de son doigt ajoutée à celle de son pénis.

Natalie pensa qu'Anil ne pourrait avoir raison cette fois-ci, car son corps épuisé ne parvenait plus à lui offrir un nouvel orgasme. Mais lorsque le bout d'un de ses doigts glissa légèrement sur l'ouverture incroyablement sensible de son urètre, elle se mit à haleter, tandis qu'un plaisir étrange et intense la traversait. Son bas-ventre semblait plein et extrêmement tendu, comme si son corps pouvait exploser à tout moment. Comme Anil continuait à promener son doigt autour de la minuscule ouverture, une sensation profonde de chaleur se répandit dans les membres inférieurs de Natalie. Elle s'entendit pousser de petits cris plaintifs, ses hanches s'agitèrent, et son corps lutta pour accepter ces nouvelles sensations.

Le haut de son corps était presque totalement à plat sur le fauteuil désormais, et Natalie attendait désespérément le plaisir que sa chair fatiguée semblait incapable de lui donner. Finalement, l'un des doigts d'Anil commença à caresser le corps de son clitoris, et Natalie sentit enfin tous ses muscles se contracter, jusqu'à ce que déferle en elle un plaisir merveilleux et que tous ses membres soient pris des violents tremblements d'un nouvel orgasme.

— Maintenant, c'est à mon tour, dit Anil en l'attirant contre lui afin que ses seins frottent contre son torse. Serre bien tes jambes autour de ma taille.

Puis, tandis que Natalie posait les mains sur ses épaules, il la fit aller et venir, lentement au début, puis à une vitesse croissante. Elle fixa Anil droit dans les yeux et les vit s'écarquiller tandis qu'il déversait une nouvelle fois son sperme en elle.

Natalie ne se rappelait aucun autre homme qui avait été capable de lui donner autant de plaisir. Elle eut envie de le lui dire, mais quelque chose la retint.

Elle sentait qu'Anil ne voudrait pas l'entendre, qu'il l'avait su en observant simplement ses réactions et qu'ajouter un seul mot pourrait mettre en péril sa relation avec Sajel.

— J'espère qu'on a réussi tous les deux, dit-il avec légèreté, essayant manifestement de rompre l'atmosphère intime qu'ils avaient créée.

— Réussi quoi ? s'enquit Natalie.

Elle n'était pas encore totalement revenue à elle, car son corps était si comblé qu'elle pouvait à peine faire fonctionner son cerveau.

— Le test de la caméra.

Natalie avait tout oublié de l'appareil qui les surveillait. Et, soudain, elle se souvint que Simon l'avait regardée sur l'écran de contrôle. Qu'il venait de la voir s'abandonner totalement à Anil. Elle se demanda ce qu'il pensait d'elle à présent.

— Je suis sûre que tu as réussi, dit-elle, se penchant en avant pour embrasser Anil au milieu du front.

— Je l'espère. Contrairement à toi, je n'ai pas droit à un week-end supplémentaire pour apprendre.

— Eh bien, comme je te l'ai dit, j'envie Sajel.

— C'est sympa. Toutefois, puisque tu n'es pas Sajel, je ne peux pas être sûr d'avoir suffisamment appris pour la rendre heureuse, hein ?

— Je pense que si.

— Mais tu t'es laissé faire, souligna Anil. Sajel a beaucoup de mal avec ça.

— Moi aussi, je trouvais ça très difficile avant.

— Alors, cette formation a été très efficace dans ton cas.

— Je suppose que oui.

Anil la regarda pensivement.

— Oui, Natalie, c'est cette formation qui t'a transformée, pas moi. Je n'ai rien de spécial. En tout cas, je pense que ton intérêt se trouve autre part.

— Que veux-tu dire ?

— Tu n'as pas besoin que je te le dise.

Natalie se sentit rougir, car elle savait qu'il avait raison. Alors qu'elle essayait déjà d'imaginer quel effet sa relation sexuelle avec Anil avait eu sur Simon, elle dut admettre qu'elle était clairement obsédée par cet homme malgré l'interdit.

— Je ne vois pas du tout de quoi tu veux parler, mentit-elle.

Puis elle quitta Anil, toujours allongé sur son lit, et alla prendre une douche avant de regagner sa chambre.

L'expérience avait été excitante, et Natalie enviait vraiment Sajel, mais, à présent, elle avait hâte de revoir Simon le lendemain. Cependant, elle ne savait pas si elle devait se réjouir de voir arriver le dernier cours de son premier week-end.

Onze

À sept heures le lendemain matin, une femme de chambre apporta le petit-déjeuner à Natalie. Après avoir tiré les rideaux, elle posa sur la table de nuit un plateau avec du café, du jus de fruits, et un toast couvert de marmelade. Elle se retira ensuite sans un mot. Natalie, qui appréhendait le déroulement de la journée, n'avait pas très faim. Elle grignota seulement le toast, mais s'empressa de boire le café.

Lorsqu'elle se rappela la nuit passée et la taille du sexe d'Anil, sa chair fut prise de picotements. Elle repoussa rapidement ces souvenirs. Anil n'avait été qu'un élément de sa formation, rien de plus. Natalie se dit que, malgré les progrès déjà faits, elle avait encore un long chemin à parcourir avant que le Sanctuaire puisse considérer son séjour comme une réussite.

Aussitôt qu'elle fut douchée et habillée, Simon vint la chercher.

— Bonjour. Je dois dire que tu t'es très bien comportée avec Anil hier soir.

— Merci, dit Natalie modestement.

— Tu as vraiment eu l'air de t'amuser.

Elle ne pouvait deviner au ton de sa voix si cela lui

faisait plaisir, mais elle crut lire dans son regard que ce n'était pas le cas.

— Est-ce que ça pose problème ? Je pensais que vous seriez content de ce que j'ai fait.

— Je le suis.

— Vous n'en avez pas l'air.

— C'est à ça que je ressemble quand je suis content.

— C'est aussi à ça que vous ressemblez quand vous ne l'êtes pas.

— Je sais. Je trouve assez utile d'avoir un visage sans expression.

— Dans votre travail, oui, convint Natalie. Mais ce doit être un peu handicapant dans votre vie privée.

— Nous ne sommes pas là pour parler de ma vie privée, dit brusquement Simon. Tu es prête pour la dernière leçon de ton premier week-end de formation ?

— Je suppose que oui. Est-ce que j'aurais dû enfiler quelque chose de spécial ?

— Non. Cette fois, tu vas seulement être spectatrice. Observe bien ce que tu vas voir, car, quand tu reviendras le week-end prochain, tu participeras aussi à la séance du dimanche matin.

— On dirait que c'est une menace.

— Ce n'était pas mon intention. Bien entendu, ce n'est pas exactement le genre de chose que tu as l'habitude de faire.

— Je ne crois pas que je tienne à en savoir plus, s'empressa de dire Natalie. On y va ?

Le ton de Simon fut sec.

— Suis-moi.

Il sortit rapidement de la pièce et longea le couloir à grands pas. Natalie était tout essoufflée lorsqu'ils atteignirent le rez-de-chaussée.

— Où allons-nous ?
— Nous prenons l'ascenseur.
— Pour aller où ?
— Au sous-sol.
— Qu'est-ce qu'il y a là-bas ?
— Tu vas le découvrir.

Les lourdes portes de l'ascenseur s'ouvrirent. Natalie s'immobilisa un instant, soudain très nerveuse.

— Viens, dit Simon. C'est toi qui avais hâte de descendre, non ?
— Est-ce qu'il fait noir au sous-sol ?
— Pourquoi, tu as peur du noir ?
— Un peu.
— Ne t'en fais pas, il doit y avoir assez de lumière pour que chacun voie ce qui se passe, sinon cet exercice n'aurait aucun sens. Eh bien, tu as perdu ton audace ?
— Que voulez-vous dire ?
— D'après ce que j'ai entendu dire, tu sais te montrer très audacieuse dans les affaires.
— Comment le savez-vous ?

Simon sembla contrarié de s'être laissé aller.

— Oublie ce que j'ai dit. C'était déplacé.
— Oui, ça l'était. Qu'est-ce que ma vie professionnelle a à voir avec vous ?
— Rien. Comme je l'ai dit, oublie tout ça. Je m'excuse. Voilà, tu te sens mieux maintenant ?

Natalie se serait sentie mieux s'il avait semblé sincère, mais elle devinait qu'il ne l'était pas. Son attitude ne faisait que renforcer ce qu'elle suspectait depuis le début : Simon avait plus de sentiments pour elle qu'il ne voulait le montrer. Heureusement, ses paroles eurent pour conséquence de lui donner le courage d'entrer dans l'ascenseur, car elle était bien décidée à prouver qu'elle pouvait se montrer aussi audacieuse dans sa vie privée que dans ses relations professionnelles.

L'ascenseur entama une descente rapide, et Natalie eut l'impression que son estomac lui remontait dans la gorge. Le souffle coupé par la peur, elle saisit le bras de Simon.

— Ne t'inquiète pas, il ne s'est encore jamais écrasé, dit-il doucement.

Natalie retira vivement sa main.

— J'ai été surprise, c'est tout.

— Je pense que la suite va te surprendre aussi, murmura-t-il.

Elle sentit la main de Simon dans le creux de son dos, alors qu'il la poussait hors de l'ascenseur et la faisait pénétrer dans un couloir aux murs de pierre faiblement éclairé. Ce sous-sol était dépourvu de somptueuse moquette et, aussi loin que pouvait se porter son regard, de fenêtres. Il y faisait aussi froid que sombre, et Natalie frissonna, regrettant de ne pas avoir enfilé une tenue plus chaude au lieu de sa robe sans manches. D'étranges bruits lui parvenaient. Des gémissements et des cris, mais de plaisir ou de souffrance, elle n'aurait su le dire. Elle recula un peu par réflexe et se heurta contre Simon.

— Tu vas seulement regarder, lui rappela-t-il.

— Mais dimanche prochain ? chuchota-t-elle.

— Tu n'es pas obligée de revenir. Bien entendu, tu ne seras pas remboursée, mais, à part ça, rien de terrible ne t'arrivera. Tu veux aller voir ce qui se passe là-bas ou pas ?

Natalie était tiraillée entre l'envie et la peur. Elle avait une impression des plus étranges. Il lui semblait que, même s'il l'effrayait, le monde dans lequel on l'attirait allait la fasciner. C'était un univers qu'elle aurait dû rejeter, mais, au lieu de ça, elle allait l'adopter. Simon, si grand et si sombre à côté d'elle, ressemblait à un ange déchu s'apprêtant à l'introduire dans un monde de plaisirs interdits et de vertiges jusqu'alors inconnus.

— Toi seule peux décider.

Contre toute attente, la voix de Simon s'était adoucie.

— Vous ne pourriez pas m'ordonner de regarder ? suggéra Natalie.

Il secoua la tête.

— Il faut que ce soit ton choix, ta décision. C'est une étape importante, Natalie. Personne ne peut décider de la franchir à ta place. Nous ne sommes pas là pour forcer les gens.

— Mais je suis ici pour apprendre la soumission. Si vous me dites que je dois regarder, alors le fait que j'obéisse fera naturellement partie de ma formation.

— Pas dans ce cas-là. Pourquoi es-tu aussi effrayée ?

— Je crois que j'ai peur de moi-même, avoua-t-elle.

— Dans ce cas, tu passes à côté d'un grand nombre de plaisirs. Sois courageuse, Natalie. Tu n'auras jamais d'autre chance.

Elle savait qu'il avait raison.

— Je veux voir tout ce qui se passe ici, dit-elle fermement.

À ce moment-là, elle entendit un homme crier de désespoir.

— Bien.

Le ton de Simon était de nouveau brusque et pragmatique.

— Pas besoin d'aller regarder dans la salle numéro

un : il ne devrait plus rien s'y passer d'intéressant avant un moment. Essayons la salle numéro trois : tu vas sans doute trouver ça fascinant.

Toutes les portes du couloir ressemblaient à celles des prisons au Moyen Âge. C'étaient des blocs de chêne massifs, intimidants, assombris par la fumée, garnis de gros clous en fer et de larges bandes de métal, lui-même terne et criblé de petits trous. Chaque porte que poussait Simon semblait lourde, mais, comme aucune n'était complètement fermée, les sons voyageaient de pièce en pièce, tout le long du couloir. L'atmosphère ainsi créée était terriblement érotique.

La pièce où ils entrèrent était dépourvue de fenêtres, mais on avait fixé des spots dans chaque coin, et leur faisceau était dirigé vers un grand matelas, placé sur un haut socle en bois. Un homme était allongé en croix au centre du lit, les pieds et les poings liés à la structure de bois. Natalie lui trouva l'air vaguement familier et se rappela qu'il faisait partie des spectateurs assis en cercle, la veille au soir.

D'après ses souvenirs, l'homme lui avait paru assez arrogant, et, malgré son physique attirant, elle avait été soulagée qu'on ne le désigne pas comme son partenaire pour la nuit. À présent, il ne restait plus une trace d'arrogance en lui. Son souffle était rauque, et son corps nu et musclé, couvert de sueur. Trois filles nues elles aussi se trouvaient sur le lit avec lui. L'une d'elles était assise près de sa tête, une deuxième agenouillée entre ses jambes et la troisième laissait ses doigts courir avec légèreté sur son ventre.

— Qu'est-ce qu'elles lui font ? demanda Natalie.

— Chut ! murmurèrent les autres spectateurs qui se tenaient dans l'ombre.

Simon approcha la bouche de son oreille pour pouvoir lui parler sans déranger les autres.

— Ralph sait qu'il n'est autorisé à jouir qu'en pénétrant l'une des filles. Elles ne cessent de l'amener tout près de l'orgasme, mais aucune ne veut s'asseoir sur lui. À cause de ses liens, il ne peut pas y faire grand-chose. S'il jouit d'une autre façon, il sera puni, et il l'a déjà été deux fois ce matin.

Natalie regarda l'individu impuissant et sentit son propre ventre frémir d'excitation. Il était visiblement près de jouir encore une fois. Son sexe en érection était fortement dressé et touchait presque son abdomen. Natalie observa à quel point ses muscles étaient contractés, tandis que les tendons de son cou et de ses bras ressortaient comme les lanières d'un fouet.

La fille assise près de sa tête se plaça à califourchon au-dessus de son visage et commença à descendre sur lui.

— Fais-moi jouir avec ta langue, lui ordonna-t-elle.

Ralph se mit à la lécher et à la sucer avec frénésie, espérant à l'évidence que, s'il pouvait la satisfaire, elle aurait peut-être pitié de lui.

Le sexe de Natalie lui-même commença à palpiter. Les yeux de la fille se fermèrent lentement de plaisir, pendant que la langue de Ralph s'activait entre ses cuisses. Natalie comprit qu'il était adroit, car sa partenaire poussa très bientôt de petits cris de plaisir, et sa poitrine se gonfla. Quelques minutes plus tard, elle trembla de la tête aux pieds, tandis qu'il lui offrait docilement un orgasme.

Le souffle bruyant, la fille s'écarta de Ralph. Puis, s'agenouillant au-dessus de son corps, elle l'embrassa pleinement sur la bouche afin de pouvoir goûter ses propres sucs. Ralph en fut encore plus excité, et ses hanches tressautèrent, tandis que son corps s'arquait dans un effort désespéré pour soulager son sexe dressé, enflé, plein de désir. Mais il devint rapidement évident que les filles n'en avaient toujours pas fini avec lui. Pendant que celle du milieu continuait à caresser la peau très tendue de ses hanches, laissant ses doigts vagabonder dans ses poils pubiens foncés et frisés, la jeune femme qui était accroupie entre les cuisses de l'homme se pencha en avant. Elle écarta alors ses seins volumineux et les referma sur l'extrémité du sexe tendu de Ralph.

— Non ! s'écria-t-il. Ne faites pas ça !

Mais la fille se contenta de rire. Ensuite, elle commença à masser l'extérieur de ses seins et les fit aller et venir sur la partie la plus sensible de son érection, jusqu'à ce que Ralph jouisse dans un hurlement d'angoisse désespéré.

Natalie regardait, fascinée par la situation embarrassante de Ralph, tandis qu'il éjaculait sur les seins de la fille. Mais, même s'il avait atteint l'orgasme, il n'en avait clairement tiré aucun plaisir, car il avait enfreint la règle.

— Oh ! mince ! rit la fille qui se trouvait à la tête du lit. Pauvre Ralph… Juste au moment où tu t'en sortais si bien. Tu vas encore devoir être puni, maintenant.

— Combien de temps ça va durer ? cria Ralph.

— Jusqu'à ce que tu aies enfin appris à obéir, dit une voix depuis le coin le plus éloigné de la pièce.

Ralph se tut immédiatement. Quelques minutes plus tard, la fille qui lui caressait le ventre descendit du lit et, quand elle revint, elle avait une petite cravache à la main.

Natalie était tellement excitée à présent qu'elle en oublia de plaindre Ralph. Elle ne pouvait plus penser qu'à sa propre chair pleine de désir : la perspective de voir le pauvre homme être puni l'émoustillait encore plus.

La cravache était utilisée avec habileté : chacune des filles lui administrait trois coups rapides avant de la passer à une autre. Bientôt, le torse, la taille et l'abdomen de Ralph furent couverts de fines lignes rouges. Mais il avait beau protester en criant chaque fois que tombait le fouet, Natalie vit que son sexe commençait de nouveau à se durcir.

— Il ne peut quand même pas aimer ça ? chuchota-t-elle à Simon.

— Comme je te l'ai déjà dit, on peut trouver du plaisir dans la douleur, lui répondit-il à voix basse.

La punition se poursuivit jusqu'à ce que chaque fille ait eu la cravache deux fois en main. Puis toutes trois se mirent à caresser l'homme attaché. Tandis que leurs doigts chatouillaient ses testicules extrêmement sensibles, il se mit à pousser des cris sourds d'angoisse. Une fois de plus, son plaisir montait.

Cette fois, l'une des filles se plaça au-dessus de son sexe rigide. Elle descendit très lentement sur lui, permettant à l'extrémité de son pénis de la pénétrer. Mais, ensuite, elle se releva rapidement et laissa Ralph dresser son sexe vers elle de toutes ses forces, alors qu'il tentait désespérément de l'enfouir une fois encore dans son canal chaud, humide et accueillant.

— Viens, dit Simon à Natalie. Elles vont le maintenir dans cet état encore longtemps. Elles sont très douées pour ça. Il y a quelque chose d'autre que je dois te montrer maintenant, et ça se passe dans la chambre numéro quatre.

Natalie savait qu'elle devait y aller pour obéir à Simon. Mais elle n'avait pas envie de quitter la pièce, car la vue de cet homme aussi impuissant, et pourtant si fou de désir, était l'une des choses les plus excitantes qu'elle ait jamais vues.

— On dirait que tu avais raison, dit Simon tandis qu'ils longeaient le couloir jusqu'à la chambre numéro quatre.

— De quoi ?

— D'avoir peur de toi-même.

Là-dessus, il ouvrit la lourde porte en bois et recula pour permettre à Natalie de passer devant.

À première vue, cette pièce était encore plus sombre que l'autre. La lumière des spots était moins vive, et les yeux de Natalie eurent d'abord du mal à s'adapter à la pénombre. Elle devinait à l'atmosphère de la pièce qu'il s'y passait quelque chose de très érotique. Elle percevait d'ailleurs les gémissements excités d'une jeune femme qui se trouvait quelque part dans la salle. Une fois seulement que ses yeux se furent adaptés, Natalie put distinguer la scène.

Une fille brune, grande et voluptueuse, se tenait sur la pointe des pieds, les mains attachées à une poutre au-dessus de sa tête. Elle portait une paire de bas noirs en dentelle et des talons aiguilles, mais, pour le reste, son corps était complètement nu. Debout à côté d'elle, un bras passé autour de sa taille dans un geste apparemment tendre, se tenait Rob Gill.

Puisqu'il s'agissait de Rob, Natalie sut que ce geste ne pouvait pas vraiment être affectueux. À l'évidence, c'était lui qui donnait une sorte de leçon de soumission, et, d'après le regard de la fille, il le faisait très bien.

— Que se passe-t-il ici ? chuchota Natalie.

— C'est très simple. Joanne peut jouir autant de fois qu'elle le veut, mais elle doit demander la permission avant. Son plus gros problème, c'est qu'elle ne peut pas supporter de le faire et, parfois, connaissant Rob, elle n'en a sans doute même pas le temps. Là aussi, si elle désobéit à cet ordre simple, elle est punie.

— Est-ce qu'on la libère si elle obéit ?

— Pas immédiatement. Elle va passer ici plusieurs heures.

Natalie sentit sa bouche s'assécher. Tout à coup, elle comprit que, dans une semaine, elle pourrait se trouver à la place de cette fille. Elle se tiendrait sur la pointe des pieds, les bras tendus en l'air, attachés à une poutre, pendant que des gens la regarderaient lutter contre sa propre sexualité et son entêtement.

— Je ne sais pas si j'arriverais à demander la permission, admit-elle.

— Alors, le week-end prochain s'annonce très intéressant, dit Simon d'un ton sec.

Apparemment, ils étaient entrés dans la pièce pendant une pause, car Rob retira alors son bras et s'agenouilla devant la jeune femme brune.

Ses doigts caressèrent avec tendresse la peau soyeuse juste au-dessus de ses bas en dentelle. Joanne trembla violemment, et les chaînes de ses menottes cliquetèrent un peu. Puis la main droite de Rob se dirigea un peu plus haut avec une extrême lenteur et caressa le pli de son aine. Cette fois, la jeune femme haleta de désir. Pour finir, et toujours aussi doucement, il glissa deux doigts en elle, les remua et pressa les parois de son vagin avec fermeté.

Le corps tout entier de la fille commença à frémir, et Natalie sentit sa propre culotte devenir humide.

Maintenant deux doigts dans le sexe de la fille attachée, Rob dirigea son pouce vers son clitoris. Natalie essaya d'imaginer ce que l'attente pouvait provoquer tandis que Joanne, incapable de faire accélérer Rob, devait trouver le bon moment pour lui demander la permission de jouir.

Natalie n'aurait su dire si cette femme refusait exprès de demander son autorisation, mais cela lui semblait peu probable.

Au moment où la pulpe du pouce de Rob s'approcha de la zone de son clitoris, Natalie crut voir le corps de Joanne trembler de spasmes irrépressibles, ce qui ne lui laissa pas une seconde pour interpeller Rob avant son éruption de plaisir. Pendant un court instant, elle haleta de satisfaction, puis comprit ce qu'elle venait de faire. Joanne se mit alors à gémir de peur.

— Tu as encore oublié de me demander la permission, dit Rob calmement.

— Je n'en ai pas eu le temps, sanglota la fille.

Rob caressa sa peau, couverte d'un film de sueur, et dégagea les cheveux bruns et frisés de son visage. Il caressa le contour de son cou avec tendresse.

— Alors, il faut que tu apprennes à mieux te contrôler, répondit-il doucement.

Sous les yeux de Natalie, Rob sortit une paire de pinces à tétons.

Avant de les accrocher sur ceux de la fille, il lécha et suça le bout de ses seins jusqu'à ce qu'ils se dressent fièrement. Il attacha une pince sur chaque mamelon tendu et recula pour en admirer l'effet. Joanne se tortilla lorsque les dents de plastique touchèrent la pointe tendre et rigide de ses seins, et Rob tira légèrement sur la chaîne en argent qui reliait les pinces.

— Tu devrais aimer ça : ta poitrine est tellement sensible.

Puis il promena ses doigts sur le corps tremblant, prenant les fesses dans le creux de ses mains pendant un instant, tandis qu'il faisait une pause pour réfléchir à la suite.

Joanne vibrait d'excitation, et sa chair frissonnait comme si une brise soufflait dessus, alors que son corps restait suspendu à la poutre. Natalie eut honte d'être aussi troublée par cette scène.

Une petite voix lui disait qu'elle avait tort d'aimer la regarder, qu'elle devrait plutôt rejeter cette vision, mais, malgré ses efforts pour se maîtriser, elle ne put contenir son excitation. Toute cette situation – l'image de cette fille piégée, de son plein gré, par des menottes, pendant que Rob Gill lui donnait du plaisir – était incroyablement troublante. Quant aux autres spectateurs, leur fébrilité ne faisait qu'accroître celle de Natalie.

Pendant quelques secondes, Rob se tint derrière la fille suspendue, puis il la souleva du sol et soutint son poids l'espace d'un instant avant de laisser ses pieds de nouveau toucher le sol.

À ce moment-là, il saisit une fois encore ses fesses parfaites et les pétrit lentement et posément. Pendant ce temps, le corps de Joanne frémit sans interruption tandis que les pinces continuaient à remplir leur fonction et la rendaient extrêmement consciente de ses globes souples et sensibles.

Enfin, Rob relâcha les fesses de la fille, passa devant elle et retira nonchalamment ses vêtements jusqu'à se trouver complètement nu à son tour. Il devint alors évident qu'il était aussi excité que Joanne. Pendant un bref instant, Natalie se demanda ce qu'elle ressentirait à la place de cette femme, tous les regards rivés sur elle, en attendant de voir ce que Rob allait lui faire.

Il posa ses mains sous les seins et les pressa vers le haut jusqu'à ce que la fille retienne soudain son souffle. De douleur ou d'extase, Natalie n'aurait su le dire. Il retira ensuite la pince de son mamelon gauche. Joanne gémit de soulagement, tandis que le sang affluait de nouveau à travers les tissus sensibles, puis Rob ferma sa bouche autour du sein. Sa langue lécha le téton, et la fille se mit à frissonner.

— J'ai envie de jouir, murmura-t-elle.

— Pas encore, dit fermement Rob en éloignant sa bouche de la zone sensible.

Natalie eut un choc lorsqu'il remit brusquement la pince en place. Johanne, au lieu de le supplier comme elle était censée le faire, fut laissée une fois de plus complètement frustrée.

Rob répéta alors le procédé sur le sein droit. Seulement, cette fois, lorsque son corps commença à trembler de désir, Joanne ne prit même pas la peine de demander la permission de jouir. De toute évidence, elle avait compris qu'elle lui serait refusée : ses yeux étaient implorants, mais elle ne prononça pas un mot. Cette fois encore, la pince fut remise en place, et Rob passa de nouveau derrière elle. Sa démarche était résolue, et Natalie vit que son sexe était en pleine érection.

Rob glissa un petit bloc de bois sous les pieds de Joanne, afin que ses bras ne supportent plus seuls le poids de son corps. Puis il écarta ses fesses, et ses doigts se glissèrent entre elles pour caresser son anus. Par réaction instinctive, les muscles fessiers de Natalie se serrèrent quand elle imagina ce que pouvait ressentir la fille.

Quelques minutes plus tard, Joanne se mit à gémir.

— Je vous en prie, ne faites pas ça, haleta-t-elle. Je ne pourrai pas en supporter beaucoup plus.

— Bien sûr que si, dit doucement Rob. Tu es presque arrivée au bout de la formation : tu comprends ta sexualité à présent, et nous aussi. C'est ce que tu aimes vraiment, c'est de cette façon que tu obtiens le plus de plaisir.

— Non, c'est faux !

Mais Natalie devina que Joanne se forçait un peu à protester. Visiblement, Joanne savait que Rob disait la vérité. D'une certaine façon, pendant toute la durée de sa formation, elle avait plus appris sur elle-même qu'elle le souhaitait au départ.

Et Rob était déterminé à ce qu'elle le comprenne avant de les quitter. Ainsi, comme le perçut Natalie, Joanne serait complètement libérée et pourrait satisfaire son désir par tous les moyens qu'elle s'interdisait avant de venir au Sanctuaire.

Pendant encore plusieurs minutes, les doigts de la main gauche de Rob continuèrent à se déplacer autour et entre les fesses de la fille. Puis, très lentement, il passa son bras droit devant sa partenaire, de sorte qu'il fut capable de stimuler son clitoris en même temps. Une fois que ses doigts eurent localisé l'endroit magique, Joanne suffoqua de plaisir.

Maintenant, elle tremblait si fort que Natalie craignit de la voir tomber du bloc de bois. Rob ne sembla nullement s'en inquiéter, car, sans prévenir, il pénétra brusquement l'anus, faisant claquer ses hanches contre les fesses, si bien que Joanne poussa un cri de surprise. Mais les doigts affairés de sa main droite firent en sorte que l'inconfort initial soit rapidement éclipsé par les sensations délicieuses qui se précipitaient à travers le bas-ventre de sa partenaire.

Avec son bras gauche, Rob maintenait la fille en place, tandis qu'il allait et venait dans son orifice tabou. Joanne commença à émettre des bruits de plaisir enthousiastes : les caresses interdites excitaient de plus en plus son corps enfiévré.

Elle gémissait toujours, quand un jeune tuteur sortit de l'ombre et retira silencieusement les pinces. Les mamelons étaient enfin libres. Comme le sang affluait en eux, ils se dressèrent en petites pointes dures, et Joanne lâcha un cri. Cette fois encore, Natalie eut du mal à deviner s'il s'agissait d'une exclamation de plaisir ou de douleur.

Rob était complètement absorbé par son propre rythme à présent. Il remuait dans l'orifice secret de la fille, frottant les parois extrêmement sensibles de son rectum avec son sexe conquérant, tandis que sa main droite manipulait la chair douce et humide entre ses cuisses. Joanne fut alors presque prise de délire.

Natalie eut soudain peur pour la jeune femme, peur qu'elle oublie ce qu'elle devait faire. Mais la fille avait – enfin – retenu la leçon.

— Je vous en prie, est-ce que je peux jouir maintenant ? haleta-t-elle, le corps tendu, le buste et la gorge rosissant sous l'effet de l'excitation.

Rob pressa sa bouche contre son oreille.

— Oui, chuchota-t-il.

Et tandis que Joanne jouissait dans un fort cri d'extase, Natalie jouit aussi, à son grand étonnement. De puissants picotements de plaisir transpercèrent son pubis et son bas-ventre, ses seins se gonflèrent et ses tétons palpitèrent.

Son corps fut parcouru de violents tremblements juste au moment où la fille frémissait de la tête aux pieds, atteignant le pic de son orgasme. Le bruit des menottes qui cliquetaient contre la poutre souligna un peu plus sa position de total asservissement.

L'orgasme de Natalie se termina avant celui de Joanne. Elle observa chez la jeune femme les derniers spasmes de délivrance, tandis que Simon se tenait derrière elle, les mains sur ses hanches. Natalie sentit sa ferme érection contre ses fesses et comprit qu'il savait ce qui venait de lui arriver. Elle aurait dû avoir honte, mais elle se sentait au contraire libérée, et toutes ses peurs avaient disparu.

— Dans une semaine, ce sera ton tour, chuchota Simon. Qui plus est, ce ne sera pas Rob, mais moi qui me tiendrai derrière toi.

Natalie ne répondit pas. Mais les mots de Simon lui évoquèrent une image d'érotisme si sombre, si excitante qu'elle se demanda comment elle allait réussir à patienter toute une semaine.

Tandis que Joanne s'écroulait d'épuisement et que Rob commençait à défaire ses liens, Simon guida Natalie hors de la pièce.

— Je pense que tu en as assez vu, dit-il d'un ton neutre. Il est l'heure pour toi de faire tes bagages. Nous te reverrons vendredi prochain dans la soirée. Tu n'as pas besoin de rester pendant le discours puisque tu vas revenir nous voir.

Natalie se tourna vers Simon, impatiente d'entendre autre chose, des mots qui lui montreraient qu'elle tenait pour lui une place à part.

— C'est tout ce que vous avez à me dire ?

— Non, répondit-il lentement. N'oublie pas de

payer le prochain week-end avant de partir, ou bien ils ne te laisseront pas entrer vendredi.

Les paroles de Simon l'anéantirent. Natalie avait été si sûre que lui, autant qu'elle, se réjouirait personnellement de leurs retrouvailles le dimanche suivant.

Alors, réduire leurs adieux à une transaction commerciale lui semblait un vrai sacrilège. Mais Natalie ne pouvait rien y faire.

Que Simon fût sincère ou pas, il avait apparemment décidé d'agir de cette façon avec elle. S'il existait vraiment plus qu'une simple relation de tuteur à élève entre eux, alors, ce serait à elle de le prouver lors de sa prochaine visite.

Douze

— Tu as passé un bon week-end ? lui demanda sa secrétaire, lorsque Natalie arriva au bureau le matin suivant.

— Oui, merci, répondit-elle après un bref instant de réflexion.

— Tu as fait quelque chose de particulier ?

En se rappelant sa matinée au sous-sol, Natalie se demanda ce que dirait Grace si elle lui disait la vérité. Les scènes auxquelles elle avait assisté là-bas avaient certes été très particulières, mais pas comme l'entendait sa secrétaire.

— J'ai passé le week-end à la campagne, c'est tout.

— Eh bien, ça, c'est du changement, dit gaiement Grace. En ce moment, tu sembles passer la plupart de tes week-ends à travailler, à en juger par la somme de textes que tu me donnes à dactylographier le lundi matin. Est-ce que ça veut dire que tu n'as rien à me remettre pour le moment ?

— Exactement.

Natalie aurait aimé pouvoir effacer le souvenir de Joanne attachée à sa poutre et de son corps tremblant, au moment où Rob avait forcé son plaisir à éclater.

Cette image, ainsi que celle de l'homme attaché à son lit, était restée gravée avec une extrême clarté dans sa mémoire.

— J'emporte mon courrier, reprit Natalie, s'efforçant de retrouver un état d'esprit propice au travail. Il y a déjà eu des appels importants ?

— Oui, un de Sara seulement, pour te rappeler qu'à onze heures ce matin, tu vois ce journaliste indépendant qu'elle t'a recommandé.

Natalie fronça les sourcils.

— Je ne me rappelle aucun rendez-vous avec un journaliste indépendant aujourd'hui.

— Il a été fixé vendredi après-midi, juste avant que tu partes.

— Comment s'appelle-t-il ?

— Sam Tudor.

— Oh !

L'espace d'un instant, Natalie avait nourri l'espoir ridicule qu'il pouvait s'agir d'une visite de Simon. Mais elle s'aperçut vite que c'était absurde. Comment Simon aurait-il pu avoir envie de collaborer avec elle ? Il avait clairement exprimé son dégoût pour les femmes dominatrices, que ce soit au travail ou dans sa chambre.

Pendant l'heure et demie qui suivit, Natalie passa d'innombrables appels afin de commencer à rassembler les articles à publier dans le prochain numéro de son magazine. Puis, beaucoup trop tôt à son goût, le téléphone sonna.

— Oui ?

— Sam Tudor est là, dit Grace.

— Fais-le entrer, répondit Natalie, qui se demandait encore pourquoi elle rencontrait cet homme.

Sara devait lui avoir dit qu'il était doué ; autrement,

elle n'aurait certainement pas pris cette peine. Mais Natalie n'avait gardé aucun souvenir de leur conversation. Son week-end à la campagne l'avait sans doute effacé de sa mémoire.

Au moment où s'ouvrit la porte, elle leva les yeux et, l'espace d'un instant, elle crut que son cœur venait de s'arrêter : Simon en personne se tenait dans le cadre de la porte.

— Monsieur Tudor ?

— C'est ça.

— Asseyez-vous, je vous en prie. Ce sera tout, merci, Grace. Oh ! pourrais-tu nous apporter du café ?

— J'aimerais autant du thé, dit Simon.

— Un café pour moi et un thé pour monsieur Tudor.

La voix de Natalie était glaciale.

— Tu n'as pas l'air très contente de me voir, observa Simon en jetant un œil autour de la pièce.

— Je m'attendais à rencontrer un certain Sam Tudor. Ce n'est pas votre vrai nom, je me trompe ?

— Non, mon vrai nom, c'est Simon Ellis.

— Alors, pourquoi vous faire appeler Sam Tudor ?

— Parce que je savais, quand Sara m'a obtenu cet entretien, que tu viendrais passer deux week-ends au Sanctuaire. Je me suis dit que tu n'aurais sans doute pas très envie de me revoir, mais je voulais avoir une chance de te montrer mon travail.

— J'imagine qu'il est de bonne qualité. Sinon, Sara ne vous aurait pas recommandé. Elle est très exigeante.

Simon hocha la tête.

— Ah ! ça, on peut le dire.

— Ce qui signifie ?

Il haussa les épaules.

— Rien de particulier.

— Est-ce que votre relation avec elle est aussi personnelle que professionnelle ?

Simon sourit.

— Tu sais parfaitement que c'est une question à laquelle je ne peux pas répondre.

— Vous voulez dire que vous l'avez connue par l'intermédiaire du Sanctuaire ?

Natalie ne put dissimuler son étonnement. De toutes les femmes qu'elle connaissait, Sara Lyons était la plus grande obsédée du contrôle qu'elle ait jamais rencontrée. L'imaginer se soumettre à un homme – n'importe lequel – lui semblait impossible.

— Je n'ai pas dit ça, répondit Simon.

— Vous n'avez pas eu à le faire. Enfin, bref, qu'est-ce qui vous fait penser que vous pourriez écrire pour mon magazine ? Je n'aurais pas cru que vous pouviez comprendre les problèmes que doivent affronter les femmes d'affaires ambitieuses.

— Au contraire, grâce à mon travail au Sanctuaire, je les comprends très bien.

— J'espère que vous n'écrivez pas sur le Sanctuaire ! s'exclama Natalie.

— Bien sûr que non. Mais j'utilise les choses que j'apprends là-bas de façon indirecte dans mes articles.

— En avez-vous apporté un ? demanda Natalie, tandis que Grace leur servait le thé et le café.

— Bien sûr. Il s'intitule *Femmes divisées*.

Natalie attendit que Grace soit sortie pour poursuivre la conversation.

— C'est assez étrange pour moi de vous parler de cette façon, avoua-t-elle.

— Pas pour moi. Tu as peut-être du mal à te sentir aussi supérieure que tu l'es d'habitude, parce que tu te rappelles dans quelle situation je t'ai vue. Tu ne dois pas te laisser perturber par ces choses. Mon poste là-bas et mon travail de journaliste sont complètement distincts l'un de l'autre.

— Mais non, rétorqua Natalie. Vous venez de me dire que vous utilisiez le Sanctuaire pour vous inspirer de nouveaux articles.

— Écoute, je savais que ça allait être difficile pour chacun de nous, dit Simon. Si tu préfères que je parte, c'est d'accord. Rien de tout ça n'était mon idée au départ. Sara a fixé ce rendez-vous sans m'en parler. Quand je l'ai appris, c'était trop tard. Je n'ai pas réussi à trouver une seule bonne raison de refuser cette occasion de travailler pour un magazine aussi prestigieux.

— Je suppose que c'est une remarque sarcastique.

— Pas du tout. Ton magazine est l'une des plus belles réussites de l'année. J'adorerais sincèrement écrire pour lui.

Natalie regrettait de ne pas être aussi détendue à propos de cet entretien que Simon semblait l'être. Le problème, c'est qu'il avait raison. Elle ne pouvait effacer le souvenir des choses qu'il l'avait vue faire, ni sa façon de la dominer. Elle avait l'impression d'être assise nue devant lui, et cela l'empêchait totalement de garder un comportement professionnel.

Parcourant des yeux l'article qu'il lui avait tendu, Natalie comprit pourquoi il avait précisé que son travail au Sanctuaire l'avait influencé. Son texte, très bien écrit, expliquait que les femmes puissantes devaient constamment choisir entre le fait de garder une attitude politiquement correcte et celui d'assumer leurs véritables désirs.

— C'est très bon, dit-elle enfin avant de lever les yeux et de regarder directement Simon.

— Mais ?

— Mais quoi ?

— Je devine qu'il y a un « mais ». Quel est le problème ?

— Je ne pense pas vraiment que ça convienne à mon magazine.

— Alors ça, c'est intéressant, dit Simon pensivement. Tu n'aurais pas quelques minutes devant toi pour m'expliquer pourquoi ?

Natalie voulait qu'il s'en aille, mais le courage de le lui dire lui manqua. Il se comportait très bien, et sa demande n'était pas déraisonnable. C'était sa réponse à elle qui l'était, elle le savait.

— Je suis un peu à court de temps, se déroba Natalie.

Le visage de Simon se ferma.

— Je vois, dit-il peu après en se levant. D'accord, merci de m'avoir reçu.

— Attendez ! s'exclama Natalie.

— Oui ?

— Il faut que je vous explique pourquoi. Asseyez-vous un instant, s'il vous plaît. De toute façon, vous n'avez pas fini votre thé.

Simon saisit sa tasse.

— Quel est le problème de mon article, alors ?

— Il est trop machiste. Que des hommes écrivent dans mon magazine ne me pose aucun problème. En fait, c'est déjà arrivé plusieurs fois. Mais ils doivent être plus en phase avec les sentiments de nos lectrices.

— Mais je le suis. Je les vois tous les week-ends au Sanctuaire. Penses-tu vraiment que, si tu ne publies pas mon article, ce que j'ai écrit devient faux ?

Natalie se sentait très mal à l'aise.

— Non, je sais que tout est vrai. Ce que j'ignore, c'est comment nos lectrices réagiraient à son contenu. Je pense qu'elles se sentiraient trahies.

— Par qui ?

— Par le magazine, bien sûr. Ce n'est pas de ça qu'il traite habituellement.

— Ton magazine parle bien des problèmes que doivent affronter les femmes d'affaires qui réussissent professionnellement, non ? Eh bien, en voici un. Elles ne sont pas heureuses, car elles n'osent pas exprimer leurs vrais désirs.

— Je n'ai jamais publié d'article sexuellement explicite dans mon magazine, avoua Natalie.

— Ce n'est pas de ça que traite mon article. Il s'agit des relations et du genre de relation que rêvent d'avoir tes lectrices.

— Ça vous ennuierait de me le laisser ? suggéra Natalie. J'aimerais y réfléchir encore un peu.

— Bien sûr, aucun problème.

— Je vous verrai vendredi. Je pourrai vous en reparler à ce moment-là.

— Certainement pas, dit brusquement Simon. Les rapports que nous entretenons au Sanctuaire seraient très difficiles à maintenir si tu arrivais là-bas en me disant que tu veux ou non devenir mon employeur, tu ne crois pas ?

— C'est sans doute vrai, avoua-t-elle.

Natalie avait secrètement espéré, pour la même raison qu'il avait protesté, que Simon serait d'accord. Cette nouvelle proximité lui aurait donné un petit avantage sur lui en l'aidant à surmonter les humiliations qui, le devinait-elle, l'attendaient le week-end suivant.

— Si tu n'en veux pas, ne prends pas la peine de me le renvoyer. Tiens-moi simplement au courant, dit Simon.

— Je prendrai ma décision d'ici mercredi, promit Natalie.

— Eh bien, merci beaucoup de m'avoir reçu. Je suis désolé pour la supercherie, mais j'ai eu raison, non ? Tu aurais refusé de me voir si je t'avais donné mon vrai nom.

— Est-ce que Sara ne l'a pas utilisé, justement ?

— Si, elle a dû le faire. Bien sûr, à ce moment-là, il ne signifiait rien pour toi. Quand j'ai téléphoné pour confirmer l'heure, je me suis présenté sous le nom de « Sam Tudor ».

— Et vous n'aurez pas de problème pour travailler avec moi si j'accepte votre article ?

— Aucun. Je fais bien mon travail et tu fais bien le tien. C'est tout ce qui compte dans ce métier.

— Parfait, dit Natalie, se levant la main tendue. Grace va vous montrer la sortie.

— Très bien, dit Simon.

Puis il sourit.

— Grace ne semble pas du genre à avoir besoin de venir un jour au Sanctuaire. Elle est disponible ou déjà avec quelqu'un ?

— Aucune idée, mentit Natalie.

En fait, elle savait que Grace avait récemment rompu avec son petit ami, mais elle n'avait aucune intention de l'apprendre à Simon. La seule pensée de son tuteur invitant Grace à dîner suffisait à la rendre jalouse. Si elle s'y prenait bien, l'unique personne du magazine avec qui il sortirait un jour serait la patronne et rédactrice en chef.

La visite de Simon avait troublé Natalie, et il lui fut extrêmement difficile de se concentrer sur son magazine le reste de la journée. À la fin, elle l'abandonna comme s'il s'agissait d'un travail inintéressant et quitta son bureau à dix-sept heures, l'article de Simon dans son sac.

— Est-ce que tu vas bien ? demanda Grace.

— Oui. Je suis un peu fatiguée, c'est tout. J'emporte du travail à la maison.

— Je peux voir l'article de ce Sam Tudor ?

— Non, désolée. Il fait justement partie du travail que j'emporte.

— J'aimerais bien le lire demain.

— Pourquoi cet intérêt ? Tu n'as pas assez de travail ? Je dois vraiment être en baisse si tu n'as rien à faire.

— Ce n'est pas ça, rit Grace. Nous sortons dîner demain soir, et je me suis dit que ce serait sympa de savoir à quoi ressemble son article.

— Il t'a invitée à sortir ?

Grace sembla prise de court par le ton de Natalie.

— Oui. Il n'aurait pas dû ?

Natalie se força à sourire.

— Bien sûr que si. Je ne pensais pas qu'il était ton genre, c'est tout.

— Je l'ai trouvé beau à mourir, avoua Grace.

— Il est plutôt macho.

— Vraiment ?

Les yeux de Grace brillèrent.

— Ça me changera un peu. Je dois l'admettre : entre toi et moi, je ne tiens pas trop au genre métrosexuel. Je sais bien que je le devrais. Au début, ce type d'homme me plaît, évidemment, mais ensuite, je m'ennuie. Bien entendu, les choses sont différentes pour toi.

— Pourquoi ça ?

— Eh bien, tu n'as pas besoin d'être protégée, expliqua Grace. Si seulement j'étais comme toi..., mais ce n'est pas le cas.

— Le simple fait que ce soit un macho ne signifie pas qu'il va te protéger, dit hargneusement Natalie. Il est bien plus probable qu'il t'exploite.

— Nous sortons seulement dîner, répondit tranquillement Grace. Je ne vois pas comment il pourrait m'exploiter au restaurant. En tout cas, il semble du genre à payer l'addition. Ça me changera un peu.

— Comment était John ? demanda Natalie avec curiosité, contente d'avoir pu se souvenir du nom du précédent petit ami de Grace.

— Oh ! un vrai métrosexuel, pas de doute là-dessus.

Natalie regarda pensivement sa secrétaire.

— Penses-tu que notre magazine te soit utile dans la vie ?

— Comme il peut l'être à n'importe qui d'autre.

Natalie était étonnée par la réponse de Grace.

— Qu'est-ce que tu veux dire ?

Grace semblait mal à l'aise.

— Je ne le critique pas du tout. Je pense que c'est un magazine formidable, et, bien entendu, il n'aurait pas obtenu un tel succès si des tas d'autres femmes ne pensaient pas comme moi. Mais, si tous ses conseils fonctionnent bien en théorie, ce n'est pas toujours pareil en pratique.

— Mais nous parlons des problèmes qu'affrontent des femmes comme nous. Et le machisme des hommes en fait bien partie, n'est-ce pas ?

— Je suppose que ça dépend de ta définition du machisme.

— Oui, tu as sans doute raison, convint Natalie. On se voit demain matin.

Tout le long du chemin du retour, elle bouillonna de colère, incapable de croire que Grace pouvait plaire à Simon. Sa secrétaire avait sans doute du charme – elle en avait même beaucoup –, mais elle manquait totalement de finesse et ne représenterait aucun défi pour lui. En tout cas, si les sentiments de Natalie pour Simon étaient réciproques, alors, elle ne pouvait croire qu'il soit capable d'inviter quelqu'un d'autre à sortir avec lui à ce stade de leur relation.

Tout compte fait, sa visite au bureau avait totalement gâché sa journée, qui n'avait pas été très bonne pour commencer, de toute façon.

Le mercredi suivant, Natalie sut qu'elle devait publier l'article de Simon. Il était excellent : astucieux, incisif et tout à fait susceptible de provoquer des réactions, ce qui comptait beaucoup. Cependant, Simon se montra nettement moins heureux qu'elle s'y attendait quand Natalie l'appela pour lui annoncer la nouvelle.

— C'est super, dit-il d'un air détaché.

— C'est tout ce que vous avez à dire ?

Le silence se fit un instant.

— Qu'étais-je censé répondre ?

— Je ne sais pas. Je m'étais sans doute attendue à un peu plus de joie de votre part.

— Ce n'est pas la première fois qu'un de mes articles est publié dans un magazine. Mais, bien sûr, je suis très content que tu trouves celui-ci assez bon pour le tien. Voilà, c'est ce que tu voulais entendre ?

— Je ne voulais rien entendre de particulier, répondit Natalie d'un ton sec en raccrochant violemment le téléphone.

Le reste de la semaine traîna en longueur. Finalement, après ce qui lui sembla une éternité, Natalie se retrouva au volant de sa voiture, parcourant de nouveau les petites routes du Sussex sur le chemin du Sanctuaire. Cette fois, en revanche, elle était encore plus nerveuse que lors de sa première visite.

Le week-end précédent, elle ignorait ce qui l'attendait, mais plus maintenant. Elle savait que non seulement on allait la tester avec plus de sévérité que la première fois, mais qu'elle allait également devoir terminer le week-end par un passage au sous-sol, où son exercice servirait de leçon à d'autres clients venus là pour observer et apprendre.

— Tu peux toujours faire demi-tour, se dit-elle à haute voix, les doigts agrippant fermement le volant. Personne ne te force à faire ça.

Le problème, c'était que son attrait pour cette formation ne venait plus seulement d'une envie d'apprendre à développer sa propre sexualité. Il venait également de Simon. Natalie n'avait pas osé interroger Grace sur son rendez-vous avec lui, et la secrétaire n'en avait pas parlé non plus.

Natalie pensait qu'elle avait sans doute effrayé Grace par sa première réaction, et maintenant, elle n'avait aucune idée de ce qui s'était passé entre eux. Sa secrétaire avait semblé extrêmement joyeuse la deuxième moitié de la semaine, mais elle était en général d'un tempérament gai. Natalie se demandait quand même si cette nouvelle énergie dans la démarche de sa secrétaire n'était que le fruit de son imagination.

Une fois encore, le temps était magnifique à son arrivée, et les participants à la formation se promenaient autour de la propriété. Elle n'en reconnut aucun, mais supposa qu'elle retrouverait un ou deux clients présents lors de son premier week-end. Natalie savait que près de la moitié des participants réservaient deux week-ends de formation.

Cette fois, la fille de la réception la reconnut.

— Bonsoir, mademoiselle Bowen. Vous avez fait bonne route ?

— Très bonne, merci. Est-ce que je suis dans la même chambre que le week-end dernier ?

— Oh non ! Vous en avez une plus grande cette fois.

— Est-ce que c'est un progrès ? demanda Natalie avec un sourire.

— Vous pourriez en avoir besoin, expliqua la réceptionniste. Si vous voulez bien attendre ici un instant, votre tuteur va venir vous chercher.

— Vous voulez parler de Simon Ellis ?

Natalie fut soudain prise de panique à l'idée qu'on ait pu lui attribuer un nouveau tuteur pour ce week-end.

— Bien sûr. Nous aimons que nos clients conservent le même tuteur chaque fois qu'ils reviennent nous voir.

— Vous voulez dire que, si je reviens ici dans un an pour une remise à niveau, il sera de nouveau le mien ?

— Tant que c'est pour une remise à niveau, oui. Si Rob Gill trouve que vous n'avez rien appris pendant vos deux premiers séjours ici, il vous en attribuera sans doute un nouveau. Après tout, nous ne voudrions pas vous faire perdre votre argent. Enfin, il y a peu de chances que ça arrive. Simon n'a jamais subi un seul échec.

— Non, j'imagine, dit Natalie calmement.

— Comme ça fait plaisir de vous revoir, mademoiselle Bowen, dit Simon en arrivant par la porte d'entrée. Comment s'est passée votre semaine ?

— Elle fut intéressante.

— Parfait. C'est important de faire un travail captivant.

— Eh bien, le vôtre ici l'est certainement.

— Oui, en effet. Chambre dix-sept ? demanda Simon à la réceptionniste.

Elle hocha la tête.

— Parfait, c'est celle que j'avais demandée. Si vous voulez bien me donner la clé, je vais y conduire Natalie.

Tandis que Natalie suivait Simon le long du couloir à l'épaisse moquette et montait l'escalier derrière lui, son cœur se mit à battre violemment. Rassemblant tout son courage, elle décida de lui poser la question qui la taraudait :

— Est-ce que cette chambre a quelque chose de particulier ?

— Elle est très confortable.

— Ce n'est pas ce que je voulais dire.

— Non, je m'en doutais. Nous y voilà. Tu pourras en juger par toi-même.

Simon poussa la porte et recula pour la laisser entrer. La pièce faisait au moins deux fois la taille de sa première chambre. La moquette et les rideaux y étaient encore plus luxueux. Cependant, son attention fut attirée par tout autre chose. Sur un côté de la pièce, à mi-chemin entre le lit et la fenêtre, se trouvait une barre en bois suspendue au plafond – un peu comme celles du gymnase scolaire qu'elle avait fréquenté.

— À quoi sert cette barre ?

— Tu le découvriras demain. Une fois rafraîchie, tu pourras descendre dîner quand tu voudras. Ta première leçon commence à vingt et une heures ce soir. Elle n'aura pas lieu ici, mais dans la chambre de l'autre participant.

Désormais, Natalie savait qu'il valait mieux ne pas poser de questions sur le déroulement de la soirée.

— Où pourrai-je vous retrouver ?

— Dans le petit salon non-fumeurs. Tu peux aller y prendre un verre après le dîner si tu en as envie. Et, même si tu ne veux rien consommer, c'est une pièce très confortable.

— Bien, je vous y verrai alors.

Simon tendit la main et passa les doigts à travers ses cheveux blonds et soyeux.

— Tu es très nerveuse, pas vrai ?

— Oui, avoua-t-elle.

— Tu ne devrais pas. Tu vas vite retrouver notre façon de faire. Rappelle-toi que nous sommes ici pour t'aider.

— Et Grace, vous l'avez aidée ? lâcha-t-elle avant de le regretter aussitôt, car Simon se rembrunit.

— Combien de fois devrai-je te rappeler que, dès qu'on passe les portes du Sanctuaire, on doit laisser sa vie privée derrière soi ? Je pense que tu me dois des excuses.

Natalie n'avait aucune envie de lui demander pardon, surtout parce qu'il n'avait pas répondu à sa question. Mais son bon sens lui dit que c'était la seule chose sensée à faire.

— Je suis vraiment désolée, marmonna-t-elle.

— Ce serait encore mieux si tu avais l'air sincère. Mais j'accepte tes excuses quand même.

— Oh ! bon sang, grogna Natalie tandis que la porte se refermait derrière Simon. Dans quel pétrin me suis-je encore mise ?

Treize

Natalie, qui tenait beaucoup à ne pas être en retard, arriva dans le petit salon non-fumeurs dix minutes avant l'heure. Elle n'avait avalé qu'un léger repas, car le mélange de nervosité et d'excitation qu'elle ressentait lui avait coupé l'appétit. Elle avait partagé sa table avec deux autres femmes et trois hommes, tous de nouveaux participants, et la conversation s'était révélée laborieuse. Natalie regrettait que Sajel ne soit pas revenue, ni Juliette, ou Victoria.

Il était délicat de parler à des gens qui venaient ici pour la première fois, car ils n'avaient aucune idée de tout ce que ce week-end allait changer en eux, et Natalie savait qu'elle devait faire attention de ne rien révéler. En y repensant, elle s'étonnait d'être arrivée aussi naïve au Sanctuaire une semaine plus tôt et d'avoir autant changé depuis. Malgré cela, elle était consciente qu'il lui restait encore beaucoup à apprendre.

— Ça, c'est agréable, dit Simon en entrant dans le bar. J'aime les femmes ponctuelles.

— En fait, j'étais même en avance, admit-elle.

— Qu'est-ce qui se passe, tu ne supportais plus d'attendre ?

Les yeux de Simon brillèrent d'amusement.

— J'étais impatiente de découvrir de quoi allait traiter la prochaine leçon.

— Alors, allons-y. Ce soir, je vais t'apprendre à donner du plaisir à un homme. Toutefois, même si je suis sûr que tu vas aimer ça, je ne veux pas que tu aies d'orgasme. C'est compris ?

Natalie se sentit plutôt contrariée.

— Mais je sais déjà comment satisfaire un homme, il me semble. Je ne suis pas venue ici pour apprendre à le faire.

— Tu es venue ici pour faire ce qu'on te dit, dit fermement Simon. D'ailleurs, je doute que tu te sois jamais concentrée uniquement sur le plaisir de ton partenaire, je me trompe ?

Natalie réfléchit un instant.

— Non, mais aucun homme n'a jamais attendu ça de moi.

— Malgré tout, aucun homme ne s'y serait sans doute opposé si tu l'avais fait. Je vais te donner des instructions tout au long de l'exercice. Fais en sorte de les suivre à la lettre. En fait, je ne pense pas que ça te posera de problème dans ce cas précis, mais je préfère te rappeler que la soumission est toujours à l'ordre du jour.

— Est-ce que l'homme est un participant à la formation ?

— Non, c'est un assistant bénévole plus que volontaire, rit Simon. Allez, assez de questions. Nous allons travailler dans cette pièce.

La petite salle de formation était peu meublée, mais agréable. Au centre se trouvait un lit deux places sur lequel un homme était déjà allongé, complètement nu. Âgé d'environ trente ans, il avait les cheveux châtains et frisés, et un corps compact, bien musclé. Son attitude portait à croire qu'il avait déjà fait ça auparavant, et ses yeux semblaient évaluer Natalie, comme pour déterminer si elle allait être une bonne élève ou non.

— Il faut que tu sois nue aussi, expliqua Simon. Et, avant de commencer, je veux que tu t'enduises les mains, le ventre, les cuisses et le sexe d'huile.

Natalie le regarda d'un air interrogateur.

— Pourquoi ?

Simon soupira.

— Parce que je te le demande.

— Désolée.

Après avoir ôté ses vêtements, Natalie prit le flacon d'huile parfumée qu'il lui tendait.

— Où est-ce que je peux aller pour me passer ça sur le corps ?

— Tu ne vas nulle part, fais-le ici. Et avec autant de lenteur et de sensualité que possible. Ça devrait donner à Craig un avant-goût des plaisirs à venir.

Le jeune homme sur le lit s'appuya sur un coude. Ses yeux verts fixèrent Natalie avec intérêt. Elle se sentait plus embarrassée que prévu. Pas à cause de Craig, mais parce que Simon se tenait tout près d'elle. Même s'il ne révélait pas la moindre excitation à la vue de son corps nu, elle savait que la chair de Simon devait réagir.

Natalie savait aussi qu'au moment où ses mains commenceraient à répandre l'huile sur sa peau, elle sentirait des picotements monter en elle. La présence de Simon augmenterait son excitation, mais elle devrait la réprimer puisqu'il lui avait clairement fait comprendre que, pendant cette séance, seul le plaisir de Craig compterait, pas le sien.

— Quelque chose ne va pas ? demanda Simon.

Natalie s'empressa de verser de l'huile dans sa main droite et l'étala sur son ventre. Quelques gouttes coulèrent dans les plis de son aine, et elle frissonna, tandis que cette sensation excitante faisait tressauter ses nerfs. Elle n'eut alors aucun mal à diriger sa main plus bas et à couvrir sa vulve, puis l'intérieur de ses cuisses du liquide huileux et sensuel.

Elle termina en enduisant ses seins et massa chaque téton en l'étirant pour faire pénétrer l'huile dans sa peau. Lorsque Natalie s'arrêta, le bout de ses seins était totalement dressé, de délicieux picotements envahissaient leurs pointes, et elle s'aperçut que le sexe de Craig commençait à réagir.

Suivant les instructions que Simon lui murmurait tout bas, elle monta sur le lit et s'assit à califourchon sur Craig, à présent allongé sur le dos, la tête et les épaules soutenues par une pile d'oreillers.

Les cuisses de Natalie reposaient sur le bas-ventre de l'homme, et elle entreprit de lui masser le torse, les épaules et les bras avec l'huile qu'elle avait étalée sur son propre corps.

Au début, Natalie se servit de ses paumes, les laissant glisser sur la peau de Craig. Puis, tandis que les paupières de son partenaire tombaient, elle pétrit ses muscles de ses doigts et les enfonça plus profondément dans sa chair.

Après un moment, et sans perdre de vue les instructions de Simon, Natalie massa l'abdomen de Craig de la même façon, jusqu'à ce qu'elle sente son érection contre elle. Elle recula un peu pour s'installer au-dessus de ses cuisses, glissant facilement sur sa peau grâce à sa chair huileuse. Puis, alors que le pénis de Craig se dressait, Natalie se baissa lentement et frotta son pubis contre le dessous de son sexe.

Elle sentit les hanches de Craig trembler et tressauter sous son corps au moment où sa vulve caressait doucement le dessous de son pénis. Puis, se penchant en avant, elle saisit les poignets de Craig et plaqua ses mains au-dessus de sa tête pour les maintenir fermement contre l'oreiller.

Natalie put alors promener ses seins et ses mamelons huileux sur son torse et les frotter contre sa peau jusqu'à ce que les tétons de Craig se durcissent à leur tour. Les boutons d'abord plats et roses se dressaient maintenant en petites pointes dures, et Natalie frissonna lorsqu'elle sentit naître le doux tiraillement du désir au plus profond de son ventre.

Si elle devait suivre les instructions de Simon avec précaution, Craig, lui, n'avait visiblement reçu aucun ordre de ce genre. Afin d'augmenter son propre plaisir, il releva les genoux, permettant à sa partenaire de faire glisser ses cuisses luisantes sur les siennes.

Natalie s'installa en équilibre sur les genoux de Craig, descendit ses mains le long des muscles tendus de ses cuisses et laissa ses doigts toucher le dessous de ses bourses. Aussitôt, le souffle déjà rapide de l'homme s'accéléra encore, et ses testicules se gonflèrent à mesure qu'approchait l'orgasme.

Les ordres de Simon devinrent plus précis tandis qu'il suivait attentivement la progression du couple sur le lit. Natalie se laissa alors glisser de haut en bas sur les cuisses de Craig, pressant son sexe contre le sien, jusqu'à ce que son partenaire commence à haleter d'extase. Puis Simon ordonna à Natalie de se redresser et de recommencer à masser le torse de Craig en attendant que s'éloigne le dangereux point de non-retour. Alors, elle put de nouveau se frotter contre son partenaire.

Natalie fut surprise que la fébrilité évidente de Craig la trouble à ce point. Elle n'était pas seulement excitée par les délicieuses sensations qu'elle éprouvait en se pressant contre lui, mais aussi par la vision du désir croissant de son partenaire et par le fait de savoir qu'elle lui procurait une telle satisfaction.

Elle comprit pour la première fois qu'il pouvait être aussi agréable de donner du plaisir que d'en recevoir. Toutefois, elle était impatiente d'atteindre elle-même l'orgasme. Elle espérait en dépit de tout que Simon finirait par avoir pitié d'elle et lui permettrait de libérer l'incroyable tension qui s'était accumulée en elle tout au long de l'exercice.

— Je vais bientôt jouir, grogna Craig.

Natalie, qui avait momentanément oublié son but, s'était mise à balancer les hanches d'un côté sur l'autre, parvenant ainsi à stimuler son clitoris, la poitrine gonflée de désir.

— Je veux qu'il jouisse entre tes seins, Natalie, dit Simon. À toi de décider comment tu vas t'y prendre.

Natalie se tourna vers lui pour lui lancer un regard. Elle avait du mal à croire que son propre plaisir allait s'arrêter si brusquement dans le but de satisfaire Craig. Mais Simon demeura inflexible. À l'évidence, elle allait devoir s'exécuter et vivre une soirée de frustration. Malgré tous ses efforts, elle ne put réprimer un petit grognement de désespoir tandis qu'elle se détachait du corps de Craig. Puis, écartant les cuisses de son partenaire, elle s'agenouilla entre ses jambes, pencha le buste en avant et serra son pénis tendu entre ses seins doux et palpitants.

Comme Natalie massait sa poitrine autour du sexe de son partenaire, elle se mit à trembler. Mais Craig était si près de jouir que son propre orgasme ne risquait pas d'avoir le temps de monter. Tous les muscles de l'homme se tendirent, et il gémit d'extase.

Puis, en l'espace de quelques secondes, ses hanches s'agitèrent avec acharnement pendant que des spasmes de ravissement contractaient son corps et que le liquide chaud et blanc giclait hors de son sexe avant de couler sur les seins de Natalie.

Craig poussa un soupir de soulagement, et ses muscles se détendirent, mais Natalie sentit la frustration monter en elle parce que son corps, lui, était toujours aussi tendu et excité. Cependant, Simon ne lui laissa pas le temps de se lamenter sur son sort.

— Tu peux y aller maintenant, Craig. Enfile un peignoir et emporte tes vêtements. Je n'en ai pas tout à fait fini avec Natalie.

— Tu as été parfaite, dit Craig à sa partenaire d'un ton reconnaissant tout en obéissant à Simon. Si on se croise un jour en dehors du Sanctuaire, il faudra que tu me rappelles où on s'est rencontrés. On pourrait bien s'amuser, tous les deux.

— Ça suffit, dit Simon, visiblement irrité par les commentaires de l'homme. Tu connais les règles, Craig. Tu n'es pas autorisé à prendre rendez-vous avec une seule de nos clientes.

— On vit dans un pays libre, répondit l'autre.

Puis Craig quitta la pièce après avoir lancé un dernier coup d'œil admiratif à Natalie, toujours nue.

— Alors, comment je m'en suis sortie ? demanda-t-elle.

— Très bien. Est-ce que ça t'a plu ?

— Oui, admit-elle. C'était agréable de le voir devenir aussi excité.

— Et ça t'a excitée, toi aussi ?

Natalie hocha la tête.

— Je crois que ce n'était pas vraiment utile de le préciser.

— Cette situation n'excite pas toutes les femmes ; seulement celles qui sont vraiment sensuelles. J'imagine que tu te sens assez frustrée maintenant.

Natalie crut percevoir que sa voix était plus douce que d'habitude.

— Oui, convint-elle dans un élan d'espoir.

— Moi aussi.

— Qu'est-ce que vous voulez dire ?

— Que vous regarder Craig et toi m'a aussi excité. La seule différence, c'est que je peux faire en sorte que tu me soulages.

Natalie le dévisagea.

— Vous ne feriez pas ça !

— Bien sûr que si. Je vais même le faire tout de suite. Tiens, voyons comment tu vas exercer ton habileté là-dessus.

Tandis que Simon ouvrait son pantalon, Natalie se mit à trembler, pas de peur, mais de rage. Ayant déjà trouvé assez pénible de devoir donner du plaisir à Craig sans en tirer elle-même aucune satisfaction, il lui était presque insupportable de savoir qu'elle avait excité Simon et qu'elle serait la seule à rester sur sa faim ce soir.

Pourtant, même si Natalie soupçonnait Simon d'avoir prolongé la leçon pour son propre plaisir, elle n'osa pas lui désobéir. Si cet exercice ne faisait pas partie du programme officiel, alors, d'une certaine façon, c'était la preuve qu'il était plus touché par elle qu'il n'aurait dû l'être. En tout cas, elle était très impatiente de le prendre dans sa bouche et de le vider de son désir.

Sans que Simon ait besoin de lui donner des instructions, elle s'agenouilla devant lui. Elle prit pendant quelques secondes ses testicules déjà tendus dans le creux de ses mains avant de caresser le dessous de son sexe rigide avec ses pouces. Puis elle enveloppa son pénis de ses lèvres.

Elle passa la langue autour de son gland, laissant ses dents effleurer la chair tendre, avant de glisser le bout de sa langue dans la petite fente, à l'extrémité de son sexe.

Aussitôt, les mains de Simon agrippèrent fermement les épaules de Natalie, et ses jambes se mirent à trembler. Il essayait manifestement de se retenir, de faire durer le plaisir, mais elle était trop habile pour lui. Elle ferma les doigts de sa main autour de son sexe et fit un mouvement de va-et-vient pendant que ses lèvres suçaient le gland violacé. Elle laissa ensuite les doigts de son autre main s'aventurer sous les testicules afin de caresser son périnée. Tous ces gestes combinés causèrent la perte de Simon.

À une vitesse flatteuse pour Natalie, il poussa un cri mêlé de désarroi et de plaisir. Puis elle entreprit de vider son sexe de tout désir, exactement comme elle l'avait voulu. Même si son propre corps réclamait toujours un orgasme avec la même ardeur, elle éprouva une grande satisfaction à l'idée que, pour Simon, le plaisir était venu beaucoup trop vite.

Enfin, elle libéra à contrecœur le sexe de Simon, dont l'érection déclinait. Puis elle se leva, le corps nu toujours tendu, témoin silencieux de sa propre excitation.

Simon hocha la tête d'un air entendu. Il venait de comprendre que Natalie avait fait exprès d'accélérer la venue de son orgasme parce qu'il ne lui avait pas permis d'en avoir un. Le tuteur ne pouvait cependant pas se plaindre : il ne lui avait jamais ordonné d'agir lentement, ni de faire durer les choses. Natalie sentit tout de même que son initiative se retournerait contre elle le lendemain.

— Excellent, dit poliment Simon. Tu es devenue très douée pour donner du plaisir à tes partenaires masculins. On verra bientôt à quel point tu maîtrises maintenant l'art d'être satisfaite par des moyens auxquels tu n'es pas habituée.

— Qu'est-ce qui va se passer ?

— Demain, tu seras dans un état de totale impuissance. Pas comme la fille du sous-sol dimanche dernier, mais parce que tu ne pourras rien faire pour contrôler la rapidité avec laquelle ton plaisir va monter et exploser.

Natalie recommençait à se sentir nerveuse.

— Est-ce que je ferai partie d'un groupe ?

— Non, il n'y aura qu'un homme et toi.

— Est-ce que je le connais ?

— Oh oui !

Natalie décelait à présent une note de satisfaction dans sa voix.

— Tu le connais très bien, en effet.

— Est-ce qu'Anil est de retour ce week-end ? demanda-t-elle avec enthousiasme.

Simon fronça les sourcils.

— Anil ?

— Oui, vous savez bien. Mon partenaire samedi dernier, après...

— Ah oui ! bien sûr, Anil. Non, désolé de te décevoir, mais Anil n'est pas là ce week-end.

— Alors, de qui s'agit-il ?

— Eh bien, de moi, évidemment. Bonne nuit.

Là-dessus, Simon quitta la pièce, laissant Natalie se rhabiller, puis traîner son corps frustré et agité jusqu'à sa chambre.

Elle savait qu'elle devrait se masturber jusqu'à l'orgasme sous la douche, sinon elle ne réussirait jamais à s'endormir. Mais le plaisir ne serait pas le même que s'il lui avait été donné par Craig ou Simon. De toute façon, les dernières paroles du tuteur avaient complètement gâché la satisfaction que Natalie aurait pu elle-même s'offrir. Car la prochaine leçon la rendait désormais très nerveuse.

Quatorze

Le matin suivant, Natalie se réveilla en sursaut lorsque sa porte s'ouvrit avec fracas. Elle se redressa sur son lit, le cœur battant.

— Que se passe-t-il ? demanda-t-elle, inquiète, à Simon qui approchait à grands pas du côté de son lit.

— Rien, répondit-il avec brusquerie.

Et, avant qu'elle ait pu prononcer un autre mot, il lui couvrit les yeux d'un bandeau fait d'un tissu soyeux. Prise de panique, Natalie tendit la main pour se libérer les yeux.

— N'y touche pas, l'avertit Simon. Si tu l'enlèves, tu devras quitter les lieux. Ça fait partie de ta leçon.

— Qu'est-ce que vous allez me faire ?

Natalie se méprisa d'avoir laissé paraître un léger tremblement dans sa voix.

— Plus de questions.

Là-dessus, Simon sortit Natalie de son lit et retira brusquement sa chemise de nuit en la faisant passer par-dessus sa tête avant d'attacher ses poignets devant elle, sans serrer, à l'aide d'un morceau de cordon assez doux. Instantanément, elle se sentit à la fois impuissante et vulnérable. Le cordon n'était pas serré autour de ses poignets, et Natalie savait qu'il lui serait possible de se libérer, mais elle avait bien conscience que, dans ce cas, elle devrait partir du Sanctuaire sur-le-champ. Le cordon symbolisait sa soumission.

Même si elle comprenait très bien le but de cet exercice, la peur ne la quittait pas et, lorsque Simon la força à sortir de la pièce, son angoisse monta d'un cran. Natalie percevait des voix dans le couloir, celles d'autres participants en chemin vers la salle à manger pour prendre leur petit-déjeuner. Quand Simon retira les mains de ses épaules et s'éloigna d'elle, elle se mit à frémir d'humiliation.

Natalie, debout dans ce couloir, totalement exposée, comprit quel spectacle elle offrait. Et pourtant, si la situation était profondément humiliante, elle l'excitait en même temps. Elle sentit ses mamelons se durcir et une douce palpitation naître entre ses cuisses, un désir sourd qui démontrait clairement son excitation grandissante.

— Est-ce qu'on a le droit de la toucher ? demanda un homme.

— Bien sûr, répondit Simon.

Par réflexe, Natalie recula d'un pas, mais se retrouva presque aussitôt bloquée par le mur du couloir. Les mains de l'étranger entrèrent en contact avec sa peau et caressèrent ses seins pendant quelques minutes. Puis une langue vint lécher les pointes dures et gorgées de désir de ses tétons pendant quelques instants excitants, avant que l'homme s'éloigne avec un léger rire.

— Reste exactement où tu es, lui ordonna Simon. Je reviens dans dix minutes environ.

— Dix minutes ! s'écria Natalie. Je ne peux pas rester nue ici pendant tout ce temps !

Mais ses protestations restèrent sans réponse. Seule et frissonnante, il ne lui restait plus qu'à attendre le retour de Simon.

Tout autour d'elle, Natalie entendait le bruit de portes qui s'ouvraient et se refermaient, et, à intervalles réguliers, de gens qui passaient devant elle. De temps en temps, des mains la caressaient, tantôt féminines, tantôt masculines, mais le contact, habile et complice, restait fugace. Il suffisait à faire tressauter ses nerfs d'excitation, mais sans provoquer plus qu'un léger désir. Désir qui, pour être honnête, avait commencé dès que Simon l'avait tirée de son lit.

Après un moment, il lui sembla que tout le monde était descendu prendre le petit-déjeuner, car les portes avaient cessé de s'ouvrir et de se fermer, et plus personne ne la touchait. Cette fois, ce fut un sentiment de colère qui s'empara de Natalie – contre Simon à cause de ce qu'il lui faisait subir et contre elle-même parce que la situation l'excitait. Puis, comme le temps passait, elle commença à s'impatienter.

Alors que différentes émotions traversaient son corps, son excitation sexuelle grandissait. Natalie rêvait que Simon revienne et la touche entre les cuisses, qu'il apaise son désir profond et lancinant, sur le point de la rendre folle. Mais elle n'osa pas bouger. Elle devina qu'on la filmait et que, quelque part, Simon l'observait sur un écran de contrôle.

Enfin, juste au moment où elle commençait à avoir envie de retirer son bandeau, elle sentit une main de chaque côté de sa taille et sursauta de frayeur.

— Ce n'est que moi, dit Simon calmement. Désolé d'avoir été si long. J'ai dû prendre un appel téléphonique.

— Je ne vous crois pas, siffla-t-elle.

— Je me demande bien pourquoi, rétorqua-t-il d'un ton moqueur.

— Je sais que vous vouliez m'humilier, dit rageusement Natalie.

— Pourquoi ferais-je une chose pareille ?

— Parce que vous êtes énervé contre moi à cause de notre entretien dans mon bureau.

Il y eut un silence. Puis Simon tordit son téton droit, bien plus fort qu'il ne l'avait jamais fait. Natalie poussa un cri aigu, mêlé de douleur et de plaisir.

— C'était vraiment vilain de ta part, dit-il d'un ton réprobateur. Je ne mélange jamais mon travail de journaliste avec ma mission ici, au Sanctuaire, et tu ne devrais pas le faire non plus.

— Je ne vous crois pas.

— Rien ne t'y oblige. Allez, viens, tu ne veux quand même pas rester ici toute la journée ? Les gens vont bientôt revenir du petit-déjeuner. Je veux te conduire jusqu'à ma salle de formation avant qu'ils arrivent.

— Vous n'allez quand même pas m'emmener toute nue !

— Je ne vois pas qui m'en empêcherait.

Là-dessus, Simon attrapa ses poings liés et commença à la mener le long du couloir, puis en haut de l'escalier. Natalie avait du mal à le suivre. C'était horrible de ne pas voir où elle posait les pieds et elle avait du mal à se déplacer normalement, car elle craignait de se cogner contre quelque chose.

— Tu n'es pas au bord d'une falaise ici, tu sais, dit Simon. Tu ne risques pas de tomber de haut.

— Alors, enlevez-moi ce bandeau.

— J'ai bien peur que ce ne soit pas possible, pas

avant que la leçon soit terminée. Fais attention. Plus que deux marches, et tu seras sur le prochain palier.

Enfin, Natalie l'entendit ouvrir une porte. Puis il la conduisit dans ce qu'elle supposa être la salle de formation, même si elle ignorait si c'était la même que les autres fois.

Tout à coup, Simon l'attrapa, la poussa vers le sol et la renversa presque sur une pile de coussins. Natalie tenta de garder l'équilibre en déplaçant ses mains attachées un peu partout autour d'elle et prit conscience que chaque coussin était couvert de soie. Elle s'aperçut qu'avec les yeux bandés, son sens du toucher était plus développé que d'habitude.

Simon disposa les coussins afin qu'ils soutiennent le dos de Natalie, puis il lui écarta les jambes avant de s'éloigner d'elle.

— Où allez-vous ? demanda-t-elle, inquiète qu'il la laisse de nouveau seule.

— Tout va bien, je suis toujours là.

Quelques secondes plus tard, Natalie sentit les mains de Simon sur ses cuisses. Puis il glissa la tête entre ses jambes et écarta les lèvres de son sexe avant de donner de petits coups de langue contre son clitoris.

La langue de Simon était glacée, et Natalie poussa un cri de stupéfaction. Un instant plus tard, alors que le froid intense commençait à se dissiper, il ferma sa bouche autour de l'ouverture de son vagin et plongea sa langue profondément en elle, jusqu'à ce qu'elle se tortille d'excitation avec frénésie.

Puis, juste au moment où son corps commençait son ascension vers l'orgasme, Simon s'arrêta et referma ses jambes. Frustrée, Natalie lâcha un gémissement désespéré.

— Attends une minute, lui ordonna Simon.

Et quand les mains du tuteur écartèrent de nouveau ses jambes, elle s'apprêta à sentir le froid de sa langue, laquelle, pourtant, était chaude à présent, comme s'il venait d'avaler une gorgée de thé ou de café brûlant. Sa chair fut de nouveau surprise, mais par la chaleur inattendue de ce contact, cette fois.

Natalie sentait que tout son corps tremblait, alors qu'il montait en flèche vers un orgasme vertigineux. Lorsque Simon enfonça sa langue dans son vagin, les premiers minuscules spasmes du plaisir se manifestèrent en elle.

— C'est beaucoup trop tôt, laissa échapper Simon dans un murmure.

Natalie lâcha un nouveau cri de désespoir, tandis qu'il refermait ses cuisses et abandonnait son corps excité, frustré et agité sur la pile de coussins.

Cette fois encore, Simon s'éloigna d'elle un moment, environ dix minutes d'après l'estimation de Natalie. Puis, alors que sa patience s'épuisait, elle entendit son tuteur qui revenait. Sans un mot, il la retourna sur le ventre et, de ses mains fortes, commença à masser son muscle trapèze avant de descendre vers ses fesses. Bientôt, Natalie se tortilla sur les coussins, essayant désespérément de stimuler son clitoris tandis que les doigts de Simon refusaient de toucher sa petite boule de nerfs palpitante et pleine de désir.

— Tiens-toi tranquille, lui ordonna-t-il. Je ne te le dirai pas deux fois.

— Je ne peux pas m'en empêcher, c'est tellement bon, gémit-elle.

— Eh bien, fais attention de ne pas jouir avant que je te le dise.

Pendant un long moment, Simon continua à masser et à caresser le dos et les fesses de Natalie. Puis sa langue voyagea avec une lenteur alléchante de la plante de ses pieds à ses mollets, jusqu'à l'arrière de ses genoux, avant de plonger enfin dans le minuscule creux à la naissance de sa colonne vertébrale.

Natalie percevait le bruit de sa respiration. Visiblement, le désir de Simon grandissait aussi vite que le sien. Mais ça ne lui était d'aucun réconfort : le corps de Natalie était si tendu d'excitation que sa peau semblait trop serrée, et pourtant Simon n'apportait aucun soulagement à ce terrible état de tension.

Son tuteur l'avait excitée avec une telle lenteur et un tel soin que Natalie ressentait des picotements de désir dans son corps tout entier et, quand il s'écarta d'elle un moment, elle fut certaine qu'il allait bientôt lui permettre de jouir.

Lorsqu'il revint et commença à lui écarter les fesses, elle comprit enfin que l'idée de Simon pour la satisfaire n'avait rien à voir avec la sienne.

Nerveuse, Natalie se tendit. Puis elle sentit qu'il étalait un épais gel lubrifiant entre ses fesses et sur sa vulve, de sorte que ses petites lèvres et son clitoris furent rapidement recouverts de liquide froid. Le contact de ses doigts l'excita encore plus, et Natalie gémit de plaisir lorsque son corps fut transpercé de picotements chauds et délicieux.

— Tu es tellement mouillée que tu as à peine besoin de ce gel, murmura Simon pendant que ses doigts plongeaient un instant dans son orifice vaginal.

Natalie frémit de la tête aux pieds au moment où il appuya légèrement sur son point G et, l'espace d'un terrible instant, elle crut qu'elle allait jouir. Alors, elle fit un effort surhumain pour ne plus penser aux merveilleuses sensations qu'il lui procurait, et le danger passa.

— Très bien, dit-il d'un ton élogieux. Maintenant, voyons si tu aimes ceci.

Les mains de Simon remontèrent de nouveau de sa vulve jusqu'à ses fesses, et, cette fois, Natalie sentit un objet explorer l'ouverture de son rectum, quelque chose de long et pointu. Elle poussa un cri de protestation.

Simon massa brièvement son clitoris lancinant jusqu'à ce qu'elle soit de nouveau détendue.

— Il faut vraiment que tu apprennes à apprécier un peu plus ce type de pénétration, chuchota-t-il. Ce sera certainement important dimanche.

Avant que Natalie puisse répondre, il introduisit un vibromasseur de la main droite dans son orifice anal. Dès que l'objet fut en elle, il commença à vibrer et à pulser, stimulant les nerfs sous sa peau fine comme du papier. Tout doucement, l'inconfort initial disparut, mais le désir intense entre ses cuisses s'aviva, et Natalie eut envie de pleurer de frustration. Elle se sentait si proche de l'orgasme, mais, les mains attachées, elle était incapable de se toucher entre les cuisses.

— Dis-moi ce que tu veux, chuchota Simon.

— Je veux jouir, gémit Natalie.

— Alors, vas-y.

— Je ne peux pas ! Il me faut plus que ça.

— Dis-moi ce que tu veux et je le ferai. Dès cet instant, tu pourras jouir.

Natalie ne voulait rien lui dire, car elle se sentirait encore plus impuissante, encore plus dominée. Mais, après quelques minutes de stimulation incessante du vibromasseur entre ses fesses, elle n'y tint plus.

— Je veux que vous touchiez mon clitoris, murmura-t-elle.

— Parle plus fort.

— Pourquoi me faites-vous ça ? s'écria-t-elle.

— Quoi donc ?

— Pourquoi me faire autant souffrir ?

— Tout ça fait partie de la formation. Crois-moi, ça n'a rien de personnel. Je ne me permettrais pas de le faire si ce n'était pas prévu au programme.

— Je vous en prie, laissez-moi simplement jouir ! cria-t-elle.

— Il faut que tu me dises ce que je dois faire, lui rappela-t-il.

— Touchez mon clitoris ! hurla Natalie à pleins poumons. Je veux que vous le touchiez doucement, que votre doigt lui donne de petits coups jusqu'à ce que je jouisse.

Aussitôt, Simon glissa sa main droite sous le corps de Natalie, tandis que sa main gauche tenait toujours fermement le vibromasseur.

Enfin, après tous les supplices taquins qu'elle avait endurés, Natalie sentit les doigts de Simon glisser le long de sa chair électrisée avant de localiser le petit centre rigide de son plaisir. Natalie retint brusquement sa respiration lorsque Simon massa très légèrement son clitoris, et puis, comme elle le lui avait demandé, il le tapota de la pulpe de son annulaire.

Immédiatement, des ondes de plaisir déchirèrent le corps tourmenté de Natalie, et ses muscles se contractèrent dans un immense spasme d'extase qui la fit rouler, impuissante, sur son lit de coussins. Pendant toute la durée de son orgasme, le vibromasseur continua à stimuler les nerfs de son orifice anal. Natalie eut l'impression que l'objet prolongeait son plaisir, car elle ne pouvait se rappeler en avoir connu d'aussi longs.

Finalement, son corps épuisé se calma. Simon retira la main de son sexe et éteignit en même temps le vibromasseur.

— Bien, on dirait que tu as aimé ça. Maintenant, voyons à quelle vitesse tu peux jouir de nouveau. Je crois que cinq minutes devraient suffire.

— Comment ça, « suffire » ? s'exclama Natalie, le souffle coupé. Vous ne pouvez pas vous attendre à ce que je jouisse sur commande.

— Bien sûr que si. Tu peux faire une pause de deux minutes, et puis nous recommencerons. Seulement, cette fois, je n'utiliserai pas de vibromasseur.

Natalie ne comprit pas ce qu'il voulait dire, ni ce qu'il avait l'intention de faire. La seule chose dont elle était sûre, c'était qu'à cet instant même, il lui serait très difficile d'être de nouveau excitée aussi rapidement.

Toujours aveuglée par son bandeau, Natalie attendait, allongée. Les deux minutes passèrent incroyablement vite, car elle eut l'impression de sentir les mains de Simon sur ses seins seulement quelques secondes plus tard. Il caressa sa poitrine un moment. Même si Natalie ne réagit pas tout de suite, elle sentit ses mamelons se durcir lorsqu'il commença à lécher et à sucer leur chair sensible.

— Tu vois ? murmura-t-il, la bouche près de son oreille. Je savais bien que ce serait facile pour toi.

Natalie était sûre qu'il avait tort. Le simple durcissement de ses tétons ne signifiait pas qu'elle serait capable de jouir. Mais, soudain, pendant qu'elle attendait que Simon la touche ailleurs, il la surprit en la saisissant par les poignets et la tira vers le lit.

Natalie tituba un instant, tomba contre lui et sentit la solidité de son corps mince. Les bras de Simon entourèrent son corps pour la stabiliser, et Natalie eut la certitude que, pendant cet instant, il y avait quelque chose de personnel dans son étreinte et qu'elle comptait pour lui. Puis, comme s'il voulait à tout prix rectifier cette impression, il entreprit de la traîner sauvagement sur la moquette, et Natalie enfonça ses orteils dans les poils doux, effrayée à l'idée de ce qu'il allait faire.

— Ne commence pas à résister, l'avertit-il. Tu t'en es très bien sortie jusque-là.

— Si seulement je pouvais voir quelque chose.

— C'est mieux comme ça. Les sensations sont plus intenses.

Et c'était vrai : son corps ne s'était jamais senti aussi vivant. Malgré tout, Natalie n'aimait pas se retrouver aussi impuissante, et ses mains attachées ne faisaient qu'accentuer cette sensation de vulnérabilité. Simon n'eut aucun mal à lui faire traverser la pièce, en la portant à moitié, et à la placer dos au mur, en bloquant ses mains au-dessus de sa tête.

Le corps tout entier de Simon se pressait contre le sien, et elle sentait à quel point il était excité. Bougeant avec précaution, il projeta son bassin contre elle, d'un mouvement lent et délibéré, réveillant les premières étincelles de désir dans le corps fatigué de Natalie.

La pensée que Simon lui faisait l'amour, qu'il lui donnait du plaisir, procurait à la jeune femme un sentiment de triomphe, car c'était ce qu'elle avait désiré. Natalie voulait le sentir en elle, elle voulait qu'il la possède, pas simplement par devoir, mais par besoin.

— Il te reste trois minutes, chuchota Simon.

Natalie projeta ses hanches contre lui pour essayer d'accélérer la montée de son orgasme.

— Tu n'as pas le droit de bouger, marmonna son tuteur. Tu dois attendre que je te fasse jouir.

— Mais ce n'est pas juste, pas quand je dois atteindre l'orgasme en trois minutes.

— Arrête de me résister, arrête de penser que tu pourrais faire ça mieux que moi. Je n'ai jamais rencontré quelqu'un d'aussi têtu, murmura Simon.

Natalie sentit alors la bouche de son tuteur dans son cou. Ses dents mordillèrent la peau sous son oreille gauche, et Simon frotta brutalement son corps contre elle pendant que sa gorge laissait échapper de profonds gémissements.

Au même moment, Natalie geignit aussi, car des vagues d'excitation commençaient à l'envahir. Les lèvres de son sexe s'ouvrirent pour accueillir Simon, et elle aurait tout donné pour qu'il remplisse le vide dévorant et douloureux entre ses cuisses. Lorsqu'il la pénétra brusquement, Natalie cria de joie.

— Tu aimes ça, pas vrai ?

— Oui, gémit-elle.

Les hanches de Simon cessèrent aussitôt de bouger. Natalie le sentait toujours en elle, mais ne recevait aucune autre stimulation.

Elle avait envie de pleurer de frustration, car elle s'était trouvée tellement proche de l'orgasme, à deux doigts d'un plaisir chaud et délicieux.

— Je suis désolée, haleta-t-elle. Je ne savais pas qu'il était interdit de vous vouloir en moi.

À son grand soulagement, ces mots semblèrent satisfaire Simon, car, dès que Natalie eut parlé, il reprit ses mouvements de va-et-vient.

Elle percevait maintenant le souffle plus rapide de Simon. Tandis qu'il bougeait en elle, la friction de leurs deux corps entrelacés et zébrés de sueur stimula encore plus les deux partenaires, et, en quelques secondes, chacun fut totalement absorbé par l'intensité de leur accouplement.

Les épaules de Natalie frottaient contre le mur. Sa position était peu confortable, mais elle s'en moquait. Simon la prenait si sauvagement, avec toute la fougue de son désir contenu, qu'elle eut la certitude absolue de ne pas s'être trompée sur ses sentiments. Simon éprouvait vraiment quelque chose de plus pour elle que pour toutes les filles de la formation. Alors que Natalie en prenait conscience et que Simon avait perdu toute maîtrise de son propre corps, elle s'aperçut que son temps limite approchait et serra ses muscles vaginaux autour du pénis en elle. Aussitôt, le plaisir qui avait vacillé au plus profond d'elle-même explosa en un spasme dévorant qui se précipita à travers son corps.

L'orgasme de Simon suivit le sien de quelques secondes. Ils haletèrent et tremblèrent ensemble, tandis que leurs muscles se contractaient, vague après vague d'extase, et se calmaient enfin. Natalie s'effondra contre le mur, regrettant de ne pas pouvoir observer l'expression du visage de Simon.

Pendant quelques instants, il resta appuyé contre elle, le temps que sa respiration se calme. Puis, presque à contrecœur, il se retira et libéra les mains de Natalie. Elle sentit ses doigts détacher la corde autour de ses poignets.

— Tu peux enlever ton bandeau maintenant.

Natalie fut heureuse d'entendre que sa voix n'était pas complètement apaisée.

Elle retira vite le bandeau de velours noir. Mais son geste ne fut pas assez rapide, car, pendant qu'elle clignait des yeux et essayait d'adapter sa vision à la lumière, Simon se tourna, lui cachant ainsi l'expression sur son visage.

— Est-ce que j'ai été dans les temps ? demanda Natalie.

— Bien sûr.

Le tuteur avait repris le contrôle de sa voix.

— Tu maîtrises de mieux en mieux l'art de la soumission. Espérons que cela te rende service demain.

Natalie le dévisagea. Tout le plaisir des instants qui venaient de s'écouler disparut dès que lui revint le souvenir du sous-sol.

— Est-ce que je vais vraiment être exposée à la vue de tous ?

Simon la dévisagea à son tour. Pour la première fois, lui aussi avait l'air troublé.

— J'en ai bien peur, répondit-il doucement.

Quinze

Simon expliqua à Natalie qu'elle l'accompagnerait à ses autres cours tout le reste de la journée du samedi. Dans un sens, elle était soulagée qu'on ne lui demande plus rien de trop exigeant. Mais, d'un autre côté, elle ressentait une pointe de déception à l'idée de ne pas pouvoir vivre d'autres moments intimes avec Simon.

Pendant la matinée, Natalie regarda son tuteur donner un cours à des femmes dont c'était la première visite. La plupart commencèrent par lutter contre les contraintes qu'il leur imposait, et plusieurs trouvèrent extrêmement difficile de se laisser attacher et exciter sans avoir aucune maîtrise de la situation. Alors que Natalie observait chacune d'elles se battre contre ses penchants naturels, elle se souvint de ses impressions lors de sa première visite.

Elle avait envie de leur dire que ce que Rob Gill prêchait était vrai, que, si elles consentaient simplement à se soumettre, elles obtiendraient un plaisir encore plus grand qu'elles pouvaient l'imaginer. Mais Natalie savait que toutes ces femmes devaient découvrir ces choses par elles-mêmes.

Dans l'après-midi, on emmena Natalie et plusieurs autres participantes à l'extérieur. Là, Simon leur montra un homme attaché à un arbre, une corde étroite attachée autour de la taille. Toutes furent autorisées à le toucher et à le caresser, ce qui le maintint dans un état de totale excitation tout l'après-midi.

À l'évidence, ce type avait l'habitude d'être satisfait quand et comme il le voulait, car il entra dans une furieuse colère lorsque les femmes l'amenèrent plusieurs fois à la limite de l'orgasme avant de le délaisser au dernier moment. Puis, à mesure que le temps passait, sa colère se transforma en humiliation : quand Natalie caressa légèrement ses testicules gonflés et passa les mains sur ses cuisses et ses fesses, il la supplia de serrer son sexe tendu et de le laisser jouir.

— C'est bien la première fois que je t'entends demander une chose avant de l'obtenir, remarqua Simon, tandis qu'à contrecœur Natalie cédait sa place à une autre fille qui devait continuer à tourmenter gentiment l'individu attaché. Peut-être que tu retiens enfin la leçon.

— Je regrette vraiment d'être venu ici ! cria l'homme.

— Tu veux donc partir ?

Pendant un instant, chaque femme se tut, curieuse de savoir si Simon venait d'échouer avec cet élève. Mais le type finit par secouer la tête.

— J'ai payé cher pour ça… Je ferais aussi bien d'aller jusqu'au bout, marmonna-t-il d'un ton désagréable.

Simon sourit.

— Je crois que tu commences à t'amuser.

Natalie se dit que le tuteur avait raison, car, même si l'homme ne pensait visiblement qu'à atteindre le moment d'extase libérateur, sa chair frémissait d'excitation. Lorsque l'une des filles se frotta contre sa jambe et parvint elle-même à l'orgasme, le corps entier de l'homme trembla de plaisir, alors qu'il n'avait pas encore été autorisé à jouir.

Une heure seulement avant le dîner, le malheureux eut enfin le droit de le faire. La gorge sèche d'excitation, Natalie regarda l'une des filles le prendre dans sa bouche et faire aller et venir ses lèvres et sa langue sur son pénis tendu et enflé. L'homme émit un fort gémissement de plaisir et donna de violents coups de reins. Son corps très tendu frémit, puis tous ses membres furent parcourus de spasmes et se calmèrent.

Alors que l'individu était toujours attaché à l'arbre, les femmes commencèrent à se diriger vers la maison pour se changer avant le dîner.

— Je viendrai te voir dans ta chambre quand tu auras mangé, dit Simon après avoir attrapé le bras de Natalie. Je dois encore t'apprendre deux ou trois choses pour demain.

À vingt-deux heures ce soir-là, elle avait conclu depuis longtemps que Simon l'avait oubliée, lorsqu'elle entendit un léger coup sur la porte.

— Tu es toujours réveillée ? lui demanda Simon.

Natalie ouvrit la porte.

— Bien sûr. Vous m'aviez dit que vous viendriez. Je n'ai pas osé aller me coucher.

— Content de l'entendre. En fait, j'aurais dû venir plus tôt. Rob veut que tu sois en forme demain matin, mais j'ai été retenu par une élève particulièrement récalcitrante. Heureusement, elle est en train de redevenir raisonnable, mais elle a eu encore plus de mal à obéir que toi le week-end dernier.

Désormais, Natalie savait qu'il valait mieux ne pas mordre à l'hameçon. Elle avait envie de protester, de lui dire qu'elle n'avait jamais vraiment opposé de résistance, mais elle préféra rester silencieuse, bien décidée à lui montrer à quel point elle avait changé. Simon la regarda pensivement un moment.

— Je trouve que tu es un peu trop couverte.

Sans attendre ses ordres, Natalie retira ses vêtements et se tint devant lui. Elle était surprise de ne plus se sentir intimidée, ni maladroite, mais au contraire presque fière.

— Tu voulais savoir à quoi servait la barre, continua Simon, désignant d'un signe de tête la poutre en bois suspendue au plafond. C'est une petite réplique de celle à laquelle tu seras attachée demain. Mon but est de t'habituer à la position dans laquelle tu vas devoir rester.

— Je ne suis pas sûre de pouvoir endurer la journée de demain, avoua Natalie.

— Pourquoi ? Tu te débrouilles tellement bien.

— C'est l'idée de tous ces gens qui vont me regarder et être excités par mon humiliation.

— Et par ton plaisir, souligna Simon.

— Je crois que c'est encore pire.

— Tu ne peux pas reculer maintenant.

La voix de Simon était pressante.

— Tu es arrivée si loin dans la formation, et tu t'en es incroyablement bien sortie. D'ailleurs, je serai là pour te regarder.

— Est-ce que c'est censé me consoler ?

Simon eut l'air un peu mal à l'aise.

— Eh bien, je suis ton tuteur.

— Rien de plus ?

— Viens par là, s'empressa-t-il de répondre, visiblement impatient de changer de sujet. Je veux que tu te penches par-dessus la barre et que tu saisisses tes chevilles avec tes doigts. Tu crois que tu peux le faire ?

Natalie n'en était pas sûre. Mais après que Simon eut placé du rembourrage sur la poutre en bois, elle pencha son corps en avant et découvrit qu'en plaçant son ventre sur la barre, elle parvenait juste à attraper ses chevilles.

— Ce n'est pas très confortable, murmura-t-elle.

— Ce n'est pas censé l'être.

Là-dessus, Simon passa derrière elle, et Natalie sentit ses mains se promener sur ses fesses, puis parcourir la chair très tendue du haut de ses cuisses. Ensuite, très lentement, ses doigts s'aventurèrent plus bas, chatouillant ses poils pubiens, jusqu'à ce que son sexe devienne humide et que ses lèvres commencent à gonfler.

— Tu vois : ce n'est pas si mal ?

Le corps de Natalie tremblait d'excitation.

— Oui, si c'est tout ce qui m'arrive demain, admit-elle.

— Ça risque d'être un peu plus compliqué que ça, convint Simon. Mais, au moins, tu es à l'aise dans cette position.

Sans doute, mais Natalie savait qu'elle ne voudrait pas rester comme ça trop longtemps.

— Que se passera-t-il si j'ai besoin de me relever et de m'étirer ? demanda-t-elle en ne plaisantant qu'à moitié.

— En fait, je ne crois pas que tu aies le choix. Bon, maintenant, je peux dire à Rob que tu es assez souple pour être la fille sur la poutre.

— Vous voulez dire que, si je n'avais pas réussi, quelqu'un d'autre aurait dû prendre ma place ?

— Oui, mais on t'aurait donné autre chose à faire de toute façon. Et ça aurait pu être encore pire.

— Ou mieux, souligna Natalie.

— Exact. Maintenant, il faut que tu dormes. Je reviendrai te chercher à six heures. Rob aime que tout soit prêt suffisamment tôt au sous-sol.

— Six heures ! À quelle heure les autres participants viennent-ils me regarder ?

— Après le petit-déjeuner.

— Mais ce sera trois heures plus tard !

— Je serai avec toi pendant tout ce temps pour te mettre dans l'ambiance. Bonne nuit.

Simon quitta la pièce si rapidement que Natalie n'avait pas encore eu le temps de descendre de la barre, et elle se demanda s'il avait fait ça pour la stresser. Si c'était le cas, il avait réussi, car elle passa ensuite une nuit agitée.

Quand Simon vint chercher Natalie à six heures le lendemain matin, elle était déjà réveillée et habillée.

— Tu n'as pas fermé l'œil ? demanda-t-il, plein d'attention.

— J'avais mis mon réveil, mentit-elle.

— Comme c'est coopératif de ta part. Je suppose que tu ne veux rien manger, mais aimerais-tu boire un café avant de descendre ?

— Un verre d'eau me suffira.

Simon alla en chercher un à la salle de bains. Puis, en silence, ils prirent le chemin du sous-sol. Une fois de plus, Natalie fut frappée par l'obscurité de l'endroit, et, dès qu'ils sortirent de l'ascenseur, elle commença à trembler de peur.

— Sois courageuse, chuchota Simon. C'est presque fini maintenant. Une fois que tu auras terminé cette journée, tu partiras d'ici en tant que membre à part entière du Sanctuaire. Ça signifie que tu pourras toujours fréquenter des gens qui ont les mêmes envies que toi, car on va te fournir une liste d'autres membres à ton départ.

— Vous êtes la seule personne qui m'intéresse.

Simon ignora sa remarque et la poussa rapidement vers la pièce où elle allait être exposée à la vue de tous.

— Tu peux te changer ici, lui indiqua-t-il tandis qu'ils entraient dans la pièce sombre au plafond bas et aux murs de pierre. Tu dois enfiler des porte-jarretelles, des bas et des chaussures à talons hauts. Tes vêtements seront mis de côté en attendant que tu aies terminé.

Une fois qu'elle fut changée, Simon fit marcher Natalie autour de la pièce afin de pouvoir l'examiner. Cette fois, elle était très embarrassée de parader de cette façon devant lui.

— Tiens-toi droite, lui ordonna-t-il. On t'a appris à être fière de ton corps.

— J'ai pourtant des raisons d'être nerveuse aujourd'hui, rétorqua Natalie.

Simon soupira.

— Je pensais vraiment qu'à présent, tu savais t'abstenir de répondre. Bon, voici la poutre par-dessus laquelle tu seras penchée. C'est à peu près la même que celle de ta chambre.

— Elle est beaucoup plus large, remarqua Natalie.

— C'est pour la rendre plus confortable pour toi, car tu passeras plus de temps sur celle-ci. Regarde : en posant ton ventre sur la partie rembourrée, tu seras plus à l'aise. C'est bien, tends les bras et attrape tes chevilles comme tu l'as fait hier soir.

Natalie, obsédée par ce que les spectateurs allaient voir d'elle, comprit seulement en entendant le déclic d'une paire de menottes que Simon avait attaché ensemble ses poignets et ses chevilles. Désormais, penchée par-dessus la barre, corps et jambes tendus, elle ne pourrait plus changer de position.

Simon se plaça en face d'elle, s'accroupit et commença à caresser ses seins de la main gauche. Il pressa ses douces masses de chair jusqu'à ce que Natalie gémisse de plaisir, puis attrapa chaque mamelon tour à tour avec sa bouche, les suçant fermement avant de jouer avec sa langue sur leurs petites pointes tendues. De délicieuses vagues de plaisir envahirent Natalie, et ses nerfs à vif envoyèrent d'intenses picotements d'excitation à travers son corps tout entier, jusqu'au plus profond de sa chair.

Puis Simon fit remonter sa main droite le long des cuisses de Natalie, enveloppées dans les bas qu'elle avait enfilés, avant de tirer doucement sur ses poils pubiens et de prendre sa vulve dans le creux de sa main. Il pressa ensuite la paume sur son sexe afin que la tension commence à monter dans le bas-ventre.

— Tu es tout près de l'orgasme, pas vrai ? chuchota-t-il. Ça va, tu peux jouir parce qu'on ne fait que s'entraîner. Mais tu n'en auras pas le droit une fois que les spectateurs seront là – et quoi que je te fasse.

— Mais je vais sûrement jouir ! s'écria Natalie, l'air consterné.

— Bien sûr, c'est justement le but. Chaque fois que tu jouiras, tu devras t'excuser auprès de moi et me demander de te punir.

— Vous demander de me punir ? s'exclama-t-elle, incrédule.

— Exactement.

— C'est la chose la plus humiliante que j'aie jamais entendue !

— Je sais. C'est parce qu'il s'agit de te tester une dernière fois.

Tout en parlant avec Natalie, le tuteur continuait à masser ses seins de la main gauche, tandis que la droite pressait sa vulve sans interruption. Soudain, toutes ces délicieuses sensations s'additionnèrent, et un merveilleux orgasme ondula à travers elle.

— Je vais prendre mon petit-déjeuner maintenant, dit Simon en passant un doigt le long de sa colonne vertébrale. À mon retour, j'amènerai des spectateurs. Et alors, le test commencera vraiment.

Lorsqu'il fut parti, Natalie tenta de trouver une position plus confortable, et puis, comme son corps se calmait, elle repensa à son ancienne vie, celle d'avant le Sanctuaire.

Elle se demanda comment elle avait bien pu en arriver là – nue, attachée, et complètement perdue dans un monde pervers et sombre de sensualité érotique, dont elle n'aurait jamais, même dans ses rêves les plus fous, imaginé l'existence.

C'était à cause de Jan qu'elle était ici, et maintenant Natalie comprenait pourquoi son amie avait tant changé après sa propre formation. Elle ne pouvait s'imaginer un seul instant revenir à son ancienne vie, une fois terminée sa dernière leçon, car son corps avait pris l'habitude d'être satisfait de différentes façons. Il avait besoin du type de stimulation qu'on lui avait appris à aimer ici. Elle n'avait plus envie de dominer les hommes, car elle savait qu'en se soumettant à eux, elle en tirerait plus de satisfaction.

D'ailleurs, Natalie était sûre, d'après l'expression de Simon, qu'en acceptant de se soumettre, elle avait réussi à le rendre esclave. Elle était absolument convaincue que son tuteur la désirait et que, quand il la prenait, le plaisir était aussi grand pour lui que pour elle.

Natalie essayait encore de déterminer comment concilier cette toute nouvelle envie de soumission sexuelle avec sa vie professionnelle, lorsque la lourde porte en bois s'ouvrit en grinçant.

Simon entra alors, suivi d'un groupe de clients et de Marc, qui l'avait observée pendant sa toute première leçon. Quelqu'un baissa aussitôt la lumière. Puis on alluma un spot, dont le faisceau éclaira son corps attaché et très tendu sur la poutre en bois.

Heureusement, comme Natalie avait la tête en bas, elle n'eut pas à regarder les spectateurs. Elle écouta plutôt Simon leur expliquer qu'elle n'était pas censée atteindre l'orgasme et devrait demander une punition si elle jouissait par erreur ou par manque de maîtrise de soi. Une fois qu'il eut terminé ses explications, Natalie perçut le léger bourdonnement de leurs conversations impatientes. Puis, tandis que Simon s'approchait d'elle, le silence se fit.

Debout derrière Natalie, le tuteur tendit les mains et les posa sur ses épaules. Puis il caressa avec beaucoup de tendresse son corps fermement attaché.

Ses mains se déplaçaient à un rythme constant, ses doigts glissaient sur sa chair, et, de temps en temps, Simon passait devant elle afin de pouvoir caresser ses seins.

Au début, Natalie n'eut pas la moindre envie de jouir, sans doute à cause des spectateurs. Mais, alors que les minutes s'écoulaient, que les doigts habiles et complices de Simon pétrissaient ses seins sensibles, puis caressaient son bas-ventre sous la barre, les premiers picotements d'excitation se répandirent dans son corps.

Alors, de nouveau, Simon posa la bouche sur ses seins. Cette fois, lorsque ses tétons se gonflèrent, il les mordilla, et Natalie, très excitée, dut brusquement retenir son souffle.

Puis Simon repassa derrière elle et glissa une main sous son corps. Elle sentit qu'il étalait une crème épaisse sur sa vulve, qu'il en couvrait les petites lèvres de son sexe et son clitoris, avant de remonter un peu plus haut. Là, il écarta ses fesses afin de pouvoir étaler le lubrifiant autour de son anus.

C'était délicieux. Le contact frais et onctueux de la crème, associé aux mouvements sensuels de ses doigts, provoqua rapidement l'extase de Natalie. Elle sentit son corps se tendre tandis qu'approchait l'orgasme.

— Elle va jouir, murmura l'un des spectateurs.

Ces mots ne firent qu'augmenter l'excitation de Natalie.

— Fais attention, l'avertit doucement Simon.

Mais il était clairement conscient que Natalie ne pouvait plus se maîtriser. Ses seins étaient gonflés et palpitants, sa chair, dévorée par le désir. Alors, Natalie sentit Simon contre elle et sut qu'il s'était déshabillé. Le bout de son sexe en érection poussa les grandes lèvres de sa vulve et glissa doucement entre elles tandis que Natalie l'aspirait profondément en elle. Comme Simon effectuait de rapides mouvements de va-et-vient en s'efforçant de stimuler son point G à chaque passage, elle sentit un fort élancement derrière son clitoris – et c'est alors qu'elle jouit sans prévenir et fut submergée par les pulsations chaudes et délicieuses de la délivrance.

Simon, qui n'avait pas atteint l'orgasme, se retira. Lorsqu'il parla, son ton était froid et détaché.

— Comme vous pouvez le voir, dit-il aux spectateurs excités, cette jeune femme n'a pas réussi à se contrôler. Maintenant, pour reconnaître son échec, elle va me demander de la punir.

Natalie, toujours secouée par les dernières étincelles de son orgasme, ne put croire que ça lui arrivait. Elle ouvrit la bouche pour parler, pour demander sa punition, mais les mots ne parvinrent pas à sortir. Même au dernier stade de sa formation, c'était encore trop lui demander.

Natalie ne voulait pas être punie, ne voyait pas pourquoi elle devait l'être, car tout ce qu'elle avait fait, c'était de permettre à sa sexualité de prendre le pouvoir. Le plaisir qu'elle avait ressenti était celui que Simon lui avait appris à aimer. Si elle avait joui, ce n'était pas sa faute, mais celle de son tuteur – et celle des règles du Sanctuaire.

Un profond silence régnait dans la pièce. La tension était palpable tandis que chacun attendait de savoir si Natalie allait suivre ou non les instructions.

— J'attends, Natalie, dit froidement Simon.

Elle perçut une pointe d'irritation dans sa voix.

Mais, comme elle ne pouvait toujours pas se résoudre à prononcer les bons mots, à être totalement soumise, son tuteur posa les mains dans le bas de son dos. Natalie sentit la tension dans ses doigts et comprit soudain que ce test était aussi important pour lui que pour elle. Si elle ne s'exécutait pas, si elle échouait, Simon échouerait aussi, car il était responsable de sa formation. Il fallait qu'elle obéisse, pour elle autant que pour son tuteur.

— Je suis désolée d'avoir joui, chuchota-t-elle. S'il vous plaît, punissez-moi, car je n'ai pas su me contrôler.

— Ça, je vais le faire, tu peux me croire, dit Simon.

Natalie tressaillit au ton de sa voix.

L'ambiance dans la pièce était électrique tandis que les spectateurs, tout comme Natalie, attendaient de voir quelle allait être sa punition.

Pendant ce qui sembla une éternité, Simon la tint en haleine. Puis Natalie entendit quelque chose de dur taper sur la poutre à côté d'elle.

— Tu sais ce que c'est ?

Natalie le devinait. Elle était sûre qu'il s'agissait de la poignée d'une cravache. Aussitôt, son corps se tendit de crainte. La main gauche de Simon se leva au-dessus de ses fesses, et la cravache tomba sur l'arrière de ses cuisses.

Puis, après une pause à peine supportable, Natalie remarqua une sensation aiguë et cuisante juste sous ses fesses. Ce n'était pas vraiment une douleur, plutôt un picotement. Elle poussa un petit cri au moment où la cravache retomba, cette fois quelques millimètres plus haut.

Natalie reçut en tout six coups de fouet, jamais au même endroit. Après le dernier, elle eut l'impression que sa peau était en feu. Cette chaleur l'excitait tant qu'elle se tortilla sur la barre afin d'augmenter la pression sur son ventre, car son corps capricieux réclamait satisfaction.

Natalie fut choquée par sa propre réaction. *Comment ai-je pu devenir si perverse ?* se demanda-t-elle. Comment quelqu'un pouvait-il trouver du plaisir dans l'humiliation et l'inconfort ? Natalie l'ignorait. Ce qu'elle savait, en revanche, c'est que ce scénario était la chose la plus excitante qu'elle ait jamais vécue.

Une fois la punition terminée, Simon alla chercher deux jeunes femmes dans le groupe de spectateurs.

— Natalie a toujours cru savoir ce qui satisfaisait le mieux son corps, expliqua-t-il. Et, d'après les informations qu'on m'a transmises, vous pensez la même chose toutes les deux. Alors, si vous maîtrisez si bien le plaisir féminin, Natalie devrait être presque incapable de résister à vos tentatives de la satisfaire.

— Vous voulez dire que nous devons la faire jouir ? demanda l'une des filles.

— Si vous le pouvez. Mais, bien entendu, Natalie devra essayer de résister.

Désespérée, Natalie se mordit les lèvres, cependant que l'une des participantes passait le bout pointu d'un ongle autour de chacune de ses aréoles.

— Je sais à quel point c'est agréable, chuchota la fille. Tu vas te sentir tellement bien. Et puis quand tes tétons seront durs, je vais les pincer. Ce sera parfait, tu vas voir.

Ces mots rendirent Natalie presque folle de désir : ce que disait la fille était tellement vrai. Pendant qu'un ongle effleurait sa chair, soudain tendue de plaisir, Natalie sentit son entrejambe se mouiller. Dès que ses tétons se durcirent et que la fille les pinça, Natalie fut transpercée par la sensation exquise d'un désir ardent. Et elle dut le combattre désespérément afin de réfréner l'orgasme qui montait à toute allure.

Alors même qu'elle était au point le plus critique, elle sentit l'autre fille se placer de façon à pouvoir ouvrir de ses mains les lèvres de son sexe. Sa langue délicate vint alors caresser la chair humide et pleine de désir.

— Non, je vous en prie ! s'écria Natalie. C'est tellement bon. Je sais que je vais jouir.

— Tu devrais pouvoir te contrôler mieux que ça maintenant, dit sévèrement Simon.

Natalie aurait tellement souhaité lui donner raison. Elle ne voulait pas jouir encore une fois, ni être punie devant tous ces gens. Mais elle était si excitée qu'il lui fut impossible de penser à autre chose. Tandis que la langue de la deuxième fille tournoyait avec légèreté sur le bout de son clitoris, le corps entier de Natalie se raidit, et elle poussa un cri, car un orgasme l'envahissait.

La première fille continua à caresser les seins de Natalie jusqu'à ce que son corps soit parfaitement immobile.

— Ça avait l'air bien, murmura-t-elle. Pourquoi les hommes sont-ils donc incapables de nous donner ce genre de plaisir ?

Natalie ne répondit pas, car elle savait à présent que c'était faux. Certains hommes pouvaient en effet lui procurer autant de satisfaction – mais seulement si elle voulait bien les laisser faire.

— Encore un échec, dit Simon d'un ton accablé. Tu sais ce qu'il te reste à faire.

Natalie se demanda combien de fois cette situation allait se répéter.

— Je suis vraiment désolée, répondit-elle, la voix presque brisée de désespoir. J'ai essayé, vraiment, je vous assure.

— Pas assez, commenta-t-il.

Cette fois, elle n'eut pas besoin d'attendre très longtemps avant de découvrir sa nouvelle punition. Quelques secondes plus tard, Simon écarta ses fesses, et elle sentit l'extrémité molle d'une sonde vibrante appuyer sur son anus. Grâce au gel qu'il avait étalé sur elle un peu plus tôt, l'objet glissa facilement à l'intérieur de son rectum. Tandis que la sonde vibrait en elle et excitait ses nerfs déjà survoltés, l'inconfort initial disparut rapidement, et son corps réagit en offrant à Natalie un nouvel orgasme. Elle tenta désespérément de le cacher, à la fois à Simon et aux spectateurs.

— On dirait que tu finis par aimer les punitions, chuchota Simon tout en retirant l'impitoyable sonde. Maintenant, je vais jouir en toi, mais tu dois continuer à te retenir. C'est compris ?

— Oui.

Tandis que les spectateurs regardaient la scène dans un silence impatient, Simon la pénétra une fois de plus. Il commença à un rythme lent, allant et venant doucement en elle, et fit pivoter ses hanches afin que chaque partie de son corps soit stimulée.

L'estomac de Natalie se gonfla, et la pression de la poutre ne fit qu'augmenter cette sensation de lourdeur et de tension dans son ventre. Elle était stupéfaite de la vitesse à laquelle son plaisir recommençait à monter, mais elle était cette fois déterminée à ne pas laisser Simon triompher. Elle se maîtriserait pour de bon, quoi qu'il lui fasse.

Peu à peu, les coups de reins de Simon s'accélérèrent, jusqu'à atteindre un mouvement fort et rapide de va-et-vient. Ses hanches claquaient contre les fesses de Natalie à chaque poussée. Très vite, elle se retrouva terriblement près du point de non-retour. Quand elle en prit conscience, Natalie attendit que Simon soit profondément en elle, puis serra fort ses muscles pelviens autour de son sexe et exécuta une série de contractions rapides.

Elle l'entendit retenir son souffle et sut qu'elle le forçait à jouir plus tôt qu'il n'aurait voulu. L'homme lutta pour retarder son propre orgasme, mais, tandis qu'elle serrait encore une fois ses muscles autour de son sexe, elle devina qu'il ne tiendrait plus très longtemps.

Malheureusement, chaque fois qu'elle comprimait son pénis, son propre plaisir augmentait. Des perles de sueur tombaient de son front sur le sol à mesure que la chaleur et l'envie mouillaient sa peau. Soudain, Natalie sentit les premières étincelles de son orgasme et sut qu'elle ne pourrait plus le retenir. Elle était sur le point de lâcher un cri de désespoir, mais, dans un grognement étouffé, Simon déversa son sperme en elle, et Natalie fut enfin sauvée.

Toujours effrayée à l'idée d'être punie, elle attendit aussi longtemps que possible, le corps prêt à plonger dans le délicieux ravin du plaisir.

— Tu peux jouir maintenant, dit Simon, la voix pleine de désir. Tu as tenu plus longtemps que moi.

Tout en parlant, il passa la main devant elle et pressa fermement son sein droit. Aussitôt, un troisième orgasme – le plus intense – envahit Natalie, mais cette fois, cela n'avait plus d'importance, car il n'y aurait plus de punition à présent.

Pendant plusieurs minutes, Natalie resta affalée sur la poutre, le souffle rapide, les muscles relâchés et épuisés.

— C'est fini ? se demanda un spectateur.

— Je crois bien que oui, dit un autre, la voix pleine de regrets.

— On ferait mieux d'aller voir ce qui se passe dans les autres pièces, alors.

En quelques secondes, l'endroit sombre se vida, et il ne resta plus que Natalie et Simon. Elle sentit les mains de l'homme défaire les menottes qui liaient ses poignets à ses chevilles, puis il l'aida à se relever et massa ses muscles tandis qu'elle essayait de redresser son dos.

— Tu es merveilleuse, dit-il calmement. Absolument magnifique.

— Je l'ai fait pour toi, répondit-elle.

Simon hocha la tête.

— Je sais.

— Tu ressens vraiment quelque chose pour moi, n'est-ce pas ?

— Ce n'est pas autorisé, répondit lentement Simon.

— Ce n'est pas ce que je t'ai demandé.

— Peut-être que oui. Mais il n'y a rien que nous puissions faire. Je ne veux pas perdre mon travail ici.

— Pas même si tu en trouves un bon dans le journalisme ?

— Je préfère ne pas savoir ce que tu veux dire par là. Je vais te conduire à l'étage maintenant – à moins que tu aies envie de voir ce qui se passe dans les autres pièces ?

— Ce n'est pas la peine. Je pense avoir appris tout ce qu'il fallait pendant mes deux week-ends au Sanctuaire. Je n'ai qu'une envie maintenant : c'est de prendre une douche et de me reposer.

— Ça me semble une bonne idée, admit Simon. Tiens, je t'apporterai quelque chose à manger dans une heure. Tu n'as pas pris de petit-déjeuner, tu te rappelles ?

— Ce serait sympa, dit Natalie, parvenant à masquer l'excitation dans sa voix.

Il lui paraissait maintenant évident que leur attirance était réciproque. Ce qui semblait moins simple, c'était la possibilité de faire progresser leur relation. Car le séjour de Natalie touchait à sa fin.

Seize

— Délicieux ! s'exclama Natalie après avoir englouti la salade au jambon et avalé le verre de vin que Simon lui avait servis.

— Je t'en aurais bien apporté plus. Mais je savais que tu ne voudrais pas avoir le ventre trop plein pour cet après-midi.

Natalie fronça les sourcils.

— Que veux-tu dire ?

— Je croyais que tu savais ce qui était prévu pour ton dernier après-midi ici. Rob Gill aime vérifier par lui-même quel profit ses clients ont tiré de leur formation, quel qu'ait été leur tuteur. Sue et lui vont s'employer à te satisfaire. La chose importante à ne pas oublier, c'est que tu ne dois rien tenter à aucun moment. Il veut simplement s'assurer que tu n'essaies plus de prendre et de garder le pouvoir pendant une relation sexuelle.

— Tu seras là ?

— Je te regarderai, mais je ne serai pas autorisé à participer. Ce sera pour moi le moment d'évaluer tes progrès, pour mes notes personnelles.

— Je vois, dit lentement Natalie.

Elle ignorait si elle devait se réjouir ou non. Dans

un sens, cette perspective l'excitait, car ce serait une expérience de plus. D'un autre côté, elle n'était plus vraiment intéressée par d'autres partenaires que Simon. Cependant, afin d'achever la formation de manière satisfaisante et d'obtenir la liste des membres, il fallait bien que Rob Gill soit content de ses progrès. Et, de toute évidence, ce dernier exercice était le seul moyen pour lui de les tester.

Peu de temps après, Natalie suivit Simon dans un petit salon à l'arrière de la maison. Sur la porte était indiquée la mention RÉSERVÉ AU PERSONNEL, et Rob Gill l'attendait au milieu de la pièce.

Il lui sourit de ses yeux bleus perçants, l'air approbateur.

— Je vous ai vue ce matin. Vous avez fait beaucoup de progrès, la félicita-t-il.

— Oui, grâce à Simon et à votre programme.

— Vous considérez-vous comme une cliente satisfaite ?

Natalie hocha la tête.

— Tout à fait.

— Excellente nouvelle. Sue et moi allons nous assurer que vous l'êtes à tous points de vue avant que vous nous quittiez pour de bon. À partir de maintenant, abandonnez-vous à moi. Avec Sue, je vais prendre votre plaisir en main. Je suis sûr que vous ne décevrez pas votre tuteur. Je sais à quel point vous tenez à Simon.

Un signal d'avertissement retentit dans la tête de Natalie.

— Il a été un bon professeur, en effet, convint-elle.

Rob ne répondit pas.

— Sue, peux-tu déshabiller Natalie, s'il te plaît ?

Natalie se tint droite tandis que la fille aux cheveux

auburn, qu'elle avait rencontrée pour la première fois à l'accueil le week-end précédent, ouvrait la fermeture de la robe dans son dos et faisait glisser le vêtement sur ses épaules. Dessous, Natalie portait un soutien-gorge en dentelle crème et un slip à la bordure assortie, mais n'avait pas enfilé de bas.

— Tu as de très beaux seins, murmura Sue.

Pendant quelques secondes, elle suça légèrement les aréoles à travers la dentelle. Comme le tissu caressait ses tétons qui se durcissaient rapidement, Natalie sentit la chair entre ses cuisses picoter par anticipation. Puis Sue s'arrêta et retira le soutien-gorge de Natalie.

Tout en faisant glisser la culotte, l'assistante de Rob embrassa son bas-ventre et lécha la peau sur ses hanches, qui tressaillirent aussitôt. Natalie projeta son bassin en avant dans un mouvement incontrôlable.

— Ne sois pas si pressée, chuchota Sue. Le plaisir commencera très bientôt.

Complètement nue, Natalie regarda Rob avancer vers elle, un bandeau dans les mains. Elle aurait préféré ne pas avoir à en porter, car elle voulait regarder ce qu'ils allaient faire. Mais, encore une fois, elle sut qu'elle n'avait pas le choix. C'était à Rob de choisir comment lui serait accordé son plaisir.

Après avoir couvert ses yeux, Rob et Sue l'allongèrent avec précaution sur la moquette. Puis, à sa grande surprise, Natalie perçut le léger murmure d'autres voix. Maintenant, de nouvelles mains tenaient ses poignets et chevilles, écartaient ses membres en croix et ouvraient son sexe pour Rob et Sue. Natalie se demanda qui étaient ces personnes et où elles s'étaient cachées un peu plus tôt. Heureusement, elle n'eut que peu de temps pour y réfléchir, car, presque aussitôt, les doigts menus de Sue caressèrent ses seins. Puis elle posa de nouveau ses lèvres sur ses mamelons engorgés, et Natalie poussa de petits cris de plaisir.

Elle s'attendait à sentir le contact des doigts de Rob, mais, à la place, d'autres mains légères commencèrent à enduire son corps d'huile. Natalie comprit seulement à cet instant qu'on l'avait trompée. Rob et Sue ne seraient pas seuls dans cet exercice.

D'autres se trouvaient avec eux dans la pièce, d'autres qui allaient la toucher et l'exciter. Curieusement, Natalie s'en moquait à présent, car quelqu'un était déjà occupé à sucer ses orteils et caressait ses chevilles des doigts, tandis qu'une autre personne tournait son corps sur le côté. Ainsi, Natalie allait être stimulée de nombreuses façons.

Tous et toutes commencèrent par travailler avec lenteur et douceur, effleurant sa chair à l'aide de foulards de soie et de plumes, jusqu'à ce que le corps de Natalie se contracte et ondule en jouissant. Puis ils la laissèrent quelques instants avant de l'exciter à nouveau et l'emmenèrent, par des gestes tendres et attentionnés, vers une succession d'orgasmes. Natalie ne s'était jamais sentie aussi choyée, aussi détendue. Mais ensuite, comme sa chair ne parvenait plus à répondre aux doux stimuli, le rythme changea.

Natalie pensa que les femmes s'étaient éloignées, car chaque main semblait maintenant plus longue et plus forte. Cette fois, pendant qu'elle reposait sur son flanc gauche, les jambes fermées, quelqu'un écarta ses fesses. Un doigt chatouilla l'entrée de son rectum, avant d'y verser quelques gouttes d'huile. Sa chair tressaillit au contact froid et inattendu du liquide. Mais, avant que Natalie ait eu le temps d'anticiper la suite, un vibromasseur long et épais traversa son orifice anal et fut allumé sur-le-champ.

Elle se mit à trembler, poussa un cri mêlé de douleur et de plaisir, et sentit ses seins s'écraser contre le torse d'un homme.

Puis des mains écartèrent les lèvres de son sexe, et l'extrémité d'un pénis commença à aller et venir dans son vagin. Chaque fois qu'il glissait sur son clitoris gonflé et palpitant, Natalie haletait de plaisir.

Son être tout entier était envahi de sensations incroyables. On augmenta la vitesse du vibromasseur, et, au même moment, l'homme – Rob peut-être ? – étendu contre Natalie se glissa en elle. Son corps était ainsi totalement comblé.

Natalie sentait tous ses membres trembler. Alors que la tension s'accumulait, elle se demanda comment son système surexcité allait pouvoir faire face quand elle finirait par jouir. La réponse ne mit pas longtemps à venir. Les nerfs survoltés et les seins gonflés, elle sentit ses muscles commencer à se contracter. Puis un orgasme l'envahit et secoua son corps comme s'il était électrocuté.

Natalie se projeta d'avant en arrière. Chaque mouvement amplifiait sa stimulation, tandis que le vibromasseur poursuivait son impitoyable mission et que l'homme, son sexe en érection profondément introduit en elle, lui donnait de forts coups de reins. L'intensité du plaisir la rendit presque folle. Natalie s'entendit pousser des cris étranges pendant qu'elle s'abandonnait totalement aux mains de ces inconnus.

Dans les moments qui suivirent, elle cessa de compter ses propres orgasmes ou de chercher ce qu'on lui faisait exactement. Certaines femmes revinrent. Elles léchèrent et sucèrent avec soin son clitoris, qui se rétracta jusqu'à ce qu'elle jouisse de nouveau. Au même moment, leurs doigts légers et souples exerçaient tout leur talent en elle.

Ils appuyèrent sur les parois de son vagin et frottèrent doucement son point G, quand le doux désir envahit son ventre et un spasme de délivrance vint encore une fois contracter tout son corps.

Natalie perdit toute notion du temps, tout sens de la réalité. Seules deux choses lui importaient désormais : le plaisir qu'on lui donnait et le sentiment merveilleux d'être enfin capable de s'abandonner complètement aux désirs des autres dans le but d'obtenir cette incroyable récompense.

Rob finit par intervenir.

— Ça suffit.

Et Natalie, qui s'en voudrait ensuite toute sa vie, poussa un cri de colère, car elle ne voulait pas en rester là. Mais chacun obéit à Rob instantanément, et soudain la jeune femme se retrouva seule, la chair chaude, zébrée de sueur et tremblant encore légèrement sous l'effet des excès sexuels de l'après-midi.

Plus personne ne lui tenait les poignets, ni les chevilles, mais Natalie se sentait trop épuisée pour bouger. Tous ses muscles semblaient ramollis : elle avait l'impression que ses os s'étaient liquéfiés et que son corps ne pesait plus rien. C'était une sensation extraordinaire, et elle se dit qu'elle ne l'éprouverait sans doute plus jamais.

— Vous avez vraiment beaucoup progressé grâce à notre formation, dit Rob en lui retirant le bandeau. Votre tuteur sera félicité.

Natalie, toujours à bout de souffle, hocha la tête.

— Je n'ai pas l'impression d'avoir dépensé mon argent pour rien.

Rob sourit.

— Non, cela me semble évident. Vous pouvez partir quand vous voulez, à présent. Il n'y aura pas d'autre leçon pour vous, je le crains, car vous n'en avez plus besoin. Quant à mon discours, je pense que vous pouvez vous en passer. Vous avez compris nos règles. Je dirais même que vous êtes l'une des clientes les plus réceptives que nous ayons eues. Qu'est-ce que tu en penses, Simon ?

— J'ai vu mieux, dit brièvement le tuteur.

Rob plissa les yeux.

— Tu en es sûr ?

— Oui.

— Bon. Je voudrais vous rappeler, à l'un et à l'autre, que ceci est une formation et qu'aucune relation d'ordre personnel n'est autorisée entre tuteurs et clients. Et si l'un de vous l'a oublié, alors il est essentiel que Natalie quitte les lieux sur-le-champ.

— Je ne peux pas me porter garant de Natalie, mais j'aurais cru que tu me connaissais assez bien pour ne pas douter de ma fiabilité, dit brusquement Simon.

Natalie comprit qu'elle devait intervenir, trouver n'importe quel argument pour mettre fin aux soupçons de Rob.

— Je sais que la formation m'a transformée, dit-elle en s'asseyant pour commencer à chercher ses vêtements. Elle ne m'a pas changée en tant que personne, cependant, et Simon n'est vraiment pas mon genre.

— Content de l'entendre, dit Rob.

Il tendit la main.

— J'espère que nous vous reverrons ici de temps en

temps, lors de nos réunions annuelles. Il s'agit plutôt de fêtes qui durent deux jours et qu'on organise à Noël, à Pâques, ou à d'autres périodes comme celles-là. Ce ne sont pas vraiment des leçons, mais plutôt de simples rassemblements de gens qui savent comment s'amuser, si vous voyez ce que je veux dire.

— Je vois très bien, et j'adorerais venir, dit Natalie avec un sourire.

Rob quitta la pièce, et elle ouvrit la bouche pour parler. Mais Simon l'avertit en jetant un regard vers le coin de la pièce, et Natalie comprit qu'ils étaient sans doute encore filmés.

— Vous pouvez y aller maintenant, lui dit-elle d'un ton cassant. Je vais me rhabiller, faire mes bagages et partir.

— Je porterai tes valises jusqu'à la voiture quand tu seras prête, dit Simon.

Il parvint à prendre l'air totalement indifférent, et Natalie espéra qu'à eux deux, ils avaient déjoué la méfiance de Rob.

Le temps que Simon monte dans sa chambre pour venir chercher ses bagages, Natalie avait enfilé un léger costume de soie beige, dont la veste longue dissimulait un caraco lilas.

— Je vois que tu as remis ton armure de femme d'affaires, remarqua-t-il.

Natalie n'eut pas envie de dire que c'était pour essayer d'oublier ce qui s'était passé en bas. D'une certaine façon, elle avait besoin de reprendre le contrôle de sa vie, de retrouver son identité de chef d'entreprise, et – aussi ridicule que ça puisse paraître – les vêtements l'y aidaient.

— C'est confortable pour voyager, répondit-elle.

Simon eut un petit sourire.

— Bien sûr. Comment ai-je pu m'imaginer autre chose ? Tiens, laisse-moi les porter.

Ensemble, ils sortirent de la chambre en silence. Natalie jeta un dernier regard vers la pièce et se revit soudain en équilibre sur la barre, les doigts agrippés aux chevilles. Mais elle se retourna aussitôt, consciente qu'il était temps de laisser tout ça derrière elle.

Simon ne dit pas un mot avant qu'ils traversent le parking.

— J'espère que tu feras bon voyage.

Natalie le regarda, l'air surpris.

— C'est tout ce que tu as à me dire ?

— Je pense que oui.

— Tu as l'air fâché. Que se passe-t-il ?

— Rien.

Simon détourna le regard, incapable de soutenir celui de Natalie.

— Tu n'as pas aimé ce qui m'est arrivé tout à l'heure, n'est-ce pas ? demanda-t-elle.

— Ça ne m'a rien fait. Je connais tout ça par cœur. Ces choses font partie du métier.

— Mais ça t'a contrarié, pas vrai ?

— Non.

— Je ne te crois pas.

— Peu importe que tu me croies ou non.

— Mais si, c'est important, dit Natalie, attrapant la manche de sa veste. Ça l'est pour nous deux. Et tu le sais aussi bien que moi.

— Fais attention, dit calmement Simon. Il est possible que nous soyons filmés ici aussi.

— Dis-moi la vérité. Est-ce que ça t'a dérangé de devoir me regarder ?

— Oui, admit-il à contrecœur. Beaucoup. Je voulais être celui qui te pénétrait, qui plongeait le vibromasseur entre tes fesses, qui te faisait toutes ces choses si délicieuses.

— Tu étais jaloux, alors ? demanda Natalie, incapable de réfréner la joie dans sa voix.

— Ça te fait plaisir, hein ?

— Seulement parce que c'est important pour moi.

Simon lâcha un profond soupir.

— Mais ça ne change rien. Je ne vais pas risquer de perdre mon travail ici, et il n'y a aucune chance pour qu'on se revoie un jour.

— Mais si, dit Natalie avec animation.

— Comment ?

— Tu pourrais venir travailler pour moi.

Simon la regarda d'un air incrédule et rit.

— Tu plaisantes !

— Pourquoi ?

— Tu penses vraiment qu'avec les sentiments que j'ai pour toi, je serais prêt à rester assis derrière un bureau et à recevoir tes ordres toute la journée ? Je ne crois pas que ça ferait beaucoup de bien à notre vie sexuelle.

— Pourquoi pas ? Je trouverais ça excitant. Il s'agirait juste de jouer la comédie devant les autres, et, une fois que nous serions seuls, c'est toi qui prendrais le contrôle de la situation.

— Je ne suis pas sûr que tu sois capable de jouer à ce genre de jeu. Pour être honnête, beaucoup de nos clients régressent après être venus ici. Dans quelques mois, tu voudras de nouveau maîtriser le moindre aspect de ta vie, y compris ce qui se passe dans ta chambre.

— Mais non !

— Ça ne marcherait pas.

— Nous ne le saurons jamais si nous n'essayons pas. Écoute, je vais publier l'article que tu m'as apporté. Sache que, si tu choisis finalement d'accepter mon offre, un poste sera libre dans quatre semaines. Ce sera le dernier lundi de juin. Je ne passerai pas d'annonce et tu n'as pas besoin de te décider d'ici là.

Natalie devinait que Simon était tenté. Mais elle savait également qu'il trouverait très difficile de recevoir ses ordres toute la journée, quel que soit son pouvoir pendant la nuit. Pour elle, cette perspective était incroyablement excitante, mais elle pressentait que Simon la trouvait humiliante.

— Je ne serais jamais vraiment ta patronne, s'empressa-t-elle de poursuivre. On ne ferait que jouer à un jeu.

— Non, au contraire. C'est ton magazine. Évidemment que ce serait toi la responsable au bureau.

— Mais ce serait un moyen pour nous de nous retrouver. Si ça ne marchait pas au bureau, tu pourrais chercher un autre travail. Mais, au moins, après avoir collaboré à mon magazine, tu aurais plus de chances de trouver un bon boulot ailleurs. Être indépendant ne t'a pas vraiment ouvert toutes les portes.

— C'est précisément le genre de remarque qui me donne envie de refuser, dit froidement Simon.

— Je t'en prie, réfléchis-y.

Il y eut un long silence.

— Je te tiendrai au courant, convint enfin Simon. Maintenant, voici une liste de membres que tu peux contacter dès que tu le souhaites.

— Pour quoi faire ?

— Sers-toi de ton imagination. Elle s'est sûrement

améliorée depuis que tu es venue ici. Nos anciens clients organisent habituellement des dîners entre eux, ou des fêtes le week-end. Ton amie Jan Pearson s'est bien amusée depuis qu'elle a passé un séjour chez nous. Maintenant, tu vas pouvoir te joindre à ses fêtes, toi aussi. Ce n'est pas parce qu'elle t'avait exclue de sa vie que tu es venue ici ?

Natalie hocha la tête.

— Oui, c'est vrai. J'avais oublié ; ça me semble si loin maintenant.

— C'était il y a longtemps en effet, et tu étais alors une personne très différente.

— C'est toi qui m'as transformée, chuchota Natalie. Tu ne peux pas m'abandonner maintenant. Tu m'as appris à aimer des plaisirs inavouables, des choses dont j'ignorais totalement l'existence. Je ne peux pas revenir à ma vie d'avant. Qu'est-ce qui va m'arriver si on ne se revoit jamais ?

— Je te l'ai déjà dit, c'est à ça que sert cette liste. Elle te permettra d'explorer ta nouvelle sexualité avec des gens qui ont les mêmes goûts que toi.

— Mais c'est toi que je veux.

— Je suis très flatté de l'entendre, dit Simon, prêt à partir.

— Attends ! s'écria Natalie. Et le travail ?

— Je te l'ai dit : je vais y réfléchir. Ne te fais pas trop d'illusions, cependant.

Là-dessus, Simon s'éloigna.

Natalie grimpa dans sa voiture. Elle savait qu'elle aurait dû se sentir folle de joie. Elle avait passé un merveilleux week-end, fait des choses incroyables et reçu un plaisir fantastique. Mais tout ça ne comptait pour rien si Simon et elle devaient ne jamais se revoir.

Si l'homme n'avait avoué sa jalousie cet après-midi-là, Natalie n'aurait pas été totalement sûre que leur besoin d'être ensemble était réciproque. Toutefois, puisqu'il l'avait admise, elle était convaincue qu'ils étaient faits l'un pour l'autre.

Paradoxalement, tout ce qu'elle venait d'apprendre n'aurait pas grande importance si, à cause de sa position dominante au travail, Natalie venait de perdre le premier homme qu'elle considérait comme une âme sœur. Elle n'avait jamais rencontré un seul homme capable de jouer avec son corps comme le faisait Simon – et il était peu probable qu'elle en rencontre un autre désormais.

— Qu'est-ce que tu fais ce week-end ? demanda Grace, tandis que Natalie s'apprêtait à quitter le bureau, environ deux semaines après sa dernière visite au Sanctuaire.

— Je vois une amie, Jan Pearson. Tu te souviens probablement d'elle : c'est une directrice de casting indépendante.

— Ah oui. Vous aviez l'habitude de vous voir souvent, toutes les deux.

— Oui, en fait, elle a été très prise ces derniers temps, mais elle est de nouveau dans le circuit maintenant.

— Amuse-toi bien, alors.

— Merci, dit Natalie. Je suis sûre que ce sera sympa.

Une fois chez elle, elle jeta quelques affaires personnelles dans un petit sac de voyage et roula jusque chez Jan. Natalie se réjouissait de ce week-end, car c'était sa première fête avec d'anciens clients du Sanctuaire. Mais il restait un inconvénient : Simon n'y serait pas.

— Salut ! s'exclama Jan en ouvrant sa porte d'entrée. Ça fait longtemps. Bon sang, tu as l'air en forme ! Tu as aimé ton séjour au Sanctuaire ? ajouta-t-elle avec un rire malicieux.

— J'y ai passé deux week-ends, lui rappela Natalie. C'était génial.

— Bon. Tu devrais t'amuser pendant ces deux jours, alors. Il se peut que tu connaisses quelques personnes.

— Où est-ce que je dors ? demanda Natalie.

— Tu en auras sans doute une idée plus précise après le dîner, répondit Jan. Entre, nous allions justement nous mettre à table.

Natalie ne reconnut personne, mais, tandis que la soirée avançait, elle commença à sentir monter une certaine excitation en elle. Elle était particulièrement attirée par le type assis à sa gauche. Ses cheveux brun foncé étaient assez longs, et ses yeux lui rappelaient un peu ceux de Simon.

— Quelle est ta spécialité ? demanda-t-il, tandis que chacun buvait un café.

— Mon magazine s'adresse aux femmes d'affaires célibataires, répondit Natalie.

L'homme eut l'air surpris et rit.

— Ce n'est pas vraiment ce que je voulais dire. Je faisais allusion à tes goûts sexuels.

— Oh ! je vois. Désolée, j'ai bien peur qu'une partie de mon cerveau soit toujours au bureau.

— Eh bien, il faut qu'on remédie à ça. Alors, qu'est-ce que tu aimes ?

Natalie sentit son estomac se contracter et un désir intense se manifester entre ses cuisses.

— J'aime être dominée, avoua-t-elle à voix basse.

— Bien. Que dirais-tu si on faisait un peu mieux connaissance ?

— Ça me semble une bonne idée.

— Ça ne te dérange pas si mon ami se joint à nous ?

Le cœur de Natalie battait maintenant à tout rompre. Un homme blond se leva aussi de table, et tous trois se dirigèrent vers l'escalier.

— Amusez-vous bien ! cria Jan.

Elle était occupée à discuter avec un homme grand et costaud qui semblait si inquiétant que Natalie se serait bien gardée de s'en approcher. Jan avait dit qu'il s'appelait Richard et qu'ils s'étaient rencontrés au Sanctuaire.

Une fois à l'étage, Natalie comprit que les deux hommes étaient déjà venus, car ils la conduisirent immédiatement dans une petite pièce. Ensuite, avant qu'elle ait eu le temps de reprendre son souffle, l'homme aux cheveux foncés, qui s'appelait William, la déshabilla.

Au même moment, son ami ouvrit un tiroir et en sortit une tenue en cuir que tous deux lui firent enfiler. Quelques minutes plus tard, Natalie portait un collier clouté en cuir autour du cou, des menottes aux poignets et aux chevilles, un soutien-gorge moulant en cuir noir, orné de trous pour laisser passer ses mamelons, et un slip assorti ouvert à l'entrejambe qu'ils serrèrent fermement, de sorte que la pression monta aussitôt en elle.

L'homme blond s'allongea sur le lit, son sexe en érection déjà énorme.

— Sers-toi de ta bouche sur lui, dit William. Et, en même temps, il fera pareil sur toi. Tu veux jouir ou pas ? demanda-t-il à son ami d'un air détaché.

— Je crois bien que oui.

William se tourna vers Natalie.

— Bien, alors sers-toi de ta bouche jusqu'à ce qu'il jouisse. Plus tu feras durer les choses pour lui, mieux ce sera pour toi, j'imagine. Je vais seulement regarder : ensuite, ce sera mon tour.

Natalie fut surprise par sa propre peur. Aucun d'eux ne la menaçait, mais, dans cette tenue, elle se sentait esclave, soumise, et personne d'autre n'était là pour contrôler la situation, même si, en bas, la fête battait son plein.

Elle hésita, mais s'aperçut vite que la peur n'avait fait qu'augmenter son désir. Elle avait désespérément envie de sentir la langue de l'homme blond serpenter à travers l'ouverture de son slip en cuir noir, plonger profondément en elle et caresser son clitoris gonflé de désir.

— Il y a un problème ? demanda William.

Il semblait légèrement irrité.

— Bien sûr que non, s'empressa de dire Natalie. Je suis désolée.

William sourit immédiatement. Tandis que Natalie plaçait sa vulve au-dessus des lèvres du type blond et sa propre bouche au-dessus de son sexe en érection, elle se sentit trembler de cette excitation qu'elle n'avait connue qu'au Sanctuaire.

— Allez, vas-y maintenant, dit William. Si les choses se présentent mal, je peux toujours vous donner un coup de main.

Natalie ignorait ce qu'il voulait dire, mais elle s'en moquait, car à présent sa bouche se fermait avidement autour du membre enflé de l'homme blond. Comme Natalie était au-dessus de lui, il était en parfaite position pour lui donner un plaisir exquis. Et Natalie s'aperçut très vite qu'il excellait en la matière. Il passa doucement sa langue le long de son clitoris, ce qui lui procura la plus délicieuse des sensations. Tandis qu'elle tenait son pénis d'une main et commençait à le lécher sur les côtés, il donna de petits coups de langue à l'intérieur de son vagin pendant quelques secondes avant de longer chaque côté de son clitoris palpitant.

Très vite, le corps de Natalie trembla pendant qu'elle jouissait pour la première fois de la soirée. Elle perdit momentanément le rythme de ses propres mouvements, oubliant qu'elle devait continuer à satisfaire l'individu allongé sous elle.

On le lui rappela rapidement. William tira sur son collier en cuir, puis donna de petits coups de doigts fermes sur la peau sensible au creux de sa taille. Natalie tressaillit de surprise, et une sensation brûlante et piquante se répandit en elle.

— Tu oublies mon copain, dit William d'un ton autoritaire.

Natalie se souvint aussitôt de Simon et de sa façon de lui enseigner les choses au Sanctuaire.

— Je suis désolée, marmonna-t-elle avant de continuer à stimuler l'homme blond.

Cette fois, elle lécha à petits coups de langue le dessous de son sexe tendu, et les hanches de son partenaire se tortillèrent de plaisir. En retour, il fit tourner très légèrement le bout de sa langue sur le sommet de son clitoris. Natalie fut immédiatement envahie par d'intenses et merveilleux spasmes d'un plaisir chaud et vibrant qui la firent de nouveau jouir.

Elle perdit encore le rythme et, cette fois, elle sentit un coup cinglant sur ses fesses, juste au-dessus de son slip moulant en cuir – coup qui n'avait pas pu venir simplement des doigts de William. Toutefois, elle n'osa pas tourner la tête pour vérifier avec quoi il l'avait frappée, car elle fixait maintenant toute sa concentration sur son ami. Malgré ça, l'homme blond réussit à lui procurer deux autres orgasmes avant de jouir lui-même. Ses hanches s'agitèrent, tandis qu'il déversait son sperme dans sa bouche et que Natalie suçait avidement le délicieux liquide, chaud et visqueux.

Aussitôt qu'il eut fini, son partenaire roula sur le côté. William la poussa alors brutalement sur le dos, plaqua ses bras au-dessus de sa tête, puis couvrit son corps avec le sien. Il approcha la bouche de ses seins, usa de sa langue et de ses dents sur ses mamelons, dressés à travers les ouvertures du soutien-gorge, jusqu'à ce que Natalie se tortille de désir. William la pénétra sauvagement et, même s'il n'avait pas pris la peine de le stimuler, le corps de Natalie répondit par un autre orgasme, provoqué par la rapidité et l'urgence de leur accouplement. Elle poussa un cri de plaisir sauvage.

Mais lorsque tout fut terminé et que William se dégagea de son corps, Natalie finit par sentir que quelque chose n'allait pas.

— Super ! s'exclama-t-il. À bientôt, j'espère.

— Oui, bien sûr, murmura-t-elle.

Et l'homme blond, qui ne lui avait jamais dit son nom, lui sourit en retour. Puis tous deux sortirent. Natalie portait toujours la tenue en cuir et le collier de soumission. Une fois les deux hommes partis, elle se sentit très seule. Natalie avait certes apprécié ces relations sexuelles, mais elle aurait aimé que l'un d'eux reste avec elle, même si ce n'était que pour l'aider à se déshabiller. Maintenant que le plaisir était fini, elle se sentait vide et perdue.

Retirant sa tenue en cuir, elle regarda dans la chambre d'à côté. Là, elle vit une fille attachée à un lit, et trois hommes s'occupaient d'elle. Les yeux bandés, elle était complètement impuissante et gémissait de frustration, alors que les hommes faisaient ce qu'ils voulaient, jouant impitoyablement avec son corps et lui refusant toute satisfaction. Natalie se rappelait avoir subi la même torture au Sanctuaire.

Elle fut excitée par la vue du corps tendu et moite de la fille, mais elle n'en regretta qu'un peu plus Simon. Soudain, elle eut envie de quitter la fête. Les activités lui convenaient physiquement, mais il leur manquait un côté spirituel. Natalie s'aperçut qu'il lui fallait plus. Plus qu'un simple plaisir sexuel. La vérité, c'était qu'elle avait aussi besoin de Simon.

Elle s'habilla rapidement et descendit l'escalier sans bruit, son sac de voyage à la main. Jan montait justement les marches avec Richard.

— Tu ne nous quittes pas déjà ? demanda-t-elle, surprise. La fête vient seulement de commencer.

— J'ai reçu un appel sur mon portable, mentit Natalie. On a besoin de moi demain au bureau.

— Oh non !

Jan fit la grimace.

— C'est vraiment pas de bol. J'espère que tu t'es bien amusée avec William et Lance.

— Lance, c'était ça, son prénom ?

— Celui de l'homme blond, oui.

— Eh bien, je suis contente de le savoir, même si c'est un peu tard.

— On se fiche des noms, rit Jan. C'est l'action qui compte. Je t'appelle plus tard dans la semaine.

— Avec plaisir, dit Natalie.

Puis elle sortit dans la nuit.

Tandis qu'elle s'éloignait au volant de sa voiture, elle ne put s'empêcher de se demander ce qu'elle allait devenir si elle ne revoyait jamais Simon et passait le reste de ses jours à des fêtes comme celle-là.

Son corps très excité pourrait certes y recevoir le type de satisfaction dont il avait besoin, mais, elle le savait maintenant, ces relations furtives lui laisseraient toujours un goût d'inachevé.

Dix-sept

Et puis vint le dernier lundi de juin. C'était le jour où, s'il décidait d'accepter son invitation, Simon se présenterait au bureau de Natalie. Ce matin-là, elle se leva déjà tout excitée à cette perspective. Elle parcourut sa garde-robe avec un soin particulier, réfléchissant à ce qui pourrait lui donner l'air à la fois efficace et séduisante. Mais Natalie s'aperçut de ce qu'elle essayait de faire et choisit finalement le tailleur bleu foncé et le chemisier crème qui constituaient presque son uniforme de travail.

— Je ne vais pas commencer à changer juste pour toi, Simon Ellis, marmonna-t-elle entre ses dents. Au travail, tu devras m'accepter comme je suis.

Lorsqu'elle arriva au bureau, Natalie demanda à Grace s'il y avait eu des appels pour elle.

— Aucun, lui répondit la secrétaire.

Déçue, Natalie s'installa à son bureau et essaya de se concentrer sur son travail. Une réunion était prévue à dix heures, et, quand elle se mit en chemin, il n'y avait eu aucun signe de Simon. Lorsqu'elle revint à midi et demi, il ne s'était toujours pas montré, et, cette fois, elle commença à se sentir déprimée. Natalie s'étant convaincue qu'elle lui avait manqué, elle n'arrivait pas à croire que Simon ne viendrait pas.

Comme elle avait peur de le rater, elle retarda même son déjeuner, mais, à treize heures trente, elle finit par se trouver complètement ridicule. Manifestement, Natalie s'était trompée sur toute la ligne, et il faudrait bien qu'elle s'y fasse.

— Je sors déjeuner, dit-elle à Grace. Je serai absente environ une heure.

— Simon Ellis est arrivé, répondit sa secrétaire. Est-ce que je lui demande de repasser plus tard ?

— Non ! s'écria Natalie avant de se reprendre. Enfin, ça va. Tu peux le faire entrer. Je n'ai pas tellement faim, de toute façon.

Quand Simon passa la porte, Natalie sentit une légère palpitation au creux de son estomac, et son cœur se mit à battre très vite. Il était encore plus séduisant que dans ses souvenirs. Ses yeux sombres brillaient au milieu de son visage pâle aux traits anguleux.

— Désolé d'être en retard, dit nonchalamment Simon. Ma voiture est tombée en panne.

— Ça commence un peu mal, répondit Natalie.

— C'est vrai, admit-il. J'ai lu mon article dans ton magazine le mois dernier. Tu n'en avais pas changé un seul mot.

— J'ai mieux à faire que de transformer les textes de mes collaborateurs. S'ils ne sont pas assez doués pour écrire un article correctement, alors je ne les emploie pas.

Simon hocha la tête.

— Ça me paraît sensé. Alors, est-ce que le poste dont tu m'as parlé est toujours libre ?

— Oui. Ma secrétaire va tout t'expliquer, mais,

globalement, tu vas devoir écrire des articles semblables à celui que nous avons déjà publié. La plupart du temps, tu pourras en choisir le sujet. Mais, parfois, surtout si c'est un numéro à thème, c'est moi qui déciderai. Le contenu sera toujours le tien, cependant. J'ai besoin dès maintenant d'un article de neuf cents mots sur les animaux domestiques comme substituts aux hommes dans la vie des femmes célibataires et ambitieuses. Tu penses pouvoir faire ça pour moi ?

Simon leva les sourcils.

— Je ne suis pas branché animaux domestiques.

— Moi non plus, dit brusquement Natalie. Toutefois, tu n'as pas besoin d'être un amoureux des bêtes pour écrire cet article. En fait, ça pourrait même être un atout. J'aimerais que ton texte soit sur mon bureau avant dix-sept heures trente, s'il te plaît.

Simon se leva.

— Bien sûr. Et qu'est-ce qui se passera quand on partira d'ici, Natalie ?

— Je pensais qu'on en avait déjà discuté.

— Mais on va chez moi ou chez toi ?

— Chez moi, répondit rapidement Natalie.

— Je suppose que ça t'aidera à te sentir plus en confiance, hein, de savoir que tu peux me jeter dehors à tout moment ?

— J'ai l'impression que c'est une précaution raisonnable au début d'une relation.

— Tu sais, à t'entendre parler comme ça, je me demande si le Sanctuaire t'a vraiment changée.

— Je ne souhaite pas parler du Sanctuaire pendant les heures de bureau.

— Je me doute bien que non. Assure-toi seulement

de ne pas l'oublier quand les portes du bureau se fermeront derrière toi le soir.

La tête rentrée dans les épaules, Natalie se rendit compte, une fois que Simon eut quitté la pièce, à quel point elle était tendue. Elle respira plusieurs fois profondément et se massa le cuir chevelu afin d'évacuer une partie de cette tension. L'incroyable érotisme de Simon, son magnétisme animal et sauvage étaient si puissants qu'il lui avait été très difficile de se concentrer sur son travail. Elle avait également craint qu'il tente d'ébranler son autorité d'une façon ou d'une autre et fut soulagée qu'il s'en soit abstenu. Mais une chose l'ennuyait : puisqu'elle allait maintenir une certaine distance entre eux toute la journée, arriverait-elle à baisser sa garde le soir venu ?

À dix-sept heures, Simon revint dans son bureau et posa quelques feuilles de papier devant Natalie.

— Et voilà l'article que tu m'as demandé. Je te le rends même avec une demi-heure d'avance.

Natalie hocha la tête.

— Un effort très louable. Ça me laisse le temps de le parcourir avant qu'on parte.

— Tant que tu n'essaies pas d'en discuter une fois qu'on sera à la maison.

— Chez moi, tu veux dire.

— Oh ! Natalie, dit doucement Simon. Quand finiras-tu par apprendre ? Je pensais que ça allait être chez nous, du moins pour le moment.

Natalie était troublée.

— Oui, bien sûr que ça l'est, mais...

— Mais tu considères encore que c'est chez toi, comme ce magazine est le tien, pas vrai ?

— Non, protesta-t-elle.

Mais Natalie savait qu'il avait raison. Elle allait avoir beaucoup de mal à laisser quelqu'un d'autre diriger sa vie privée. Et, en rappelant à Simon que l'appartement où ils allaient vivre était le sien, elle essayait de l'empêcher d'en prendre totalement le contrôle.

— Je t'appellerai quand je l'aurai lu, conclut fermement Natalie.

Vingt minutes plus tard, Simon était de retour dans son bureau.

— Est-ce que tu en es satisfaite ? demanda-t-il poliment.

Natalie fronça les sourcils.

— J'ai bien peur que non.

— Qu'est-ce qui ne va pas ?

— Assieds-toi, je vais t'expliquer.

Simon hésita un instant. Mais alors, très lentement, il s'installa sur la chaise en face d'elle, croisa les bras et la regarda pensivement.

— Vas-y.

— Tu traites nos lectrices avec condescendance, commença Natalie. En fait, ça frôle même le mépris. Ce n'est pas de ça qu'il s'agit dans notre magazine. La vérité, c'est que les animaux domestiques ne te jugent pas en fonction de ta personnalité ou de ton métier, mais de tes gestes envers eux. Ce qui explique pourquoi les femmes ambitieuses préfèrent la compagnie d'un animal à celle d'un homme. Mais toi, tu laisses entendre que quelque chose ne tourne pas rond chez elles.

— Au lieu de suggérer que quelque chose ne tourne pas rond chez les hommes, tu veux dire ?

— Oui, je suppose.

— Je ne crois pas que la plupart des hommes aient

un problème. Que les femmes veuillent un chiot ou un chaton apprivoisé, ça ne me dérange pas. Mais elles ne devraient pas s'attendre à ce que les hommes se comportent de la même façon.

Natalie essayait de rester patiente.

— Simon, il ne s'agit pas de ton avis, mais d'un point de vue général. On a ici une nouvelle preuve que les femmes qui réussissent professionnellement restent perdantes dans leur vie sentimentale.

— Aucun problème : leur perte fait le bonheur du monde animal.

— Ne sois pas si désinvolte. Je veux que tu me réécrives ça pour demain. Je sais que tu peux mieux faire.

— Alors, tu es plus clairvoyante que moi. Puisque tu sembles savoir exactement de quoi cet article doit parler, peut-être pourrais-tu l'écrire toi-même ?

Natalie commençait à perdre son sang-froid.

— Je suis la rédactrice en chef, Simon. C'est moi qui ai le dernier mot et je dis que cet article n'est pas assez bon. Je ne suis pas en train d'essayer de censurer ce que tu écris...

— Bien sûr que si.

— Pas du tout. Je te demande simplement de porter un regard légèrement plus compatissant sur la situation, d'y réfléchir et de le réécrire.

— Je ne pensais pas que la censure prospérait sous ta direction.

— Ce n'est pas le cas, rétorqua Natalie, luttant pour garder un ton calme. Le problème, c'est que tu as travaillé comme journaliste indépendant trop longtemps et que, même si certains de tes articles ont été acceptés, tu n'as jamais dû produire régulièrement des textes de fond en respectant les critères de quelqu'un. Mais je suis sûre que tu vas vite prendre le coup de main.

Un ton rose pâle colora les pommettes de Simon.

— Comme c'est gentil à toi de me dire ça. Pourquoi n'écris-tu pas *Doit faire quelques efforts* dans la marge, juste pour être sûre que je comprenne bien le message ?

— Ne sois pas puéril, dit brusquement Natalie. Tiens.

Elle poussa l'article vers lui sur la table.

Simon ouvrit la bouche, comme s'il voulait ajouter quelque chose, mais ne dit rien, saisit l'article incriminé et quitta la pièce d'un air furieux.

Natalie s'affala dans son siège. Elle savait qu'elle s'était montrée dure envers lui, plus dure qu'elle ne l'avait jamais été. Mais Simon devait absolument comprendre dès le début qu'au travail, elle faisait la loi.

Lorsque Natalie arriva chez elle, Simon était déjà là, assis dans sa voiture.

— Comment as-tu trouvé le chemin ?

— J'ai un certain talent pour lire les cartes.

Elle jeta un œil dans la voiture.

— Tu n'as pas emporté grand-chose.

— Il se pourrait que je ne reste pas longtemps. J'ai pris assez d'affaires pour quelques nuits.

Natalie trouvait étrange de rentrer chez elle à la fin de la journée avec un homme qui allait y passer la soirée et la nuit. Simon s'attendait peut-être à ce qu'elle commence à préparer le dîner immédiatement. À cette idée, elle fut soudain prise d'une vague de rancœur.

— Je me sers toujours un verre de vin en arrivant chez moi, dit-elle d'un ton de défi.

— Très bien. Je vais prendre une bière fraîche.

— Je n'en ai pas.

— Tu ferais mieux d'en acheter demain, sur le chemin du travail.

— Fais-le toi-même, rétorqua Natalie.

Simon l'attrapa par les épaules et la poussa contre la porte de la cuisine, la plaquant de ses mains contre le bois.

— Tu n'es plus au travail maintenant, alors, arrête de donner des ordres.

— C'est toi qui m'en as donné un.

— Oui, mais c'est parce que nous sommes à la maison. Les règles changent ici, tu te souviens ?

— On n'est pas au Sanctuaire. Les seules règles à suivre ici sont les miennes. C'est chez moi.

À l'instant où les mots sortirent de sa bouche, Natalie les regretta. Le regard brillant de Simon s'éloigna d'elle, et ses mains commencèrent à relâcher ses épaules.

— Je savais que ça ne marcherait pas, marmonna-t-il.

Comprenant ce qu'elle avait fait, Natalie attrapa sa veste.

— Je suis désolée. C'est très difficile pour moi, mais je veux que ça marche. Je n'ai pas cessé de penser à toi depuis qu'on s'est rencontrés. Je me suis servie de la liste que tu m'as donnée pour participer à des fêtes et des dîners, mais, même si c'était amusant, ce n'était pas pareil sans toi. Je t'en prie, laisse-moi encore une chance.

— Toi et moi, on doit se sentir bien dans cette relation, dit Simon, la voix maintenant plus douce. Il faut qu'on s'amuse, qu'on trouve une façon de vivre qui nous plaise à tous les deux.

— Tu n'as pas eu l'air de t'amuser au bureau.

— Toujours prête à mordre, hein ? Ton problème, c'est que tu ne te détends pas assez.

Là-dessus, Simon la poussa de nouveau contre la porte. Seulement, cette fois, il s'agenouilla devant Natalie, remonta sa jupe jusqu'à sa taille, fit glisser sa culotte et ferma sa bouche autour de sa vulve. De ses mains, il lui écarta doucement les cuisses afin que sa langue puisse caresser son sexe palpitant.

Les jambes de Natalie commencèrent à trembler, et elle sentit son clitoris picoter de plaisir. La tête renversée contre la porte, elle se laissa envahir par ces délicieuses sensations, et puis, très vite, son corps fut pris de tremblements tandis qu'un orgasme merveilleusement doux et chaud ondoyait en elle.

Simon se releva, se dirigea vers le réfrigérateur et lui versa un verre de vin.

— Tiens, tu ferais mieux de boire ça avant de nous préparer le dîner.

— Je ne cuisine jamais d'habitude, avoua-t-elle.

— Tu as bien des pâtes, non ? Ce n'est pas exactement de la grande cuisine, mais c'est meilleur qu'un plat à emporter. En tout cas, je veux que tu mettes des dessous sexy avant de commencer. Ça devrait ajouter un peu de piment au repas.

— Je ne peux pas faire ça, protesta Natalie.

— Pourquoi ? C'est ce que je veux, moi.

Natalie devenait tout émoustillée. Si une partie d'elle-même n'appréciait pas la tournure des événements, une autre trouvait ça très excitant. Dans sa chambre, quand elle commença à enfiler un soutien-gorge à armature en dentelle noire et une culotte assortie, elle en profita pour se caresser le corps tout en se regardant dans le miroir en pied. Les talons hauts qu'elle avait choisis pour aller avec ses bas à bordure en dentelle noire soulignaient la longueur de ses jambes. Son corps avait un tel besoin d'être touché que Natalie caressa ses aréoles un moment avant de retourner à la cuisine, les joues plutôt rouges.

Pendant toute la préparation du dîner, Simon ne cessa de la toucher. Il traça des doigts la courbe de sa colonne vertébrale, posa les mains de chaque côté de sa taille et pressa le bas de ses reins. Natalie eut alors terriblement envie qu'il les déplace encore un peu plus bas. Mais Simon la libéra et se contenta de frotter son nez contre sa nuque. Natalie eut beaucoup de mal à se concentrer sur la cuisson des pâtes et, au moment où ils s'assirent pour dîner, elle n'avait pas faim de nourriture, mais de Simon.

— Délicieux, remarqua-t-il en goûtant les tagliatelles. Tu fais une cuisinière très appétissante.

— C'est vrai que je me sens très sexy, avoua-t-elle.

Simon sourit.

— Tant mieux, parce que je te réserve une petite surprise pour plus tard.

Après ça, Natalie perdit complètement l'appétit. Elle ne cessait de penser à ce que Simon avait l'intention de lui faire et au plaisir que son corps allait enfin être autorisé à recevoir.

Alors que chacun terminait son café, on sonna à la porte.

— Oh non ! grogna Natalie. Qui ça peut être ? Personne ne passe jamais me voir à cette heure de la soirée. Je ne vais sûrement pas prendre la peine d'ouvrir.

— Vas-y, dit fermement Simon.

— Je ne peux pas, dans cette tenue.

— Bien sûr que si. Va ouvrir la porte. Tout de suite, ajouta-t-il.

Natalie le dévisagea.

— Mais qu'est-ce qu'ils vont penser ?

— Ça m'est égal. Je veux que tu le fasses. Je veux t'imaginer debout dans l'entrée dans cette tenue, si sexy et si provocante.

Tout comme au Sanctuaire, Natalie commença à se sentir vulnérable et humiliée. Mais, à l'évidence, c'était ce dont elle avait besoin, car ses tétons se durcirent, et le contact de son soutien-gorge en dentelle sur les petites pointes rigides envoya des décharges électriques à travers ses seins. Obéissante, Natalie se leva pour se diriger vers la porte d'entrée. Là, elle hésita un instant, le cœur battant. Puis, consciente que Simon allait bientôt s'énerver, elle se força à ouvrir.

Avec une joie mêlée d'incrédulité, Natalie découvrit alors Sajel et Anil sur le pas de sa porte.

— J'ai essayé de vous appeler depuis mon dernier week-end au Sanctuaire ! s'exclama-t-elle. J'avais votre numéro, mais ça ne répondait jamais.

— Nous nous sommes absentés, histoire de refaire connaissance, dit Sajel avec un sourire discret.

— Tu es très jolie dans cette tenue, et je suis sûr que tes voisins apprécient cette vision, mais peut-être qu'on pourrait entrer ? suggéra Anil.

— Bon sang, j'avais oublié ! s'écria Natalie avant de reculer précipitamment pour les laisser passer. Simon est là pour quelques jours, expliqua-t-elle.

— Oui, on est au courant, dit Anil. C'est lui qui nous a demandé de venir. Il voulait que cette soirée soit spéciale pour toi.

Natalie sentit sa poitrine se gonfler d'excitation.

— Tu veux dire que vous êtes venus vous joindre à nous ?

— Bien sûr, dit Sajel. Ça va être amusant, non ?

— Oh oui ! convint Natalie.

— Voilà, que dis-tu de ma surprise ? demanda Simon tandis que les trois autres le rejoignaient dans la petite cuisine américaine.

— Je ne crois pas que tu aurais pu me faire plus plaisir, admit Natalie.

— Bon. Eh bien, puisque nous avons fini nos cafés, je suggère que nous buvions un verre avant de monter.

Alors qu'ils entraient tous les quatre dans la chambre de Natalie, Sajel et elle se lancèrent un regard.

— C'est comme si on était de nouveau au Sanctuaire, pas vrai ? chuchota l'Indienne.

— C'est même encore mieux, répondit Natalie. Maintenant, on fait ce qu'on veut – et avec les hommes qu'on a choisis.

— Bien, les filles, dit Simon. On va jouer à un jeu. Une fois que vous vous serez déshabillées, Anil va vous masser chacune votre tour, afin que vous soyez toutes les deux dans le bon état d'esprit pour ce qui va suivre. Quand il aura terminé, je vous ferai enfiler une tenue un peu spéciale, puis Anil essaiera de faire jouir Sajel, et je ferai de même avec Natalie. Le but, c'est qu'Anil et moi fassions de notre mieux pour provoquer votre orgasme, mais que vous le retardiez le plus longtemps possible. La gagnante sera celle qui se sera le mieux maîtrisée.

— Est-ce qu'il y aura une récompense ? demanda Sajel.

Simon sourit.

— Juste une punition, j'en ai peur.

Avec une excitation grandissante, les deux filles se déshabillèrent et s'allongèrent chacune leur tour sur le grand lit de Natalie, tandis qu'Anil couvrait leurs corps d'huile parfumée. Il commença par masser Sajel. Alors que Natalie écoutait les soupirs de plaisir de sa voisine, sa propre respiration s'accéléra, et elle se sentit de plus en plus excitée.

— Tu t'amuses bien ? lui chuchota Simon à l'oreille.

Natalie ne répondit pas. Elle n'en eut pas besoin, car sa chair frémissante disait à Simon tout ce qu'il voulait savoir.

Enfin vint le tour de Natalie. Allongée sur le ventre, elle sentit les doigts puissants d'Anil masser les muscles de ses épaules et de son cou, avant de voyager plus bas, de chaque côté de sa colonne vertébrale et sur ses fesses. Natalie émit un profond gémissement de plaisir. Elle avait oublié à quel point ses doigts étaient habiles, et s'étonna de leur facilité à la détendre et l'exciter à la fois.

Lorsqu'il eut terminé de masser son dos, Anil la fit rouler sur elle-même. Natalie ne le quitta pas des yeux quand ses doigts effleurèrent les os délicats de ses épaules avant de masser ses petits seins tendus. Anil mit un soin particulier à huiler ses tétons extrêmement sensibles, et Natalie sentit qu'ils commençaient à palpiter et à se gorger de désir.

Avant de laisser ses mains descendre plus bas, l'homme effleura les pointes rigides de ses paumes, et, à sa grande honte, Natalie faillit jouir. Il lui fallut fournir un effort suprême pour se maîtriser.

Pendant qu'Anil continuait à masser les membres inférieurs de Natalie en faisant attention d'éviter la zone entre ses cuisses, elle se demanda comment elle allait bien pouvoir empêcher son plaisir de jaillir à la minute où Simon commencerait à l'exciter.

— Voilà, c'est fait, dit Anil lorsqu'il eut fini de faire glisser ses doigts sur les pieds de Natalie et entre ses orteils, ce qu'elle avait trouvé terriblement sensuel. Est-ce qu'elles doivent s'allonger côte à côte pendant que nous nous occupons d'elle, Simon ?

— Je pense que oui. Ça augmentera leur excitation si elles peuvent entendre les réactions de l'autre. Mais, d'abord, je dois les habiller avec de la soie.

Natalie se redressa sur le lit et regarda Simon serrer une épaisse ceinture de cuir autour de la taille fine de Sajel. À l'avant et à l'arrière étaient fixés des anneaux en métal. Elle le vit ensuite prendre une longue bande de soie, placer Sajel en face de lui les jambes écartées, puis en attacher une extrémité à l'anneau dans son dos. Simon passa alors le tissu entre les jambes de Sajel et à travers l'anneau de devant, tirant dessus d'un coup sec pour s'assurer qu'il était bien serré.

Sajel poussa un petit cri, et Natalie se demanda ce qu'elle pouvait ressentir.

— Voilà, ce sera tout, dit Simon. À ton tour, Natalie.

Sajel lui laissa la place. Natalie se tint passivement devant son amant pendant qu'il attachait une ceinture similaire autour de sa taille, la sanglant fermement. Elle sentit alors la caresse de la soie entre ses cuisses. Le massage d'Anil l'avait tellement excitée qu'elle était déjà très humide. Comme la bande de tissu était étroite, elle glissait entre les grandes lèvres de son sexe et pressait fermement sa chair palpitante, ainsi que son clitoris dur et lancinant. Cette fois, à cause de ce nouveau contact, son bas-ventre se contracta, et ses cuisses commencèrent à trembler.

Rapidement, les deux filles s'allongèrent côte à côte sur le dos, et on leur demanda de fermer les yeux. Puis Natalie attendit, presque sans oser respirer, et sentit les deux hommes monter sur le lit.

Elle s'était déjà imaginé un tas de choses qui pourraient lui arriver, mais sa surprise fut totale au moment où elle perçut la douce caresse de ce qui ressemblait à un petit pinceau pointu se promenant sur la soie. L'objet seul aurait suffi à la stimuler, mais il était humide et frais, et, plus Simon le faisait aller et venir sur le tissu tendu qui entravait son sexe, plus les nerfs de Natalie tressaillaient et se tendaient.

Bientôt, elle s'entendit gémir d'extase, tandis qu'à côté d'elle, Sajel s'agitait sur le lit, marmonnait des sons incohérents et poussait de temps à autre de petits cris de désespoir. Natalie comprit alors que la jeune Indienne n'allait pas tarder à jouir.

L'atmosphère dans la chambre était électrique. Les deux hommes connaissaient si bien les réactions de leurs partenaires, ils étaient si doués pour les emmener jusqu'au point de non-retour que c'était un supplice délicieux pour les deux filles de devoir essayer de maîtriser leurs réactions naturelles. Au bout d'un moment, Natalie sentit qu'elle allait exploser.

— C'est agréable ? chuchota Simon. Je sais que tu as envie de jouir, mais tu ne dois pas me laisser tomber. Pas seulement parce que je n'ai pas envie de te punir, mais aussi parce que je veux que tu gagnes. Je sais que tu en es capable.

Natalie n'en était pas si sûre, surtout quand Simon abandonna le pinceau et se servit de sa langue. Elle sentit son souffle chaud à travers la soie, et son clitoris se gonfla de plaisir, sans cesser de palpiter, tandis que son orgasme menaçait d'exploser. Très doucement, Simon effleura l'extrémité de son clitoris à travers la soie, et les hanches de Natalie tressautèrent.

— Pas tout de suite ! l'avertit-il.

À présent, Sajel criait, hurlait non seulement de plaisir, mais aussi de terreur, car elle se savait extrêmement proche de l'orgasme. Ses cris ne firent qu'augmenter l'excitation de Natalie, et, lorsqu'elle sentit le corps de l'Indienne se soulever désespérément du lit, les premiers picotements de son propre orgasme commencèrent à se répandre à travers son corps.

— Je vais jouir, gémit Natalie.

Mais, au même moment, Sajel poussa un cri de désespoir et son corps se mit à trembler si violemment que Natalie sut que c'était fini – et qu'elle avait gagné.

— Bien joué ! s'écria Simon. Tu peux ouvrir les yeux maintenant.

Natalie obéit et le regarda. Simon, visiblement fou de désir, écarta brutalement la bande de soie et s'enfonça en elle. Il glissa en même temps une main sous ses fesses et introduisit un doigt dans son rectum.

À travers la pièce, Natalie entendit le claquement du latex sur un corps et devina que Sajel était punie à la suite de sa défaite. Mais, d'après les cris que poussait l'Indienne, la punition lui procurait encore plus de jouissance. Cependant, Natalie savait que rien ne pouvait égaler le plaisir que Simon lui donnait. Pendant qu'il allait et venait en elle, elle se sentit grimper vers un nouvel orgasme étourdissant. Et, pour la toute première fois, Natalie se dit que Simon lui appartenait bel et bien, qu'il tenait à elle.

Quelques minutes plus tard, il jouit à son tour, avec un cri de triomphe presque primitif. On aurait dit qu'il célébrait le fait que Natalie soit enfin à lui, et qu'ensemble ils avaient gagné.

Pendant un moment, le silence régna dans la chambre.

— Je crois qu'un autre verre ne pourrait pas nous faire de mal, suggéra finalement Anil. Qu'est-ce que vous en dites, les filles ?

Sajel sembla sur le point de protester, mais alors Natalie et elle échangèrent un regard et sourirent. Elles n'avaient plus besoin d'essayer de prouver quoi que ce soit. Peut-être que leurs partenaires ne l'avaient pas encore compris, mais toutes deux connaissaient la vérité. C'étaient elles qui détenaient le pouvoir maintenant, car les deux hommes étaient esclaves de leur soumission.

Une fois dans la cuisine, les jeunes femmes, toujours nues et sanglées, allèrent chercher des verres et du vin.

— Comment s'est passée votre escapade à deux ? demanda Natalie.

Sajel eut un sourire mystérieux.

— C'était merveilleux, absolument divin.

— Alors, vous allez vous laisser tenter par le mariage ?

— Je crois que ni lui ni moi ne pourrions être heureux avec quelqu'un d'autre. Tout ça, c'est grâce au Sanctuaire, bien sûr. Et toi ?

Natalie lui raconta brièvement ce qui s'était passé depuis leur dernière rencontre et comment Simon avait accepté de travailler pour elle.

— Est-ce que ce n'est pas un peu délicat ? demanda Sajel.

— Nous n'en sommes qu'au tout début, alors, je ne peux être sûre de rien. Je crois que c'est difficile pour

Simon quand nous sommes au travail, mais, pour moi, tout est parfait du matin au soir.

— Eh bien, c'est comme ça que ça doit se passer, alors.

— Oui. Mais on ne doit jamais leur dire ce qui est arrivé à la suite de notre séjour au Sanctuaire, pas vrai ? dit Natalie.

— Qu'est-ce que tu veux dire ?

— Mais que, grâce à eux, nous avons tout pour être heureuses. Je suis comblée au travail, et, à la maison, c'est l'extase. Je n'ai aucun problème pour me soumettre à Simon, puisque ça me permet de recevoir un plaisir absolument incroyable, et je n'ai rien eu à sacrifier. Il n'y a qu'une chose que je regrette.

— Laquelle ?

— De ne pas pouvoir raconter à mes lectrices que, si elles croient qu'il est impossible de tout avoir dans la vie, j'y ai réussi ! rit Natalie. Allez, on ferait mieux d'apporter les boissons aux hommes. Avec un peu de chance, ils n'en ont pas encore fini avec nous.

Dans la chambre, leurs deux amants discutaient avec sérieux, et aucun ne sourit lorsque les filles entrèrent. Aussitôt, Natalie sentit une fébrilité sombre et familière monter en elle une fois encore.

— Pourquoi vous nous regardez comme ça ?

— Parce que nous avons un nouveau concours pour vous, expliqua Anil.

— Je ne crois pas pouvoir jouir de nouveau aussi rapidement, mentit Natalie.

— Ce n'est pas à toi de décider, répondit Simon.

Natalie détourna les yeux pour éviter qu'il puisse lire le triomphe dans son regard. Apparemment, tout allait se passer comme Sajel et elle l'avaient espéré, et la nuit leur réservait encore bien des plaisirs. En son for intérieur, Natalie remercia Jan de lui avoir fait découvrir le Sanctuaire, et puis, tête baissée, elle marcha docilement vers Simon. Elle savait qu'il la regardait d'un air approbateur et elle tremblait un peu, car elle n'avait aucune idée de ce qui l'attendait.

En revanche, Natalie était sûre d'une chose : elle était enfin complètement satisfaite de sa vie – et elle allait s'assurer que Simon le soit aussi.

Si elle y parvenait, peut-être même qu'il n'aurait plus besoin de travailler au Sanctuaire, car leur couple, avec celui d'Anil et Sajel, pourrait commencer ses propres sessions de groupe. Tandis que le cercle s'agrandirait, leur vie deviendrait si excitante qu'il n'y aurait plus de temps pour le Sanctuaire dans aucune de leurs vies.

Pendant que Simon tirait les mains de Natalie derrière son dos et les attachait avec une paire de menottes, ses seins se gorgèrent d'un délicieux désir. Et lorsque son amant recueillit leur rondeur ferme dans le creux de ses mains, la jeune femme sut qu'elle pouvait tout avoir – et qu'elle avait vraiment tout.